Fritz Gesing

Kreativ schreiben

Fritz Gesing

Kreativ schreiben

Handwerk und Techniken des Erzählens

DUMONT

Zweite, aktualisierte Auflage 2005

Gedruckt auf säurefreiem und chlorfrei gebleichtem Papier
Druck und Verarbeitung: B.o.s.s Druck und Medien GmbH, Kleve
Printed in Germany
ISBN 10: 3-8321-7472-9
ISBN 13: 978-3-8321-7472-9

Inhalt

Vorwort
»Eine Symbiose von Handwerk und Geheimnis« 8

Leben, Lesen und Schreiben 10
Warum schreiben? 10
»Genie ist große Geduld« 11
Aus dem Leben oder aus der Luft?
Lebenserfahrung und Schreibkompetenz 13
»An der Kette seines Lebens«
Zum autobiographischen Schreiben 16
Der Blick über den Zaun: Das fremde Leben 27
Leseerfahrung 31
Auf fremden Pfaden. Techniken der Erkundung 37
Küß mich, Muse! Voraussetzungen der Inspiration 41
Ohne Geschäftsstunden kein Genie 43
Kreative Strategien 49
Die prozessoralen Helfer. Schreibgeräte 52
Selbstzweifel und Blockaden 54

U und E. Zur deutschen Ideologie 57

Der Stoff, aus dem die Storys sind:
Der Charakter und sein Schicksal 62
Platzhalter, Nebenfiguren, Protagonisten 64

Runde Charaktere:
mehrdimensional, glaubwürdig, aktiv 67
Zeigen, nicht nur behaupten! 70
Checkliste für Figurenbeschreibung
und Charakterbild 71
Namen sind Schall und Schlüssel 72
Formen der Charakterisierung. Beispiele 75
Wie viele Charaktere braucht meine Geschichte? 90

Geschichten, wie das Leben sie schreibt
und Hollywood sie vorschreibt 94
Geschichte und Plot 94
Der Konflikt:
Triebkraft einer dramatischen Geschichte 96
Thema und Prämisse 98
Plotstrukturen, Plotmodelle 100
Checkliste für die Konstruktion und
Kontrolle von Geschichten 119

Erzähler und Erzählperspektive 122
Nicht Spiegel, sondern Linse 122
Er und Ich 123
Die Majestätsmaske des Autors:
Der allwissende Erzähler 123
Ich bin es, der spricht: Der Ich-Erzähler 126
Im Dienst der anderen: Der personale Erzähler 131
Die beste Perspektive für meine Geschichte 134

Komposition und Handlungsmuster 137
Plotpunkte und narrative Haken.
Zur Dramaturgie der Handlung 137
Verlockung, Versprechen, Verträge. Der Anfang 140
Der Titel 147
Ein Motto? 151
Das Ende 151
Der Körper der Erzählung und sein Höhepunkt 155
Wie erzeugt man Spannung? 156

Grundformen des Erzählens:
Szene versus Beschreibung 161
Wie gestalte ich eine Szene? 163
Dialog 164
Nichtszenische Formen 167
Rückblende 169
Übergänge 172
Kompositorische Techniken. Gestalt und Einheit 175
Erzählrhythmus 178
Ökonomie des Erzählens und
Reichtum der Erfindung 180
Klarheit und Komplexität 182
Widerspruchsfreiheit. Ambivalenz. Geheimnis 183

Orakel, Echo, Mitspieler: Räume 185
Darstellungsprobleme 193

Zur Sprache 196
Wie erweitere ich meine Sprachkompetenz? 196
Stil, nicht Stilisierung.
Ratschläge zur sprachlichen Gestaltung 198
Symbol und Metapher 203

Überarbeiten und Korrigieren 211
Distanz und Eigenlogik des Werks 211
Von der Nabelschau zum Plagiat.
Eine Checkliste für die Überarbeitung 213
Erstleser und ihre Aufgaben 218
Drum prüfe, ob sich Beßres findet 222
Das Werk ist geboren 224

Übung macht den Meister: Anregungen und Aufgaben 227

Literaturhinweise 233

Sachregister 249

Vorwort

»Eine Symbiose von Handwerk und Geheimnis«

»Das Schreiben ist zweifellos eine Symbiose von Handwerk und Geheimnis«, schrieb Wolfgang Weyrauch einmal. Über Geheimnisse läßt sich nur rätseln. Ein Handwerk dagegen kann man lernen.

Selbstverständlich gehören zum Schreiben Talent im Umgang mit der Sprache, Phantasie und Inspiration, aber all diese Gaben reichen nicht aus, einen guten und, wenn möglich, auch erfolgreichen Roman zu schreiben. Eine Menge handwerklichen Könnens ist Voraussetzung. Denn Schreiben besteht, wie Umberto Eco und vor ihm schon viele andere betont haben, zu zehn Prozent aus Inspiration und zu neunzig Prozent aus Transpiration, aus einem Teil Geheimnis und neun Teilen Handwerk.

An Geheimnisse möchte ich nicht rühren, aber über den Rest läßt sich reden. Das Handwerk, von dem dieses Buch handelt, zielt auf ein Schreiben, das Leser ansprechen und verführen möchte. Es meint eine Literatur, die auf unterhaltsame Weise neugierig und nachdenklich macht, die weder Beichte noch Bildungsprüfung ist und auch kein Glasperlenspiel. Eher ein gefühlsbetontes Maskenspiel, bei dem weder Spaß noch Spannung, weder Erkenntnis noch Faszination fehlen dürfen und das auf triviale Effekthascherei, Stereotype und Klischees verzichtet.

Entscheidend ist, daß der Schreibende lernt, seinen Text mit den Augen eines künftigen Lesers zu betrachten. Erst dann wird er sein Handwerk beherrschen. Denn, so sagt uns Virginia

Woolf, »zu wissen, für wen man schreibt, heißt zu wissen, wie man schreiben muß«.

In diesem Sinne versuche ich, Voraussetzungen und grundlegende Techniken eines Erzählens zu vermitteln, das sich an dramatischen Geschichten ausrichtet. Dabei geht es um die erfolgreiche Realisierung des ›fiktionalen Traums‹, um szenische Mimesis und Lese-Illusion, mit anderen Worten: um die Technik, packende Schicksale lebendig wirkender Charaktere darzustellen. Die Geheimnisse des experimentell-innovativen, aber dennoch lesbaren und nicht langweiligen Erzählens können dagegen nicht Gegenstand dieses Grundkurses sein.

Das vorliegende Buch, das sich zum Selbststudium, aber auch als Lehr- und Arbeitsbuch für Workshops eignet, stützt sich in erster Linie auf Autorinnen und Autoren des amerikanischen *creative writing*, die, selbst Schriftsteller(innen), aus ihrer Werkstatt plaudern und die Regeln des Handwerks weiterzugeben versuchen. Darüber hinaus sind vielfältige Äußerungen europäischer Autoren zu dem Wie, Warum und Wozu ihres Metiers in meine Überlegungen eingeflossen und nicht zuletzt eigene Erfahrungen. Selbstverständlich bin ich mir bewußt, daß alle Ratschläge nur Vorschläge sein können, Hinweise und hilfreiche Tips, Wegweiser und Ge(h)hilfen, keine Bedienungsanleitungen oder Rezepte, die einen Erfolg garantieren.

Ansprechen möchte ich alle, die gern schreiben wollen und nicht recht wissen, wie sie es anstellen sollen; außerdem diejenigen, die zu schreiben begonnen haben und handwerkliche Hilfe benötigen. Aber auch selbstkritische Profis, die ihre Texte immer wieder neu auf Schwachpunkte und Wirksamkeit überprüfen. Nicht zuletzt wende ich mich an Lehrende und Lernende in Schule und Universität, kurzum, an alle, die sich eine Übersicht darüber verschaffen wollen, nach welchen Regeln erzählende Literatur funktioniert und unter welchen Bedingungen sie ›gemacht‹ wird.

Danken möchte ich für ihr Interesse an meiner Arbeit und ihre stete Diskussionsbereitschaft meiner Frau Patricia, Wolfgang Hesch und Fotis Jannidis.

Leben, Lesen und Schreiben

Warum schreiben?

Es gibt viele Gründe zu schreiben. Manche Autoren und Autorinnen haben ›schon immer‹ geschrieben, seit ihrer frühen Jugend, für sie ist Schreiben selbstverständlich und kaum zu hinterfragen. Die Faszination an Geschichten treibt sie, Fabulierlust oder auch das Vergnügen, mit der Sprache zu spielen. Andere versuchen, Vergangenheit festzuhalten, Erlebnisse und Erinnerungen aus dem Strom des Vergessens zu retten. Womöglich soll das Schreiben ihnen helfen, ihrem Leid eine Stimme zu leihen, seelische Wunden zu heilen, um so besser leben zu können. Um ihr Leben schreiben auch diejenigen, die einen Mangel beheben, Verlustbilanzen ausgleichen wollen, die das Schweigen ihrer frühen Jahre zu überwinden suchen. Wieder andere lockt die Neugier, die Begeisterung über die Buntheit der Welt. Das, was sie sehen und staunend erleben, möchten sie begreifen, festhalten, gestalten, und in dieser Gestaltung verwandeln sie sich selbst.

Es gibt vielfältige Gründe zu schreiben: Sie können sich ergänzen, vermischen oder auch nacheinander wirksam werden. Für viele Autorinnen und Autoren sind sie so wichtig, daß sie sich ein Leben ohne Schreiben nicht vorstellen können. Gustave Flaubert, der alle Höhen und Tiefen einer kreativen Besessenheit durchlebte, erklärte einmal:

> »Schreiben ist eine köstliche Sache; nicht mehr länger man selbst zu sein, sich aber in einem Universum zu be-

wegen, das man selbst geschaffen hat. Heute zum Beispiel bin ich gleichzeitig als Mann und als Frau, als Liebhaber und Geliebte, an einem Herbstnachmittag durch einen Wald unter gelben Blättern geritten; und ich war in den Pferden, den Blättern, dem Wind, in den Worten meiner Figuren, sogar in der roten Sonne, die sie ihre liebestrunkenen Augen schließen ließ.«

Aber, wenden Sie vielleicht ein, wozu brauche ich überhaupt ›Handwerk‹, wenn ich die Vergnügungen des Schreibens genießen will? Es ist ganz einfach: Hingabe, Anteilnahme sowie alle Formen erlebender Darstellung und nacherlebender Rezeption funktionieren nicht ›einfach so‹. Dies begreift man spätestens, wenn ein Text sich vor Fremden bewähren muß. Vielleicht kennen Sie folgende Situation: Sie lesen Ihren Text vor und wundern sich, warum Ihre Zuhörer unbeteiligt und kalt bleiben, wo die Figur Ihrer Erzählung doch so zu leiden vorgibt? Ihr Publikum, so merken Sie, beginnt sich zu langweilen. Schließlich erkennen Sie, daß Ihr Text nicht so gewirkt hat, wie Sie beabsichtigten, und plötzlich kommen Ihnen selbst Zweifel, ob er das, was Sie sagen wollten, überhaupt ausdrückt. Wenn Sie später, in aller Ruhe, noch einmal über die enttäuschende Lesung nachdenken, begreifen Sie, was Ihnen noch nicht ausreichend zur Verfügung steht: Techniken der Darstellung, das Handwerk des Schreibens.

»Genie ist große Geduld«

Wer schon eine Weile schreibt und überlegt, ob er das Geschäft der Literatur ernsthafter betreiben soll, wird sich gelegentlich fragen: Bin ich überhaupt begabt genug? Werde ich mich je durchsetzen können? Kann ich mein Schreiben mit den Anforderungen von Beruf, Studium oder Familienleben vereinbaren? Soll ich versuchen, aus Schreiben einen Beruf zu machen?

Lassen Sie mich auf die Fragen kurz eingehen. Ob jemand ›Begabung‹ hat, ist schwer, wenn nicht unmöglich zu beurteilen, denn die Voraussetzungen literarischer Kreativität sind vielfältig. Letztlich stellt sich derjenige als begabt heraus, der irgendwann einmal Anerkennung erfährt. Aber es gibt auch anerkannte Schriftsteller, die nicht besonders talentiert erscheinen. Also, quälen Sie sich nicht allzu sehr mit hypothetischen Fragen – vorausgesetzt, Sie sind mit Begeisterung bei der Sache und spüren einen mächtigen Drang zu schreiben. Immer wieder stellte man bei großen Kreativen fest: Sie hatten ein klares Ziel vor Augen und verfolgten es unermüdlich; sie ließen sich nicht durch Mißerfolge abschrecken; sie ertrugen Ablehnung und Durststrecken; bei aller selbstkritischen Haltung glaubten sie letztlich an sich und ihr Ziel.

Aber, natürlich, ganz so einfach läßt sich die Leiter des Erfolgs nicht erklimmen. Der bloße Wille gibt zwar die Kraft und den Mut, doch es müssen noch weitere Voraussetzungen hinzukommen: Sprachbegabung, Lust am Lesen und damit auch Kenntnis der Literatur, Einfallsreichtum und Phantasie, Sensibilität und Einfühlungsvermögen, nicht zuletzt Neugier und Vorurteilslosigkeit. Doch selbst wer all diese Voraussetzungen erfüllt, braucht viel Zeit, bis er sich am Ziel wähnen kann.

An dieser Stelle scheint mir ein unmißverständliches Wort angebracht: Wer sich als Autor durchsetzen will, geht in aller Regel einen dornigen Weg. Er wird viele Absagen einstecken müssen und immer wieder feststellen, daß der Markt überlaufen ist und seine zahlreiche Konkurrenz ebensowenig schläft wie er. Ohne Durchhaltewillen, Frustrationstoleranz und nicht zuletzt Glück sollte er sich nicht allzu viele Chancen einräumen.

Wenn Sie sich aber ›berufen‹ fühlen, dann darf anfängliche Erfolglosigkeit Sie nicht schrecken. Wichtig ist, sich handwerklich zu vervollkommnen, auf den Rat erfahrener Literaturkenner zu hören, seine Texte selbstkritisch auf Schwachpunkte abzuklopfen, ansonsten aber unbeirrt und unermüdlich zu schreiben. Auch unter widrigen Umständen. Lassen Sie Ihre kreative Maschine in Ihrem Kopf laufen: Wie ein Langstreckenläufer in seiner Einsamkeit werden Sie immer wieder Momente der Euphorie erleben, die die Mühen als nichtig erscheinen lassen.

Man kann dem langen Weg zur Anerkennung aber auch sein Gutes abgewinnen, denn ein (Kunst-)Handwerk gründlich zu lernen, braucht seine Zeit. Meisterschaft im Umgang mit der Sprache und souveräne Beherrschung gestalterischer Techniken wachsen nur durch viel Übung. Hinzu kommt, daß gerade der Romancier eine gewisse Lebenserfahrung braucht. Er muß lernen, sich selbst, andere Menschen und Phantasiefiguren von innen und von außen zu sehen, er braucht gleichzeitig Nähe und Distanz zu den Dingen seines Lebens, er muß Ambivalenzen ertragen können. »Genie ist große Geduld«, zitiert Gustave Flaubert seinen Landsmann Buffon. Rainer Maria Rilke drückt sich in seinem »Brief an einen jungen Dichter« lyrisierender aus, aber nicht minder eindeutig:

> »Künstler sein heißt: nicht rechnen und zählen; reifen wie der Baum, der seine Säfte nicht drängt und getrost in den Stürmen des Frühlings steht ohne die Angst, daß dahinter kein Sommer kommen könnte. Er kommt doch. Aber er kommt nur zu den Geduldigen.«

Wenn Sie glauben, diese Herren seien von gestern, dann halten Sie sich an James Baldwin: »Jenseits des Talents liegen all die gewöhnlichen Worte: Disziplin, Hingabe, Glück und, vor allem, Geduld.«

Aus dem Leben oder aus der Luft? Lebenserfahrung und Schreibkompetenz

Wie läßt sich Lebenserfahrung in Schreibkompetenz umsetzen? Anders gefragt, wie kommt der angehende Autor zu seinen Figuren, zu seinen Stoffen und Geschichten?

1. Er verwendet sein eigenes Leben, seine Erlebnisse und Erfahrungen. 2. Er verarbeitet zusätzlich fremdes Leben, zum Beispiel Geschichten von Freunden, und läßt bekannte Personen zum Vorbild und Phantasieanstoß werden. 3. Er filtert und reichert seine Erfahrungen an durch die fiktive Welt des geschriebenen Wortes.

Beginnen wir mit Punkt 1, der eigenen Lebenserfahrung, die immer noch für die meisten (beginnenden) Schriftstellerinnen und Schriftsteller Hauptquelle ihrer Inspirationen und Erzählungen ist, und räumen wir gleich ein mögliches Mißverständnis aus: Nicht alles, worüber man schreibt, muß man erlebt haben.

Denken Sie an die vielen Morde in der Literatur, an historische und biographische Romane, Science-fiction oder auch daran, daß berühmte Frauenromane von Männern geschrieben wurden. Gustave Flaubert, der Verfasser von »Madame Bovary«, lebte den größten Teil seines Lebens einsiedlerhaft in der normannischen Provinz, plagte sich Tag für Tag verbissen mit konkreten Problemen des Stils und schuf trotzdem ein unvergeßliches Frauenschicksal und einen der berühmtesten Romane der Weltliteratur. Er hatte erkannt:

> »Nicht die Leidenschaft macht die Verse. Je persönlicher sie sind, desto schwächer. Je weniger man eine Sache fühlt, um so fähiger wird man, sie so auszudrücken, wie sie wirklich ist, aber man muß die Gabe besitzen, sie sich fühlbar zu machen.«

Aus diesem Grunde konnte er auch sagen: »Madame Bovary, c'est moi!« Und aus dem gleichen Grunde konnte Leo Tolstoi das Schicksal Anna Kareninas darstellen und der über siebzigjährige Fontane uns mit Effi Briest die Irrungen und Wirrungen einer sehr jungen Frau nahebringen. William Shakespeare stellte Mörder und Wahnsinnige auf die Bühne, die bis heute faszinieren. Oder nehmen Sie naheliegendere Beispiele: Noah Gordon lebte niemals als ein Medicus im Mittelalter, ja, er ist nicht einmal Arzt, sondern ›nur‹ Medizinjournalist, Umberto Eco ist kein Mönch, und was hat schon Patrick Süskind (geboren 1949 am Starnberger See) mit seinem genialen Parfum-Erfinder und Serienmörder Jean-Baptist Grenouille (geboren 1738 in Paris) gemein?

Entscheidend sind nicht abenteuerliche Erlebnisse und leidenschaftliche Gefühle, sondern die Fähigkeit, solche Erlebnisse und Gefühle nachzuempfinden und sie so in Figuren, deren Geschichte und nicht zuletzt in Sprache umzusetzen, daß auch ein Leser sie nachempfinden und nacherleben kann.

Dies bedeutet natürlich nicht, daß ein (angehender) Schriftsteller nicht leidenschaftliche Gefühlsabenteuer erleben darf und unbedingt ein zurückgezogenes und distanziertes Leben führen sollte. Unabhängig von Bohème-Attitude und Abenteuer-Suche in exotischen Gefilden (der Dichter zwischen Slum, Bürgerkrieg und Montezumas Rache!) kann dem Romanschreiber Lebenserfahrung in mannigfachen Bereichen, Sozialschichten und Landschaften mit einer Menge seelischer Turbulenzen nicht schaden. Man braucht keinen Mord zu begehen, um ihn darzustellen, aber brannte einem jemals eine mörderische Wut im Bauch, weiß man eher, wie es sich anfühlt, wenn einer zum Messer greift. Wer schon einmal eine heftige Ehekrise mit Trennung und nachfolgender Schlammschlacht durchgestanden hat, kann leichter und treffender über »Rosenkriege« schreiben als ein Zölibatär. Und wer zehn Jahre Berufsleben hinter sich hat, kennt die Realität unserer Gesellschaft besser als derjenige, der nach Schule und Hochschule gleich als freier Schriftsteller reüssiert.

Festzuhalten ist:

☞ Lebenserfahrung kann Ihnen im Prinzip nur nützen. Auch seelische Konflikte, Leid und Schmerz. Und: Steigen Sie gelegentlich in Ihren Keller hinab und schauen Sie nach, ob dort nicht eine versteckte Leiche vor sich hin modert.

☞ Lassen Sie Ihre Wunden heilen, und legen Sie eine innere Distanz zu den Lebenskrisen. Erfolgreiches Schreiben beginnt meist erst jenseits der psychoanalytischen Kur.

☞ Wer sich in andere Menschen hineindenken kann, ist im Vorteil gegenüber Egozentrikern.

☞ Wer schreibt, sollte neugierig sein, an allem interessiert, und möglichst nichts moralisierend abwehren (»denn Kunst an sich hat ja nichts mit Moral, Konvention oder Moralpredigen zu tun.« Patricia Highsmith). Die Welt ist, Entschuldigung, beschissen, aber auch bunt, und aus beiden Eigenschaften lassen sich gute Romane stricken.

☞ Autor wie Autorin sollten mit dem Schreiben verheiratet sein und mit der Welt, wie Phyllis Greenacre es ausdrückte, ein Liebesverhältnis haben.

»An der Kette seines Lebens« Zum autobiographischen Schreiben

Daß erste Romane häufig autobiographisch sind, ist ein Allgemeinplatz. Doch nicht nur sie leben von der Biographie des Autors: »Der Schriftsteller liegt ... immer an der Kette seines Lebens.« (Wolfgang Koeppen). Max Frisch drückt diese Abhängigkeit in seinem »Tagebuch 1946-1949« differenzierter aus:

> »Man hält die Feder hin, wie eine Nadel in der Erdbebenwarte, und eigentlich sind nicht wir es, die schreiben; sondern wir werden geschrieben. Schreiben heißt: sich selber lesen.«

Die Frage lautet also: Wie lesen wir uns am besten, damit auch andere uns gerne lesen?

Dazu gibt es eine generelle Regel, in der das A und O allen autobiographischen Schreibens, ja aller mimetischen Schreibweise steckt: Es zählt nicht, was tatsächlich geschehen ist, sondern was den Lesern plausibel gemacht werden kann. Es gilt nicht das, was im Kopf des Autors lebendig ist, sondern was durch die schwarzen Lettern im Kopf des Lesers lebendig wird. Man kann auch sagen: Die Intention ist unwichtig, wichtig ist die Wirkung.

Ich betone diese Regel deswegen so, weil ich glaube, daß gerade von Anfängern häufig gegen sie verstoßen wird. Argumente wie »Das habe ich genauso erlebt« oder »Das ist wirklich passiert« hört man oft; aber sie beweisen gar nichts. Das

›wirklich Passierte‹ muß sprachlich so dargeboten werden, daß es als glaubwürdig, motiviert und möglich erscheint. Für Literatur ist das Wahrscheinliche das Wahre.

Nehmen wir ein simples Beispiel: Sie haben erlebt, wie Ihr Partner Sie plötzlich verlassen hat, und können sich keinen Reim darauf machen. Sie verstehen es einfach nicht. Wenn Sie nun eine Erzählung schreiben, in der Sie darstellen, daß ein Mann eine Frau grundlos verläßt, dann wird Ihnen der Leser dieses Faktum so einfach nicht abnehmen. Er wird sich sagen: »Kein Mann verläßt eine Frau grundlos. Es gibt immer Gründe, selbst wenn keiner von beiden sie kennt. Und ich möchte sie wenigstens erahnen können.« Er wird die Geschichte vielleicht hinnehmen, wenn Sie sie aus der subjektiven Sicht der Verlassenen schildern und gerade ihre Ahnungslosigkeit und hilflose Überraschung zeigen wollen. Aber selbst dann erwartet er den einen oder anderen Hinweis, der ihn erahnen läßt, weshalb der Mann die Frau so scheinbar grundlos verlassen hat. Vergessen Sie also nie, daß die meisten Leser prinzipiell psychologische Verständlichkeit = Glaubwürdigkeit und Wahrscheinlichkeit verlangen.

Um typische Fehler autobiographischen Schreibens zu vermeiden, beachten Sie eine Reihe von Grundsätzen:

☞ Beobachten Sie sich selbst aus kritischer Distanz: genau, ehrlich und möglichst unvoreingenommen! Jeder von uns spielt in seinem sozialen Umfeld eine Rolle, hat ein spezifisches Selbstbild und neigt zur Nachsicht den eigenen Fehlern und Schwächen gegenüber. Eine solche Haltung darf nicht in den zu schreibenden Roman einfließen. Wer sich zum Beispiel als Opfer (seiner Eltern, seines Chefs, seines Partners, seiner Kinder usw.) sieht und seinen Ich-Erzähler wehleidig in einer Opferhaltung verharren läßt, wird Probleme haben mit seinen Lesern, die selbst entscheiden wollen, ob der »Held« nun ein Opfer ist oder nicht.

☞ In den Krisensituationen des eigenen Lebens zeigt sich, wer man ist. Dieser Satz gilt für uns wie für unsere literarischen Stellvertreter – für sie ganz besonders. Daraus ist abzuleiten, daß man besonderes Augenmerk auf solche Krisensituationen, diese Dreh-, Angel- und häufig schmerzhaften Höhepunkte des eigenen Lebens, richten sollte. Häufig entfaltet sich in ihnen eine Menge interessanten Materials. Wichtig ist auch hier, nicht einseitig und voreingenommen auf sich zu schauen. Versuchen Sie immer wieder, sich selbst wie einen Fremden zu betrachten und die Krise von allen möglichen Seiten zu beleuchten.

☞ Die beiden genannten Forderungen sind bisher noch psychologische Postulate. Mir geht es aber weniger um Psychologie als um Poetik, weniger um Selbsterkenntnis als um (die Voraussetzungen literarischer) Darstellung. Daher ist es nützlich, ein Notizbuch (Tagebuch oder ›Sudelbuch‹) zu führen, in das man Einfälle, Skizzen, Beobachtungen, Dialogfetzen, Erinnerungen, Figurenentwürfe usw. einträgt. Seien Sie schon in diesen Notizen möglichst konkret. Schreiben Sie nicht (oder möglichst wenig) resümierend, reflektierend, beschreibend, beurteilend oder gar bewertend, sondern versuchen Sie, von vornherein szenisch darzustellen. Auf diese Weise erhalten Sie nicht nur mehr konkretes, später in der Fiktion verwendbares Material, Sie verhalten sich auch automatisch objektiver. Und Sie gewöhnen sich daran, in privaten Aufzeichnungen literarische Formen zu verwenden und einzuüben.

Ich möchte jedoch nicht mißverstanden werden: Natürlich können Sie kluge und ungewöhnliche Gedanken notieren (Aphorismen, essayistische Passagen) oder die Natur, Stimmungen sowie Menschen beschreiben. Diese Darstellungsstile stehen dann aber für sich und ersetzen bzw. vernichten nicht in fragwürdiger Zusammenfassung das konkrete Detail, die dynamische Szene.

Betrachten Sie sich und Ihre Mitmenschen auch in Ihren privaten Aufzeichnungen wie interessante, ja faszinierende Studienobjekte, über die Sie noch kein Urteil gefällt haben. Auf diese Weise können Sie sich am ehesten die Voraussetzungen für einen überzeugenden autobiographischen Roman erarbeiten.

Schauen wir uns nun einige Methoden autobiographischen Schreibens genauer an.

Unwillkürliche Erinnerung

»Das produktive Material, mit dem ein Schriftsteller arbeitet, ist ein Vorrat unwillkürlich gewordener Bilder. Die Faszination, der er folgt, oder sagen wir sein Thema, ruft diese Bilder auf, und sie können so neu, lebhaft und authentisch sein, obwohl es Erinnerungen sind.«

(Dieter Wellershoff: »Literatur und Veränderung«)

Die klassische Methode hat Marcel Proust mit seiner Technik der »unwillkürlichen Erinnerung« entwickelt und in seiner monumentalen »Suche nach der verlorenen Zeit« höchst kunstvoll ausgeführt. Proust stand vor der Schwierigkeit, dem persönlichen Erleben seinen rein autobiographischen Charakter zu nehmen und es allgemeingültig darzustellen, ohne dabei die Wahrheit und Substanz der Erinnerungswelt zu verlieren. Er löste dieses Problem, indem er die spontane Wiedererinnerung, häufig ausgelöst durch eine sinnliche Erfahrung, zum Gradmesser der Objektivität des Subjektiven machte. Was nach dem Entwicklungsbad des Vergessens wieder ein Bild ergab, erhielt die Weihe des Authentischen, Aufzubewahrenden, an den Leser zu Überliefernden.

Auf die psychologischen Implikationen dieser poetischen Methode kann ich hier nicht eingehen; aber einige auf die Praxis zielende Hinweise scheinen mir der Erwähnung wert:

☞ Testen Sie die Methode der unwillkürlichen Erinnerung im Rahmen Ihrer Vorstudien oder Ihrer Tagebuchnotizen. Nehmen Sie unerwartet auftauchende Bilder und Szenen aus Ihrer Vergangenheit und setzen Sie sie möglichst präzise in Sprache um. Im Verlauf der Darstellung werden Sie merken, wie Ihnen neue Einzelheiten assoziativ ›zuschießen‹. Verstärken Sie diesen Prozeß durch Ausphantasieren der Leerstellen. Dabei verlassen Sie womöglich den Bereich Ihrer Erinnerungsspuren, aber Sie beginnen, nicht nur *nach*, sondern auf ein Ziel *hin* zu erzählen, auf eine sinnvoll strukturierte Geschichte, die von einem möglichen Leser verstanden werden kann.

☞ Je mehr Sie auf diese Weise dem Vergessen entreißen, desto besser. Vertrauen Sie vorerst darauf, daß das Erinnern in seiner Auswahl der genannten und ausgesparten Details den ›richtigen Riecher‹ hat. Wollen Sie das auf diese Weise ausgegrabene Material in einem Buch verwenden, können Sie seine ›Richtigkeit‹ und Wirksamkeit immer noch prüfen. Auch Proust verließ sich nicht nur auf seine inneren Bilder, sondern ›recherchierte‹ gelegentlich und verändert wichtige Details, wenn ihm dies aus textimmanenten Gründen oder aus Gründen der Wirkung sinnvoll erschien: So war die berühmte »Madeleine«, die den Vorgang der »unwillkürlichen Erinnerung« auslöste, in Wirklichkeit ein Stück Toastbrot oder Zwieback und wurde erst im Verlauf des Schreibens und Revidierens zu dem bretonischen Gebäckstück.

Gelegentlich wird die ›Erinnerung‹ zur poetischen ›Erfindung‹ und übertrifft die rekonstruierbare ›Wirklichkeit‹ an (symbolischer) Wahrheit und Wirksamkeit. Ich nenne ein simples (und nicht erfundenes) Beispiel: Ein Autor möchte in der Darstellung einer schließlich scheiternden Ehe den Liebesbund des jungen Paares durch ein typisches Detail konkretisieren. Er greift auf die Erinnerung an den Beginn seiner eigenen (gescheiterten) Ehe zurück und läßt den Mann der Frau eine (Zucht-)Perlenkette schenken. Diese Erinnerung schien ihm ein besonders treffendes Detail zu enthalten: Die Perlen waren ›gezüchtet‹ (Assoziation: nicht natürlich gewachsen), und die ›Kette‹ drückte in ihrer übertragenen Bedeutung unmißverständlich aus, wie der Mann die Ehe schon frühzeitig empfand. So weit, so symbolisch gut. Wie sich aber nach der Veröffentlichung herausstellte, hatte sich der Autor ›geirrt‹: Er hatte seiner Frau einen Diamantring (Assoziation: dauerhaft, hart) geschenkt. Seine Erinnerung (d. h. seine unbewußte Bearbeitung) hatte, die Wirklichkeit korrigierend, aus dem Ring eine Kette gemacht. (Ein ähnliches, noch komplexeres Beispiel finden Sie im ersten Kapitel von Ludwig Harigs autobiographischem Roman »Weh dem, der aus der Reihe tanzt«.)

Die Beispiele zeigen eins ganz deutlich: Erinnerung und Erfindung (Fiktion) sind häufig überhaupt nicht mehr zu trennen. Der Prozeß der Erinnerung ist ein dauernder Vorgang der Umwandlung des Erlebten. Jeder Mensch erfindet sich, wie Max Frisch häufig betont, seine eigene Geschichte. Wir sind also alle Dichter unserer selbst, unseres Selbst. Gleichzeitig kann niemand aus dem Nichts heraus erfinden. Er reaktiviert alte Gedächtnisspuren, setzt Erinnerungsfragmente aus unterschiedlichen Quellen in neuen Kombinationen zusammen, benutzt dabei auch gängige Muster und Bilder. Für den Schriftsteller entscheidend ist die Fähigkeit, symbolisch sprechende Details, Vorgänge und Szenen zu finden. Prousts Methode ist hilfreich, weil sie uns mit authentischem Material versorgt und verhindert, daß wir allzu sehr konstruieren, nach gängigen Versatzstücken und Klischees greifen oder uns auf fremde Erfahrungen verlassen.

Epische Gerechtigkeit

Wer über seine privaten Erfahrungen schreibt, verfällt leicht in voreingenommene Einseitigkeit und häufig sogar in oberflächliche Selbstgerechtigkeit. Autobiographische Texte entstammen in der Regel den leidvollen Konflikten des Autors oder der Autorin, stellen oft Vergangenheitsbewältigung und Trauerarbeit dar. Aus diesem Grunde tendieren sie nicht nur zu Exhibitionismus, sondern auch zu Larmoyanz. Die deutsche Literatur der siebziger Jahre lieferte bis in die achtziger hinein eine große Zahl an mehr oder weniger bekannten Beispielen. Was damals zuerst als authentisch gefeiert wurde (z. B. die Romane von Karin Struck), erregte nach ein paar Jahren Überdruß und wurde dann von der Kritik als »Seelengemecker« und »Nabelschau« abqualifiziert. Inzwischen hat sich die Bekenntnisliteratur im Zwischenbereich von *fiction* und *non-fiction* eigene Taschenbuch-Foren geschaffen und firmiert nun unter den Rubriken »Lebenskrisen – Lebenschancen«, »Die Frau in der Gesellschaft«, »Der neue Mann« usw. Für diese Literatur gelten die

Gesetze des fiktionalen Erzählens nur begrenzt, da sie in ihrer subjektiven Einseitigkeit bewußt an Gleichgesinnte, gleich Fühlende appelliert und einen Großteil der Leser ausgrenzt.

Wer aber durch sein autobiographisches Schreiben allgemeine Akzeptanz anstrebt, sollte ganz besonders die alte poetologische Forderung von der »epischen bzw. poetischen Gerechtigkeit« (*poetic justice*) beachten. Das mosaische Gesetz »Auge um Auge, Zahn um Zahn« mag im Rechtsverständnis der aufgeklärten Staaten keine Rolle mehr spielen, aus unserem Gerechtigkeitsempfinden läßt es sich kaum vertreiben. Der Bösewicht soll seine ›gerechte‹ Strafe bekommen, so lautet sein simpler Grundsatz. Bis heute lebt ein nicht unbeachtlicher Teil der gedruckten und verfilmten Fiktion davon, daß ein Schurke eine Weile sein Unwesen treiben darf, schließlich aber bestraft wird. Eine andere Form der ›epischen Gerechtigkeit‹ zeigt sich in dem Schicksal des ›ehrenhaften‹ Gesetzesbrechers, der zwar moralisch im Recht ist, aber doch bestraft werden muß bzw. sich selbst richtet, damit der geltenden Ordnung Genüge getan wird. Denken Sie an Heinrich von Kleists »Michael Kohlhaas« oder auch an die vielen Ehebruchsgeschichten des 19. Jahrhunderts: Madame Bovary, Anna Karenina und Effi Briest sterben von eigener Hand oder siechen dahin. Selbst wenn sich – wie in der Literatur jenseits trivialer Schemata – das Gute und das Böse kaum mehr auseinanderhalten läßt, muß der Autor besonders penibel auf das Gleichgewicht der Gerechtigkeits-Waage achten. Verstößt er bewußt gegen die *poetic justice*, dann akzeptieren wir Leser diesen Schritt unter Umständen als ›realistisch‹ (»So ist das Leben leider!«), aber untergründig rumort doch ein Protest in uns gegen die als unbefriedigend empfundene Lösung.

Der Verdacht auf Befangenheit wird in autobiographischer Literatur schnell ausgesprochen, und Parteilichkeit, welcher Art auch immer, wird kaum noch hingenommen. Wenn der Leser merkt oder auch nur vermutet, daß hinter der Hauptperson und/oder dem Erzähler der Autor sich verbirgt, liest er von vornherein den Text mit Argwohn, weil er befürchtet, er solle in seinem Urteil über die Figuren und ihre Verhaltensweisen manipuliert werden. Wenn der Autor-Erzähler-Protagonist gar sich selbst prinzipiell im Recht sieht gegenüber allen anderen Figuren, die leblose Abziehbilder bleiben, verhöhnte Karikaturen oder Pappkameraden, auf die lustig oder verbissen geschossen wird, dann wird der Leser sich schnell abwenden. Wer will schon jemandem zuhören, der sich selbst reinwäscht und gleichzeitig andere anklagt, ohne ihnen die Chance der Verteidigung zu lassen. (Schauen Sie mal in Manfred Bielers »Still wie die Nacht. Memoiren eines Kindes« hinein: »Ich« bin ein armes Kind und gut, die Mutter ist schrecklich böse und tierisch geil, aber das ganze soll kein Märchen sein, auch kein Protokoll einer Psychoanalyse bei Alice Miller, sondern ein Roman. So denkt der Lesegast und wendet sich mit Grausen.)

Achten Sie also darauf, daß Protagonist (»ich«) und Antagonist (»die anderen«) gleich stark sind, gleich lebendig, in ihrem Verhalten gleich überzeugend motiviert. Nicht eine selbstlose Heilige auf der einen und ein selbstsüchtiger Narr auf der anderen Seite! Keine Jammerei und Wehleidigkeit! Weder Ironie noch Hohn! »Ich« darf moralisch nicht mehr im Recht sein als »die anderen«. Bemühen Sie sich um strikte Neutralität, und lassen Sie den Leser seine Schlüsse ziehen.

Ausphantasieren und Dramatisieren

Was viele Literaten der westlichen Wohlstandsgesellschaften heutzutage erleben oder als stoffliche Grundlage ihrer Romane nehmen, erscheint häufig wenig aufregend, zumal Illustrierte und TV uns täglich mit sensationellerem Stoff versorgen. Schriftsteller und Schriftstellerinnen sind – wie wir alle – einem allgemeinen Realitätsverlust durch normierte Laufbahnen, flurbereinigte Lebenswege und Erfahrungen zweiter Hand unterworfen, und diese Existenzbedingungen schlagen sich in ihren Werken nicht selten nieder. Nun gibt es eine Reihe von Methoden, auch aus einem gewöhnlichen Leben episches Material herauszubrechen, das sich zu fesselnden Werken verarbeiten läßt. Denn letztlich, dieser Einwand ist spätestens hier anzubringen, kommt es nicht auf die Dramatik der Vorlage an, sondern auf die dramatische Verarbeitung. Jeder Mensch hat seine Bruchstellen und Abgründe. Vielleicht kann man, wenn die Wellen nicht so toben, tiefer tauchen. Entscheidend ist und bleibt die Transformation des individuell Erlebten in ein kollektives Erlebnis.

Daraus läßt sich folgern:

☞ Fahnden Sie nach den dramatischen und gleichzeitig ungewöhnlichen Ereignissen in Ihrem Leben. Nicht immer müssen in ihnen Geschosse sirren und (Herz-)Blut fließen.

☞ Überlegen Sie, wie Sie diese Ereignisse noch dramatischer, noch bizarrer gestalten können. Kleine Alltagshelden verwandeln sich in heroische Kämpfer, miese Dummköpfe in intelligente Schurken. Ein Winkelzug im Scheidungskampf wird zu einer raffinierten Strategie, die den Gegner an den Rand des Abgrunds treibt. Ein Streit zwischen Geschwistern wird nicht, bevor er wirklich ernsthafte Formen annimmt, beigelegt, sondern auf die Spitze getrieben. Übertreiben Sie, vergrößern Sie die Gefahren, suchen Sie Extreme (aber Vorsicht: nichts an den Haaren herbeiziehen). Arbeiten Sie immer Spannungsmomente, Höhepunkte, plötzliche Umschwünge heraus, und denken Sie daran, daß Krisen, Konflikte und Komplikationen Herz und Kreislauf lebendiger Geschichten sind.

☞ Zerlegen Sie sich in mehrere Partial-Ichs. Jeder hat seine geheimen Sonnen- und Schattenseiten, jeder verbirgt einen kleinen Abenteurer oder Triebtäter in sich. Bilden Sie aus einzelnen Charakterzügen (gerade auch verborgenen) eigenständige Charaktere und dichten Sie ihnen eine Geschichte an.

☞ Überlegen Sie, was geschehen wäre, wenn dieses oder jenes Ereignis in Ihrem Leben (nicht) eingetreten wäre. Dieses Was-wäre-wenn- und Hätte-ich-Spiel bringt Sie auf eine Menge neuer Lebensgeschichten, die womöglich interessanter sind als die jeweils realisierte. Denken Sie dabei gegen den Strich: Suchen Sie das Unerwartete bis hin zum jeweiligen Gegenteil des Geschehenen. Geben Sie sich und den anderen beteiligten Personen klarere Ziele, mehr Willenskraft und Durchsetzungsvermögen.

☞ Versuchen Sie, Ihrer Geschichte eine besondere Sprache und innovative Darstellungsweise zu geben. Das Alltägliche kann, zumindest für eine kleine Schar von Lesern, interessant werden, wenn es in Gestaltung und Stil ungewöhnlich ist. Vermeiden Sie allerdings Manierismen und aufgesetzte Formen.

»Die Personen meines Romans sind meine eigenen Möglichkeiten, die sich nicht verwirklicht haben. Deshalb habe ich sie alle gleich gern, deshalb machen sie mir alle die gleiche Angst. Jede von ihnen hat eine Grenze überschritten, der ich selbst ausgewichen bin. Gerade diese unüberschrittene Grenze … zieht mich an. Erst dahinter beginnt das große Geheimnis, nach dem der Roman fragt. Ein Roman ist nicht die Beichte eines Autors, sondern die Erforschung dessen, was das menschliche Leben bedeutet in der Falle, zu der die Welt geworden ist.« (Milan Kundera: »Die unerträgliche Leichtigkeit des Seins«)

Probleme/Gefahren

Die entscheidende Gefahr des autobiographischen Schreibens besteht darin, die schriftliche Selbstvergewisserung, das fiktionalisierte Protokoll der eigenen (womöglich noch jungen) Lebensgeschichte schon für einen Roman zu halten und die eigentliche Arbeit, nämlich die literarische Gestaltung, zu vergessen. Leicht wird so aus einer ereignisarmen Adoleszenz und einem normalen Bildungsweg eine langweilige Beliebigkeit.

Nicht jeder Germanistik-Student, der, angetrieben von vager Aussteige- und Abenteuerlust, nach Nordafrika zu trampen versucht, um den Himmel über der Wüste zu entdecken, muß aus dieser Reise einen Roman stricken, und auch der an sich lobenswerte Einsatz einer jungen Frau in einem englischen Armenasyl, der sie mit den Grundtatsachen des Lebens (Armut, Tod und nette Menschen) vertraut macht, braucht nicht zwischen zwei Buchdeckeln zu enden.

Bei anderen Autor(inn)en ist der Stoff, aus dem das Leben ist, nach dem ersten Buch schon aufgebraucht. Da debütiert eine berufstätige Bankangestellte mit lockerer Einstellung zu Geld und Sex mit einem frisch-frechen und daher bestsellerverdächtigen Roman (die Kritiker vermuten: Hier wurde mal wieder das eigene Leben ausgebeutet) und wird überraschend zum Hätschelkind der Szene. Talkshows, Lob vom Literarischen Quartett, MRR bescheinigt Talent. Kurze Zeit Ruhe. Dann ihr zweiter Roman: die Geschichte einer erfolgreichen Managerin, die nach einem bewegten Leben einen Bestseller schreibt, ihren Job aufgibt, sich in einen Kritiker (oder Verleger) verliebt, aus ihrer schon lange kriselnden Ehe flieht und was der aufregenden Dinge mehr sind. Trotzdem gähnt man, legt das Buch zur Seite und verzichtet darauf, die Klärung der noch ausstehenden Fragen zu verfolgen: Kriegt sie ihren Verleger, oder steht ihr die sexuell erfüllte Vergangenheit (Erpressung!) im Wege?

Die entgegengesetzte Gefahr besteht darin, des Guten zuviel zu tun. Je mehr man sein eigenes Leben dramatisiert, desto leichter erliegt man den Versuchungen von Kolportage und Melodram. Bei aller Notwendigkeit von Dramatik und krisenhaften Zuspitzungen ist zu bedenken, daß nicht jedes Werk von schmerzhaften Schicksalsschlägen, abenteuerlichen Lebenswegen und tödlichen Gefühlsverstrickungen geprägt sein muß. Achten Sie darauf, im Laufe der Ausarbeitung und des Schreibens allzu abenteuerliche Elemente zu eliminieren und die Geschichte sich dem Lebensrealismus annähern zu lassen. Auch kleine Fluchten können faszinierend und spannend dargestellt werden. (Allerdings ist nicht zu leugnen: ein Schnupfen macht keine Tragödie, eine Krebserkrankung womöglich schon.)

Beim Ausphantasieren besteht die Gefahr, nach Klischees zu greifen und geläufige Versatzstücke zu verwenden. Daher muß das Fremde immer wieder mit eigenem Leben gefüllt werden. Situationen und Verhaltensweisen, in die man sich nicht hineinversetzen kann, sollte man meiden.

Es besteht auch die Gefahr, daß der Autor seine Geschichte zu gründlich ausleuchtet und auf diese Weise die Geduld seiner Leser nicht nur mit Beschreibungen irrelevanter Einzelheiten auf die Probe stellt, sondern auch ihre Phantasie sterilisiert. Fast alle Leser möchten sich als Mit-Dichter in einen Roman einbringen, und dazu muß ihnen der Autor Platz einräumen.

Wer autobiographisch schreibt, läuft nicht nur Gefahr, auf den subjektiven Blickwinkel begrenzt zu bleiben, er stellt sich auch bloß. Ein gewisser Zug an Exhibitionismus ist jedem Schreiben eigen, und damit müssen Autor(inn)en umgehen können. Wer nur schwer ertragen kann, von sich etwas preiszugeben, muß wirksame Techniken der Verfremdung und Maskierung finden sowie Fakten und Fiktionen gründlich durcheinandermengen. Trotzdem wird er sich damit abfinden müssen, daß es immer Leser gibt, die in einem Werk herumschnüffeln und autobiographische Spurensuche treiben.

Allerdings kennen die wenigsten Leser den Autor bzw. die Autorin persönlich, können also auch nicht beurteilen, was aus dem Leben und was aus der Luft gegriffen ist. Verwandte und Freunde betrachten einen Roman sowieso erst einmal als Schlüsseltext. Neugierige Nachbarn mögen tuscheln. Lassen Sie ihnen die Freude am Klatsch. Ihnen ist längst klargeworden, daß die Wahrheit ganz woanders liegt.

> »Die Werke eines Menschen widerspiegeln oft die Geschichte seiner Sehnsüchte oder seiner Versuchungen, doch fast nie seine eigene Geschichte, vor allem dann nicht, wenn sie autobiographisch zu sein behaupten. Kein Mensch hat je gewagt, sich so darzustellen, wie er wirklich ist.« (Albert Camus: »Heimkehr nach Tipasa. Das Rätsel«)

Der Blick über den Zaun: Das fremde Leben

Autobiographisches Schreiben hat seine Grenzen, und für viele Autoren wird der Blick über den Zaun zur Existenzfrage. Es gibt viele Methoden, sein Terrain und damit auch seinen Horizont zu erweitern, und einige will ich nennen.

Man kann sich als Autor mit nahestehenden Personen auseinandersetzen, ihre Lebensgeschichte erzählen oder – nach ihrem

Tod und dem Ende der eigenen Trauerarbeit – sich ihnen von neuem zu nähern versuchen. So stellen besonders die Eltern immer wieder einen Erzählanlaß dar (Peter Weiss: »Abschied von den Eltern«, Elisabeth Plessen: »Mitteilung an den Adel«). Denken Sie auch an die Flut der Vaterbücher Ende der siebziger Jahre (Peter Härtling: »Nachgetragene Liebe«, Christoph Meckel: »Suchbild«, Ludwig Harig: »Ordnung ist das halbe Leben« u. a.) und an die kürzlich übersetzten Berichte von Philip Roth (»Mein Leben als Sohn«) und Paul Auster (»Die Erfindung der Einsamkeit«). Oder an die Mutterbücher von Peter Handke (»Wunschloses Unglück«), Ludwig Fels (»Der Himmel war eine große Gegenwart«), Manfred Bieler (»Still wie die Nacht«), Simone de Beauvoir (»Ein sanfter Tod«) und Oskar Maria Graf (»Das Leben meiner Mutter«).

Man kann die Geschichte eines nahen Verwandten fiktionalisieren, gerade dann, wenn sie dramatisch und exemplarisch ist (ein Beispiel: Dieter Wellershoffs Bruder-Roman »Der Sieger nimmt alles«), oder gleich die ganze Familiengeschichte als Vorlage nehmen (Thomas Mann: »Buddenbrooks«, Walter Kempowski: »Tadellöser & Wolf« und die Nachfolgeromane, August Kühn: »Zeit zum Aufstehen«).

In beiden Fällen bleibt man weitgehend in seinem Erlebnisbereich und emotional engagiert, so daß auch hier gilt, die Regeln der Objektivierung und Distanz zu beachten. Hinzu kommt eine weiteres Problem: Es können sich bei allzu ungeschminkter Porträtierung bekannter Personen oder Verwendung fremder Lebensmaterialien persönliche Konflikte ergeben (bis hin zu juristischen Nachspielen). Manche Menschen nehmen ihr mehr oder weniger maskiertes Auftauchen in der Literatur gelassen hin, fühlen sich sogar geschmeichelt. Andere sind anfangs befremdet, pikiert oder gekränkt, gewöhnen sich aber an ihr Double und finden im Laufe der Zeit Gefallen daran, vor allem, wenn das Buch, das sie porträtiert, berühmt wird. So erging es Thomas Mann mit seiner Tante Elisabeth, die der Toni in den »Buddenbrooks« als Vorbild diente. Der große deutsche Romancier, der hemmungslos seine Biographie ausweidete, sich am Leben seiner Familie und Bekannten bediente und ohne Skrupel jegliches Material benutzte, das er brauchen konnte, sah sich immer wieder Kritik und Vorwürfen ausgesetzt. Häufig kam es sogar zu dramatischen Brüchen der Freundschaft. (Robert Neumann äußerte einmal: »Durch eine Autobiographie verliert man gewöhnlich auch noch den Rest seiner Freunde.«)

☞ Erkunden Sie systematisch die Lebensumstände der Menschen, die Ihnen begegnen. Führen Sie nicht nur Partygespräche mit ihnen, sondern lassen Sie sich ihre Biographie erzählen, aus ihrem Berufsleben berichten. Achten Sie auf die Art der Erzählung. Dabei geht es weniger um detektivische Ausfragerei als um interessiertes Hinhören und engagierte Anteilnahme.

☞ Wenn Sie sich unter Leute mischen (in Kaufhäusern und Cafés, auf Campingplätzen und Fêten, in Kneipen, im Zug und Schwimmbad), lauschen Sie, wie Leute reden, worüber sie reden, was sie durch ihr Aussehen verraten. Überlegen Sie sich, welchen Beruf, welche Lebensgeschichte, welchen Charakter sie haben könnten.

Je fremder das Milieu ist, je ferner die Epoche, in der die Geschichte spielen soll, desto seltener findet der Autor Wegweiser für seine Phantasie und desto leichter verirrt er sich in einem Gelände, das er nicht kennt. Gerade die konkreten Details des täglichen Lebens und Verhaltens sind in aller Regel nicht bekannt – von der Kleidung bis zu den Umgangsformen, von der Moral bis zur Technik, von der Sprechweise bis hin zu den materiellen Dingen des Alltags. Hier heißt es zu recherchieren durch Bücher und Reisen, durch Befragungen und Interviews. Je ›historischer‹ ein Protagonist ist, desto schwieriger gestaltet sich seine glaubwürdige Darstellung.

Die Frage bleibt, wie weit man letztlich Zugang finden muß zu einem unbekannten Milieu, um es überzeugend darzustellen, wie weit man sich also auskennen muß im Ehrenkodex chinesischer Triaden, bei den Geldwäsche-Usancen amerikanischer Großbanken, im Liebesleben libanesischer Clanfürsten oder im gentechnischen Labor. Eine befriedigende Antwort hängt weitgehend vom Authentizitätsanspruch der Literatur ab, die man schreiben will. Häufig reichen schon einige Fakten, treffende Details und ein wenig Jargon, um einen überzeugenden Anschein von Realismus und Sachkenntnis zu vermitteln. Man kann davon ausgehen, daß nur wenige Leser Experten sind und gewisse Ungenauigkeiten oder Anachronismen nicht bemerken.

Aber es gibt gute Gründe, sich in dem geschilderten Milieu zu Hause zu fühlen. Im heutigen Zeitalter der Nachrichtenstory und Informationslawinen vermischen sich Roman und Sachbuch, *fiction* und *fact* zu *faction*. Viele Leser verlangen auch vom Roman neben der romantischen Liebesgeschichte und der knallharten *action* aktuelle Zeitprobleme und die richtige Angabe von ICE-Abfahrtszeiten. Man könnte diese Tendenz ›Faktionalisierung‹ der Fiktion nennen. Johannes Mario Simmel hat sich mit dieser Methode während der letzten Jahrzehnte ein Vermögen erschrieben. Andere Leser lieben es, trotz (oder wegen?) medialer Totalaufklärung, in exotische Gefilde (örtlicher wie zeitlicher Art) entführt zu werden, in die letzten Paradiese unserer Phantasie und Neugier. Man denke an das ertragsträchtige Science-fiction-, Fantasy- und Geheimdienst-Genre, aber auch an die Beliebtheit südamerikanischer Romane oder an den zeitlosen Erfolg historischer Stoffe.

Noah Gordons »Der Medicus«, in Deutschland ein Bestseller, beweist aufs neue die Faszinationskraft, die in der Schilderung des gar nicht so finsteren Mittelalters und einer verheißungsvollen wie strapaziösen Reise in das Zentrum islamischer Kultur liegt. Dabei zeigt der Roman, daß sein Verfasser viel medizingeschichtliches Wissen verarbeitet hat und geschickt das uralte literarische Motiv der Orientreise mit all seinen Versatzstücken aufzugreifen verstand. Gleichzeitig agiert und fühlt der Held des Romans wie ein beliebiger Protagonist aus einem Hollywoodfilm: Als Sucher des heilenden Grals hat er den amerikanischen Traum des *go-and-get-it* verinnerlicht, er liebt nur einmal und dann richtig und verhält sich, ein zeitversetzter Klausjürgen Wussow, wie die Ärzte, die wir aus der Schwarzwaldklinik kennen. Das Mittelalter bleibt weitgehend Kulisse.

Leseerfahrung

Wie man an dem genannten Beispiel sehen kann, kommt die Darstellung des Fremden, aber auch des Eigenen, nicht aus ohne die Muster, die uns die literarische Tradition bereitstellt. Auf Lebenserfahrung könnte ein hochbegabter Autor vielleicht verzichten, auf Leseerfahrung nicht. Auch wenn es eine Selbstverständlichkeit ist, möchte ich betonen: Wer schreiben und veröffentlichen will, muß sich im Metier auskennen. Dies meint kein germanistisches Seminarwissen, sondern die konkrete Kenntnis der Literatur aus Vergangenheit und Gegenwart. Günstig scheint mir zu sein, wenn ein Autor bzw. eine Autorin schon in Kinderzeiten dem Schatz der Urgeschichten in Märchen, Lied und Sage begegnet wäre und dann den Lesefaden nicht hätte abreißen lassen. Während der Adoleszenz kommt es häufig zu einer vertieften Auseinandersetzung mit den Phantasieprodukten der eigenen Kultur (also auch dem Film, der ja immer schon viele Romane aufgegriffen und in sein Medium umgesetzt hat und dessen Strukturen heutzutage mehr denn je auf den Roman zurückwirken) und damit zu dem unausrottbaren Wunsch, ein Schriftsteller zu werden. Die jungen Menschen entdecken sich und ihre Probleme in der Fiktion und benutzen erfundene Leben, das eigene Leben nach diesen Mustern zu deuten und schließlich auch zu ›erfinden‹. Dieser Vorgang der wechselseitigen Durchdringung von Leben und Lesen, von Projektion und Identifikation, von Selbstdeutung und Selbstfindung gehört zu den Grundlagen literarischer Kreativität und setzt sich im Leben des arrivierten Schriftstellers fort, auch wenn dieser später nicht mehr so viel Romane verschlingt wie im Stadium der Verpuppung.

Darüber hinaus ist die Kenntnis der Literatur entscheidend für die (häufig unbewußte) Aufnahme darstellerischer Formen und typischer Inhalte, sie liefert das Handwerkszeug für Sprache und Gestaltung und ist gleichzeitig die Voraussetzung dafür, daß sich der (zukünftige) Schriftsteller den Leseerwartungen des Publikums anpassen bzw. sich mit ihnen auseinandersetzen kann. Die Literatur, die sich als geschichtsresistent erwiesen hat, wie auch die aktuelle, liefert das Zeicheninventar und den Code, mit deren Hilfe der Autor mit seinen Lesern kommuniziert. Ohne ihre intime Kenntnis sind Mißverständnisse vorprogrammiert, und das bedeutet: Nichtbeachtung durch Lektor und Leser und damit Erfolglosigkeit bei Verlagen und auf dem Markt.

Was und wie lese ich nun, wenn ich schreiben und mich als Autor durchsetzen will?

Beginnen wir mit der griechischen Mythologie. Da ihre Figuren und Geschichten grundlegend für die abendländische Literaturtradition geworden sind und sie außerdem ein unendliches Muster menschlicher Verhaltensweisen und Selbstdeutungen ausbreiten, sollte man sich immer wieder in sie hineinvertiefen. Es gibt neben nützlichen Lexika den klassischen »Schwab« und viele Nachfolger, die mehr oder weniger ausführlich die griechischen und römischen ›Sagen‹ nacherzählen.

Zu ihnen gehören ebenfalls die homerischen Epen und die Tragödien von Aischylos, Sophokles und Euripides (und anderen), die die Mythen aufgegriffen, nacherzählt, bearbeitet und dramatisiert haben und selbst neue Mythen schufen.

Gerade die Phantasie-Fabrik Hollywood zeigt, daß die dramatischen Strukturen, die Handlungsmuster und auch das Figureninventar der griechischen Literatur sowie die Kernsätze der antiken Poetik von Aristoteles bis zu Horaz mehr denn je Gültigkeit besitzen – bis hin zur letzten Soap-Opera. Ja, es läßt sich sagen, daß die Dramaturgie der klassischen (sophokleischen) Tragödie, wie sie von Aristoteles auf den Punkt gebracht wurde, sich als wirkungsvollstes Grundmuster allen Erzählens durchgesetzt hat. Davon zeugen, ob man sie mag oder nicht, Hollywoods weltweite Hits und die Erfolge der angelsächsischen Literatur. Auch die Lehrbücher des literarischen *how-to-do* vermitteln die Grundregeln, die von den ›alten Griechen‹ aufgestellt wurden. Wer die Nase rümpft über unterhaltsame Literatur und Identifikationskino, weil er Flaniertexte bevorzugt, manische Selbstreflexion, manierierte Sprachverspieltheit oder gar experimentelle Destruktion und die Dramaturgie des Tiefschlafs, sollte überlegen, ob seine poetologischen Glaubenssätze nicht langsam veralten. Avantgarde kann schnell

Nachhut werden, weil nichts so schnell eintönig wird wie der jeweils letzte Schrei. Und Langeweile war noch nie ein Zeichen für Qualität.

Der zweite Nährboden unserer Lesekultur ist die Bibel. Zumindest war sie es bis vor kurzem. Ihr entstammen viele traditionsmächtige Geschichten und Figuren, sie ist der religiöse Subtext unseres Denkens und Bewertens. Es gibt kein Werk der deutschen Literatur, das so sprachwirksam war wie die Bibel-Übersetzung des Martin Luther. Noch heute kann man sich ihrem Reichtum an Bildern, ihrer Rhetorik und ihrem Rhythmus nur schlecht entziehen. Gerade der letzte Punkt sollte jeden, der schreiben will oder schreibt, dazu verleiten, sich gelegentlich von und in diesem so fruchtbaren Sprachfluß treiben zu lassen.

Wer ein Romancier werden möchte, sollte einen, zumindest seinen Kanon an Erzählklassikern kennen. Er überschaut auf diese Weise, wenn auch nur bruchstückhaft, die Geschichte der Gattung, in die er sich einreihen will. Er weiß, was und wie die Größen seiner Kunst geschrieben haben, er kann – und sollte – von ihnen Figurenzeichnung, Handlungsdramaturgie, Perspektive, sprachlichen Ausdruck lernen, selbst dann, wenn er die traditionellen Muster ablehnt. Vor allem die Bücher, die ihm in puncto Technik, Inhalt und Stil liegen, sollte er studieren, darüber hinaus diejenigen, die einen Reichtum an ungewöhnlichen Formen realisieren und seine darstellerische Phantasie anregen. Letztlich wird er nur auf diese Weise sein Handwerk zu beherrschen lernen.

> »Ich lese eine Menge ..., ich lese auch Mist. Ich finde immer Zeit, das Alte Testament zu lesen, ›Moby Dick‹, einiges von Shakespeare und etwa zwölf andere Romane dieses Kalibers mindestens einmal im Jahr, weil ich etwas Wertvolles lerne oder sehe, was ich während der vorherigen Lektüren übersehen hatte.« (William Faulkner)

Für diejenigen, die auf dem Markt reüssieren wollen, haben die amerikanischen *creative-writing*-Autoren noch einen Rat parat, der typisch ist für ihre leserzentrierte, erfolgsorientierte und gleichzeitig handwerksbezogene Einstellung. Sie sagen: Nehmen Sie sich Bestseller vor, nicht irgendwelche, sondern am besten diejenigen, bei denen Sie ergriffen waren, obwohl Sie sich gleichzeitig über ihre Melodramatik und Gefühligkeit, über den Aktionismus und die Kolportageelemente mokiert haben. Ihr Urteil: Dies ist eigentlich ziemlicher Mist, aber im Grunde gefällt mir der Mist. Ein gewisses Gefühl der Bewunderung können Sie nicht unterdrücken.

Lesen Sie diese Bücher genau und machen Sie sich die Mühe, ihren Inhalt

- ☞ in wenigen Sätzen zusammenzufassen,
- ☞ Szene für Szene in ihren grundlegenden Zügen zu skizzieren.

Rekapitulieren Sie folgende Fragen, oder, noch besser, fragen Sie sich gleich beim Lesen:

- ☞ Was hat mich an diesem Buch neugierig gemacht?
- ☞ Was hat mich zum Lesen verführt?
- ☞ Wie gelang es dem Autor oder der Autorin, mich in die Geschichte hineinzuziehen?
- ☞ Was fesselt mich so an ihr?
- ☞ Wie lenkt der Erzähler meine Aufmerksamkeit?
- ☞ Warum lese ich überhaupt weiter?

Falls Sie zwischendurch keine Lust mehr am Weiterlesen haben oder gar das Buch weglegen, fragen Sie sich:

- ☞ Warum langweile ich mich?
- ☞ Was stößt mich ab?
- ☞ Warum lese ich nicht mehr weiter?

Diese Aufforderungen, vor allem die Zusammenfassungen, klingen ein wenig nach Schulaufgabe. Aber tatsächlich schulen sie auch. Gehen Sie dabei nicht wie im Deutschkurs oder im Literaturseminar vor und werfen mit Fachbegriffen um sich. Im Gegenteil. Versetzen Sie sich in eine ganz ›naive‹ Leserrolle.

Fragen Sie sich immer wieder: Wie macht er oder sie das? Wie funktionieren die Tricks? Warum reagiere ich so, wie ich reagiere? Auf diese Weise lernen Sie, auf Techniken und gleichzeitig auf Leserwirkung zu achten.

Diese Empfehlung gilt natürlich nicht nur für Bestseller, sondern für alle für Sie wichtigen und gleichzeitig anerkannt erfolgreichen Bücher.

Gehen Sie regelmäßig ins Kino und ›lesen‹ Sie die bewegten Bildgeschichten. Achten Sie dabei besonders auf die Handlungs- und Konfliktdramaturgie, auf die Gestaltung der Dialoge, auf die Ökonomie der Szenen. Achten Sie außerdem auf Details. Wir danken dem Kino – speziell dem Höhlen-Kino, weniger der Wohnzimmer-Mattscheibe – nicht nur Traumbilder, sondern auch die (Wieder-)Entdeckung des Konkreten, das zu schnell auf den Begriff gebracht wurde und seine sinnliche Qualität verlor. Studieren Sie Gesten, Stimmungen, Landschaften, Innenräume und Dinge. Natürlich ist immer zu bedenken, daß man im Kino einer manipulierten Bildfiktion ausgesetzt ist, ja, daß gerade die sprechenden Details symbolisch aufgeladene Kunstprodukte und keine ›Wirklichkeit‹ sind. Aber eben in dieser Form ermöglichen sie ein Sehen, das gleichzeitig Erkennen ist.

Manche Romanautoren lesen, wenn sie älter und erfolgreich geworden sind, nicht mehr so viel Belletristik, sondern bevorzugen Sachbücher. Sie haben ihren Stil gefunden, haben meist auch die turbulenten Phasen ihres Lebens hinter sich und suchen nun nach neuen Stoffen, Details, streifen durch die unterschiedlichsten Sachbereiche, um sich Anregungen, auch sprachlicher Art, zu holen. Für den beginnenden Autor, der noch weitgehend aus seinem eigenen Erfahrungsfundus heraus schreibt und gleichzeitig seinen eigenen Ton sucht, steht das Lernen literarischer Technik mit Hilfe von Vorbildern im Vordergrund. Aber natürlich nützt auch ihm die Lektüre anregender (Auto-)Biographien, Briefe und anekdotenreich-lebendig geschriebener Geschichtsbücher.

Wenn Sie nicht gerade Literatur studieren, können Sie auf die Auseinandersetzung mit wissenschaftlichen Abhandlungen verzichten. In aller Regel lernen Sie dort wenig für Sie Relevantes, weil Ihr Blickwinkel Schreiben vom Produzenten her sieht und Sie zusätzlich Ihre natürliche Lesehaltung beibehalten sollten. Von Ausnahmen abgesehen, hat die deutsche Literaturwissenschaft Schwierigkeiten, den Kontakt zum aktuellen Funktionskreis zwischen Autor, Werk und Leser zu halten. Was zu bedauern ist und auch nicht nötig, wie gerade die angelsächsischen Länder zeigen, in denen es weniger Abgrenzungsprobleme zwischen Literaturproduktion, -kritik und -wissenschaft gibt (ein Beispiel: David Lodge). Allerdings ist positiv anzumerken, daß auch bei uns in letzter Zeit verstärkt Autoren gut besuchte Poetikvorlesungen halten, Professoren regelmäßig Rezensionen und darüber hinaus literarische Erfolgsbücher schreiben.

Literaturkritik im Feuilleton der überregionalen Presse und in Wochenzeitungen ist für Sie als Autor(in) interessanter. Sie erfahren dort zumindest augenblickliche Trends, merken, worauf Kritiker Wert legen und was sie beeindruckt. Allerdings sollten Sie nicht allzu sehr – oder eigentlich gar nicht – versuchen, ihr Fähnlein nach dem Wind zu drehen. Sie würden den Trends immer nur nachlaufen und sich selbst aus den Augen verlieren.

Viel wichtiger erscheint mir, schon aus Gründen der Motivation, (Auto-)Biographien von Schriftsteller(inne)n zu lesen, auch Briefe, Essays (vor allem zu poetologischen Fragen) und Werkstattgespräche. Dort erfahren Sie zum einen etwas über den Zusammenhang von Leben und Werk, und dies kann gerade den noch um Anerkennung kämpfenden Autor(inn)en ihre Selbstzweifel mindern und ihnen mehr Mut machen. Sie werden nämlich erfahren, daß es einem Großteil ihrer Kollegen so ging wie ihnen, manchen noch viel schlechter, und daß viele später berühmte Schriftsteller zu Lebzeiten nie (richtig) anerkannt wurden (z. B. Friedrich Hölderlin, Georg Büchner, Franz Kafka). Zum anderen erfahren Sie etwas über die Voraussetzungen literarischer Kreativität und über das Handwerk des Schreibens. Nicht alle Schriftsteller sind in diesem Punkt ergiebig, aber es gibt leuchtende Beispiele. Zu empfehlen sind die noch immer aktuellen Briefe Gustave Flauberts: Sie bieten poetologisch fundierte Ratschläge, zeigen gleichzeitig Glanz und

Elend der Kreativen und sind ein ungemein plastisches Selbstporträt. Lehrreich sind Umberto Ecos »Nachschrift zum ›Namen der Rose‹«, Mario Vargas Llosas »Geheime Geschichte eines Romans«, die Werkstattinterviews von Horst Bienek und H. L. Arnold und immer wieder Dieter Wellershoffs Essays, nicht zuletzt sein Band »Der Roman und die Erfahrbarkeit der Welt« (weitere Angaben im Literaturverzeichnis).

Auf fremden Pfaden. Techniken der Erkundung

»Die einzige Existenzberechtigung des Romans
besteht darin, daß er einen unbekannten Aspekt
des Lebens entdeckt.«

(Milan Kundera: »Die Kunst des Romans«)

Nicht immer reicht der Blick über den Zaun oder in ein Buch. Man muß sich auch der Fremde aussetzen. Reisen Sie daher viel. Dies meine ich im übertragenen wie im wörtlichen Sinn. Gehen Sie auf die Suche nach dem Unbekannten, das Sie sich und uns bekannt machen möchten.

Relativieren und erweitern Sie Ihr eigenes Leben, indem Sie nicht von sich ausgehen, sondern indem Sie in Verwandte, Freunde, Bekannte ›hineinschlüpfen‹, auch in Personen aus Zeitungsberichten und sogar in Kunstfiguren aus Literatur und Film. Überlegen Sie, wie Sie sich an deren Stelle verhalten hätten. Spinnen Sie wieder eine Geschichte nach dem Muster der drei W's: Was-wäre-wenn.

Nehmen Sie eine klassische, immer wieder erzählte Geschichte, die Sie fasziniert, die aber nicht Ihre ist, und versuchen Sie, diese Geschichte Ihren eigenen Erfahrungen, Kenntnissen anzupassen. Versetzen Sie sie in Ihr eigenes Milieu und lassen Sie sie an einem Ort spielen, den Sie gut kennen.

Auch Lebensdokumente unbekannter Menschen oder flüchtig Bekannte können Sie anregen, sich ihre Geschichte anzueignen. Gelingt es Ihnen, sich das fremde Leben ›fühlbar‹ zu machen, können Sie es in einem komplexen Prozeß aus Identifikation und Projektion ausphantasieren und schließlich gestalten. Dabei spielt es letztlich keine Rolle, ob Tagebücher oder

Briefe den Anstoß gaben, ein bierseliges, tränenreiches Kneipengespräch oder eine Zeitungsnotiz. Die Literaturgeschichte ist voll von solchen Romanen. Auch in der deutschen Literatur der letzten Jahre finden Sie einige Exemplare. Besonders prominent ist »Die Verteidigung der Kindheit« von Martin Walser. In einem kürzlich im Magazin der Süddeutschen Zeitung erschienenen Interview skizzierte er seine Methode:

> »Ich beschäftige mich mit Figuren. Oft jahrzehntelang. Die sind zunächst schemenhaft zusammengesetzt, aus realen Personen, oft ganz fernen, zufälligen Bekannten. Je weniger ich einen Menschen kenne, desto mehr kann ich von ihm verwenden. Denn dann kann er noch zusetzen. Ich lasse die Figuren spielen. Manche stammen aus der Literatur. Dann lebt Hamlet eben am Bodensee. Manche habe ich aus Zeitungsmeldungen. Solange sich die Projekte entwickeln, lebt jede Figur im Bauch, wie ein Kind, dessen Herzschlag man hört. Wenn mir dann eine Szene einfällt, notiere ich sie. Sind noch 15 Szenen dazugekommen, beginne ich zu schreiben. Wenn die Figuren Fleisch ansetzen, verlieren sich nach und nach die Konturen der Lieferanten. Die Figuren agieren dann selbsttätig. Sie schreiben die Geschichte, den Roman.«

Die Form der Einfühlung in fremdes Leben geht nahtlos über in die Form der suchenden Aneignung, die häufig auch direkt thematisiert wird. Denken Sie an »Nachdenken über Christa T.« sowie »Kein Ort. Nirgends« von Christa Wolf oder auch an viele Romane von Peter Härtling, in denen der suchende, nachdenkende und sich einfühlende Autor nie hinter dem Nach-Gedachten verschwindet, sondern sich als nachdenkliche Erzählerfigur dem Leser präsentiert. In seinem autobiographischen Roman »Herzwand« schreibt Härtling:

> »Mein Wunsch, den andern zu erzählen, genauer noch: in die andere Person einzusickern, sie einzunehmen, schließlich alles von ihr zu besitzen und zu wissen,

> nimmt gelegentlich überhand. Ich taste mich durch Spielarten und Denkvarianten. Die Energie, das Unbegreifliche im Nächsten zu begreifen, hinterläßt mehr oder mehr Spuren.«

Erkunden Sie nicht nur in Ihrem Kopf die Fremde, sondern gehen Sie auch mit Ihrem Körper auf Reisen. Lernen Sie »Land und Leute« kennen. Ich setze diese Klischeeformel schon deshalb in Anführungsstriche, weil mir klar ist, wie schwierig es für uns ist, »Land und Leute« nicht nur als Staffage, als pittoresken Hintergrund oder als Bestätigung unserer Vorurteile zu erleben, sondern bei und mit ihnen wirkliche Erfahrungen zu machen und sich dadurch in Frage stellen zu lassen.
Trotz aller Einschränkungen: Reisen relativiert die eigene Sicht. Schon die bloße Bewegung durch den Raum bietet die Chance, Phantasie freizusetzen und unseren Blick zu erneuern. Eine Zugfahrt kann uns, wie Dieter Wellershoff in seinem Essay »Der Roman als Krise« gezeigt hat, in einen kreativen Zustand versetzen, in dem das Eigene fremd und das Fremde eigen wird. Und es gibt, wie ein anderer Zeuge, Albert Camus, darlegt, der Welt und ihren Dingen wieder eine symbolische Tiefe, die in den täglichen Sicherheiten verlorengegangen ist:

> »Denn was den Wert des Reisens ausmacht, ist die Angst ... Fern von unseren Angehörigen, fern von unserer Sprache, all unserer Stützen verlustig, unserer Masken beraubt ..., befinden wir uns völlig an der Oberfläche unserer selbst. Aber da wir das Gefühl haben, unsere Seele sei krank, gewinnt in unseren Augen jeder Mensch und jedes Ding wieder seinen Wert als Wunder. Eine Frau, die selbstvergessen tanzt, eine hinter einem Vorhang erspähte Flasche auf einem Tisch: jedes Bild wird zum Symbol. Und in dem Maße, in dem unser eigenes Leben in diesem Augenblick darin erhalten ist, scheint sich uns das ganze Leben darin zu spiegeln.«
> (»Licht und Schatten: Liebe zum Leben«)

Heute bieten sich uns, gerade jüngeren Menschen, immer mehr Möglichkeiten, eine Zeitlang im Ausland zu leben. Keiner, der – in welchem Stadium auch immer – schreibt, sollte sich eine solche Chance entgehen lassen. In einem fremden Land relativiert man die eigenen Selbstverständlichkeiten und erneuert den Blick auf Welt und Ich. Durch einen längeren Aufenthalt wird die Krise der Be-Fremdung erst recht zu einer schöpferischen Krise und gleichzeitig zum Anstoß, sie schreibend zu bewältigen. Und nicht zuletzt macht die Ent-Fremdung von der eigenen Sprache und das Erlernen einer neuen sprachbewußter, es sensibilisiert für die Möglichkeiten des Ausdrucks. Hinzu kommt, daß eine nicht erzwungene Exilierung aus dem eigenen Sprachraum dazu verleitet, sich in der Muttersprache vermehrt und bewußter auszudrücken. Daß Peter Handke in dem spanischen Ronda den »Versuch über die Jukebox« schrieb (und auch sonst häufig im Ausland lebt und schreibt), ist nicht nur eine seiner kreativen Schrullen, sondern hat auch damit etwas zu tun, daß paradoxerweise die Abwesenheit des alltäglichen Geredes die Muttersprache intensiver präsent macht. Freiwillig gewählte Zeiten des Alleinseins erhöhen die Phantasietätigkeit und den Innendruck, der nach einem Ventil, nach sprachlichem ›Ausdruck‹ drängt. Die Distanz, auch die räumliche, eröffnet zudem den Überblick und ermöglicht über eine tiefere Einsicht eine neue Aussicht. In diesem Aspekt liegt ein weiterer Vorteil eines Aufenthalts in der Fremde: Sie können sich leichter von Ihren inneren Konflikten lösen. Und Sie wissen ja: Erst wer die eigenen Erlebnisse nicht mehr als Fessel fühlt, ist in der Lage, sie so darzustellen, daß sie für andere bindend werden.

Lassen Sie mich einige Überlegungen zusammenfassen:

☞ Seien Sie an allem interessiert, erlahmen Sie nie in Ihrer Neugier, gehen Sie vorurteilslos durch Ihr Leben und erkunden Sie staunend das Leben Ihrer Mitmenschen; saugen Sie Wirklichkeit ein, vor allem Geschichten, Situationen und die konkreten, sinnlich faßbaren Dinge und Details. Eine Weile in einem bürgerlichen Beruf zu arbeiten, kann nicht schaden.

☞ Weichen Sie nicht den existentiellen Achterbahnen aus, aber suchen Sie sich immer einen Fleck, von dem aus Sie Abstand gewinnen, wo Sie sich innerlich sammeln können.
☞ Lesen Sie viel, schreiben Sie viel. Seien Sie, in den Worten von Sten Nadolny, eine wohlorganisierte Träumerin, ein wohlorganisierter Träumer.

Küß mich, Muse!
Voraussetzungen der Inspiration

»So sind im künstlerischen Zeugungsakt immer beide Elemente gemischt, Unbewußtheit und Bewußtheit, Inspiration und Technik, Trunkenheit und Nüchternheit.«

(Stefan Zweig: »Das Geheimnis des künstlerischen Schaffens«)

Die bisherigen Überlegungen klangen so, als würde oder sollte der Schriftsteller aus dem Material seines Lebens, aus Beobachtungen und Recherchen seine Geschichten wie ordentliche Gesellenstücke konstruieren. Der kreative Prozeß ist jedoch weit komplizierter: Er verläuft über weite Strecken un- oder halbbewußt und zeichnet sich durch laufende Rückkopplungen und häufiges Oszillieren zwischen rational gesteuerter Arbeit und inspirativen Eingaben aus. »Man wählt seine Themen nicht, sie drängen sich auf«, betont Gustave Flaubert. Aber dieses Ineinander von Suchen und Finden, ICH und ES, Leere und Fülle, Logik und Intuition, Elaboration und Einfall ist immer von Störungen bedroht: von mechanischem Leerlauf, von Energieausfall oder, um in einen anderen Bildbereich auszuweichen, von Dürre und Austrocknung.

Hier einige Tips, wie Sie das schöpferische Getriebe geschmiert, das kreative Wachstum gesund halten können:
☞ Bleiben Sie in einer Art ›freischwebenden Aufmerksamkeit‹ offen, und lassen Sie die Einfälle aus unbewußten Bereichen einfach kommen. Sie erscheinen in unterschiedlicher Gestalt: manchmal als Bild (z. B. einer schmutzigen

Mädchenunterhose. Faulkner: »Schall und Wahn«), als Gefühl, Gedanke oder Wunsch (Umberto Eco verspürte den Wunsch, einen Mönch zu ermorden, und schrieb dann seinen »Namen der Rose«), als erster Satz (Joseph Heller: »Catch 22«). Häufig tauchen die Einfälle ganz unerwartet auf: unter der Dusche, beim Zähneputzen, auf der Toilette, beim Spazierengehen, in einer beliebigen Unterhaltung, beim Lesen oder im Traum. Dieser Vorgang wurde hundertfach beschrieben und wirft ein bezeichnendes Licht auf die verborgenen Vorgänge der Kreativität.

☞ Versuchen Sie gelegentlich, wie die Surrealisten ›automatisch‹ zu schreiben, also ohne jede logische oder auch syntaktische Kontrolle. Sie werden dabei merken, wie schwer es ist, die Eingriffe der linken Gehirnhälfte auszuschalten. Sie produzieren viel sprachlichen Müll, aber auch faszinierende Wortkombinationen, seltsam schimmernde Einfälle, und insgesamt fordern wie fördern Sie ihr kreatives System.

☞ Spielen Sie (im Kopf und/oder auf dem Papier) mit Einfällen, zerlegen Sie sie, kombinieren Sie sie neu, stellen Sie alle möglichen Fragen, variieren Sie sie nach der Was-wäre-wenn-Methode, stellen Sie überhaupt alle W-Fragen (Wer? Was? Wann? Wo? Wie? Warum? Wozu?).

☞ Entwickeln Sie Einfälle durch *mind-mapping*. Schreiben Sie ein Wort in die Mitte einer leeren Seite und gehen Sie assoziierend von ihm und dann von jedem neuen Wort aus. Kreisen Sie die Assoziationen ein und markieren Sie die Assoziationswege durch Pfeile. Auf diese Weise entlasten Sie Ihr Gehirn von dem Zwang zu logischen und syntaktischen Strukturen und verstärken den Suche-Lösungs-Prozeß durch Hand (aufzeichnen) und Auge (Schaubild).

☞ Wenn Sie schon vage Ideen (›Keime‹) haben: Suchen Sie nach Material und lassen Sie sich von Bildbänden oder Filmen inspirieren.

☞ Führen Sie neben Ihrem Notiz- oder Tagebuch weitere Aufzeichnungssysteme: Ordner, Karteikarten, Computerdateien. Übertragen und ordnen Sie Ihre Notizen und ergänzen Sie sie dabei durch neue Einfälle. Manche werden Sie vergessen und auch später nicht mehr bedeutend finden. Andere drängen sich immer wieder vor. Wieder andere köcheln still vor sich hin. Blättern Sie Ihre Aufzeichnungen von Zeit zu Zeit durch. Mit der Zeit merken Sie immer deutlicher, welche Themen sich entfalten.

☞ »Arbeiten Sie jeden Tag, gleichgültig was geschieht.« (Ernest Hemingway). Als Schriftsteller sind Sie wie ein Klaviervirtuose, Tennisprofi oder Bergsteiger: Sie müssen lange üben, Kraft und Willen dürfen nicht erlahmen, und Ihre Kunstfertigkeit darf nie einrosten.

☞ Im übrigen sollten Sie bedenken, daß Einfälle, Themen und ganze Geschichten nicht an sich gut, sondern nur für den einzelnen Autor von Wert sind und erst durch ihn Gültigkeit erlangen. »Das Geheimnis der Meisterwerke liegt in dieser Übereinstimmung des Themas mit dem Temperament des Verfassers.« (Gustave Flaubert)

Ohne Geschäftsstunden kein Genie

»Es gibt kein Genie außerhalb der Geschäftsstunden«, hat Heinrich Mann einmal mit einer gewissen Süffisanz über seinen genialeren und geschäftstüchtigeren Bruder Thomas gesagt. Mit diesem Bonmot spielte er auf die leicht zwanghaft wirkende Art an, mit der Thomas Mann sein Arbeitspensum organisierte. Jeden Tag ca. drei Stunden Schreibzeit, von neun bis zwölf Uhr vormittags, so baute sich, wie Thomas Mann häufig selbst berichtete, sein recht umfangreiches Werk »aus vielen Einzelinspirationen« langsam, nicht unangefochten, doch zunehmend sicherer auf. Drei Stunden Genie am Tag, das reichte; nachmittags konnte er dann lesen, spazierengehen, Tee trinken und Korrespondenz führen, abends die Oper besuchen und Freunde empfangen oder erneut lesen. Vor dem Zubettgehen notierte er noch stichwortartig Bemerkungen zur Befindlichkeit, zur Arbeit und zu den Begegnungen, ohne Anspruch auf sprachliche Gestaltung.

Jeder Autor muß sein Leben und seine Arbeit organisieren, damit ein umfangreiches Werk entstehen kann. Kürzere Texte wie Gedichte oder Kurzgeschichten entstehen gelegentlich in einem Guß, womöglich wie unter Diktat. Man denke an Kafkas Erzählung »Das Urteil«, die in innerem Aufruhr und äußerer Bewegungslosigkeit nächtlich herausgeschleudert wurde. Aber auch kurze Texte erfordern meist Überarbeitung. Viele Berichte von inspirativer Eingebung, gar im Traum wie bei Coleridges Poem »Kubla Khan«, erweisen sich bei näherem Hinsehen als Mythen und Stilisierung: Unterschiedliche Textversionen und zahlreiche Korrekturen zeugen von der Schweißarbeit, die der Offenbarung folgte. Novellen und Romane erfordern schon durch ihre pure Länge und den dadurch notwendigen Zeitaufwand wohlüberlegte Organisation.

Wie soll man nun seine ›Geschäftsstunden‹ und mit ihr die Arbeit einrichten? Anders ausgedrückt: Wie gestaltet man das Schreiben möglichst effektiv?

Natürlich gibt es auf diese Fragen keine allgemeingültigen Antworten, doch gibt es typische Lösungen, die jeder für und an sich testen sollte. Betrachten Sie die folgenden Ratschläge, die auf den Erfahrungen Ihrer schreibenden Kollegen beruhen, als Vorschläge und versuchen Sie, den für Sie fruchtbarsten Weg zu finden.

Regelmäßigkeit

Schreiben Sie an einem Manuskript regelmäßig, damit Sie und das entstehende Werk eine Einheit werden. Geben Sie nicht jeder Störung nach, und arbeiten Sie auch, wenn Sie sich nicht so gut fühlen oder wenn die Sätze nur zäh fließen. Die Qualität der Ergebnisse ist selten vorhersehbar. Selbst wenn gar nichts ›kommen‹ will: Meditieren Sie über Figuren, Szenen, Sätze. Gewöhnen Sie sich an feste Arbeitsstrukturen; auch Ihr kreatives Ich unterliegt einer gewissen Konditionierung. ›Fest‹ bedeutet natürlich nicht zwanghaft.

Intensität

Man kann den Grundsatz der Regelmäßigkeit noch steigern. Manche Autoren fordern, (die erste Fassung) möglichst schnell zu schreiben. Schnelligkeit bedinge Intensität und Engagement und steigere sich womöglich in einen Schreibrausch. So schreiben J. M. Simmel und Heinz G. Konsalik nach eigenen Angaben etwa zehn Stunden am Tag. Fjodor Dostojewski diktierte – unter finanziellem Druck – seinen »Spieler« in 27 Tagen. Wenn Georges Simenon einen seiner zahlreichen Romane niederschreiben wollte, zog er sich in ein Pariser Hotel zurück, schirmte sich völlig ab und brauchte im Schnitt nur etwa zehn Tage. Diese Art des Schreibens ist nicht jedermanns Sache. Aber die Grundidee ist wichtig: eintauchen in die Arbeit, sich voll konzentrieren. Allerdings gilt auch hier: nichts übertreiben, sich nicht überanstrengen, *easy does it.*

Unterbrechungen, Fluß

Aus dem bisher Gesagten läßt sich ableiten, daß man die Arbeit an einem Werk nicht unterbrechen sollte. Doch gilt auch dies nur eingeschränkt. Unterbrechungen, die der kreativen Erholung dienen und die gleichzeitig einen Abstand zum bereits Geschaffenen herstellen, sind unter bestimmten Bedingungen nützlich, ja sogar notwendig. Sie sind dann einzulegen, wenn die Arbeit es erfordert, also in erster Linie, bevor Sie sich nach Abschluß der Vorarbeiten ins Schreiben stürzen und nachdem Sie den ersten Entwurf abgeschlossen haben.

Arbeitszeit

Wann ist die beste Arbeitszeit? Morgens, sagen die meisten Autoren, wenn der Kopf noch klar und ausgeruht ist und die Träume ihre Vorarbeiten erledigt haben. Thomas Manns Tageslauf erwähnte ich schon. Ernest Hemingway, Eugène Ionesco, Gabriel García Marquez, Elfriede Jelinek und viele andere schwören ebenfalls auf den Vormittag. Es gibt allerdings auch Autoren, wie William Styron, die sich nachmittags oder abends an den Schreibtisch setzen. Je später der Abend, desto geringer die Ablenkungen. Ich erinnere an Franz Kafka, der, zeit seines Lebens ein fanatischer Schreiber, in der elterlichen Wohnung lebte und große Mühen hatte, sich abzuschirmen, sich einen anerkannten und geachteten Platz zu schaffen, und dies im wörtlichen wie übertragenen Sinne. Davon legt sein Werk ein beredtes Zeugnis ab. Zudem ging er tagsüber zur Arbeit. Er rettete sich, indem er häufig nachts schrieb. James Baldwin ging es ähnlich: Weil er tagsüber Geld verdienen mußte, gewöhnte er sich ans nächtliche Schreiben.

Doch sollte man bedenken, daß am Abend (wie auch nach dem Mittagessen) die Leistungskurve generell absinkt und morgens wie am späteren Nachmittag ihre Höhepunkte hat.

Länge

Wie lange soll man schreiben? Manche füllen die Seiten, bis sie leer und müde sind, die meisten jedoch schreiben nach System: Sie legen entweder einen relativ festen Zeitrhythmus fest, häufig drei bis vier Stunden, und hören auf, wenn sich ein sinnvoller Einschnitt ergibt (Hemingway unterbrach nach ca. fünf bis sechs Stunden, wenn er wußte, wie es weitergehen würde); oder sie schreiben eine gewisse Zeilen- oder Seitenlänge und beenden dann, unter Umständen sogar abrupt, ihr Tagespensum (Anthony Trollope schrieb jeden Tag exakt sieben Seiten und somit 49 Seiten in der Woche! Simmel hört abends um 7 Uhr mitten im Wort auf).

Ort

Zum Schreiben braucht man Ruhe und Konzentration, braucht man einen Ort, der ein gewisses Sicherheitsgefühl verleiht und an dem man sich nach außen hin abgrenzen kann. Je länger ein Werk wird, je mehr Zeit Autor wie Autorin schon vom puren Umfang her benötigen, desto intensiver müssen sie sich konzentrieren, um alle Verästelungen des Gewachsenen zu überschauen.

Was ist zu tun? Schauen wir uns an, wie berühmte Vorbilder sich ihren *hortus clausus* schufen. Schon Petrarca, der kaum unter der Belastung eines bürgerlichen Berufes litt, isolierte sich mehrfach in seinem bewegten Leben im provençalischen »vallis clausa«, im abgeschlossenen Tal der Fontaine de Vaucluse, um dort die Quellen der Kreativität fließen und sein literarisches Werk wachsen zu lassen.

Thomas Mann zog sich in das große Arbeitszimmer seiner Bogenhausener Villa zurück, das, zumindest für die morgendlichen drei Stunden, sakrosankt war, ein Heiligtum, das auch die Kinder kaum betreten durften. Natürlich hatte Ruhe im Hause zu herrschen, wenn der »Zauberer« schrieb. Da er reich war, konnte er sich Dienstboten leisten und die Kinder aufs Internat schicken. Außerdem sah es seine Frau Katia als ihre Lebensaufgabe an, sich den kreativen Bedürfnissen ihres Mannes unterzuordnen.

Solche idealen Voraussetzungen hat nicht jeder: Gottfried Benn, der die meiste Zeit seines Lebens als Arzt arbeiten und lange unfruchtbare Phasen ertragen mußte, der auch nur ein relativ schmales Werk hinterließ, schrieb in seinem Ordinationszimmer, wenn er wenig zu tun hatte, manchmal auch in Kneipen. Max Frisch verließ, als er am »Stiller« arbeitete, wie jeder Angestellte seine Wohnung und begab sich in sein ›Schreibbüro‹. Abends, nach getaner Arbeit, kehrte er dann wieder nach Hause zurück. Für Umarbeitung und Schlußredaktion schickte ihn sein Verleger Peter Suhrkamp zweimal aus Zürich weg in Klausur. Selbst die (selten gewordenen) Kaffeehausliteraten brauchen zwar die anregende Atmosphäre menschlichen Treibens, gleichzeitig aber auch die Anonymität der Öffentlichkeit und bleiben distanzierte Beobachter. Hermann Kesten hat im Vorwort zu seinem Buch »Dichter im Café« die Vorteile dieses Orts plastisch geschildert.

Ein Hinweis: Daß der Rückzug des Schriftstellers in die Einsamkeit auch zu einem ungeahnten und ungewollten Horrortrip werden kann, hat Stephen King in »Misery« (deutscher Buchtitel: »Sie«) auf spannende und unterhaltsame Weise gezeigt.

Kreative Phasen

Traditionellerweise werden vier kreative Phasen unterschieden: Präparation – Inkubation – Illumination oder Inspiration – Elaboration und Verifikation. Auch den Prozeß des Schreibens kann man in diese vier Phasen einteilen, wobei man sich jedoch im klaren sein muß, daß sie sich kaum so ordentlich aneinanderfädeln lassen, sondern miteinander verwoben sind. Daher sollte man vielleicht weniger von Phasen als von Formen des kreativen Arbeitens sprechen und sich bewußt sein, daß sie häufig gleichzeitig laufen und daß ihre Ergebnisse immer wieder in den Gesamtprozeß eingespeist werden.

Das Stadium der **Präparation** bereitet, wie der Name sagt, den eigentlichen Schreibakt vor. Einzelheiten haben Sie in den letzten Kapiteln gelesen.

Das Stadium der **Inkubation** ist schwer zu fassen. Der Begriff ist zudem unglücklich gewählt, weil er an den Ausbruch einer Krankheit denken läßt. Vielleicht sollte man eher von »Gravidität« sprechen: »Er brütet etwas aus«, »sie geht mit einem Problem schwanger«, heißt es. Mit Hilfe dieses metaphorischen Felds beschreiben viele Schriftsteller den Teil des schöpferischen Prozesses, in dem die Themen und Darstellungsprobleme mehr oder weniger unbewußt bearbeitet werden, bevor sie sich dann als Einfall und Aha-Erlebnis klar und stimmig dem prüfenden Bewußtsein präsentieren. Andere verwenden Termini der Psychoanalyse: Man überlasse die Lösung eines Problems unbewußter Bearbeitung. Die ES-Instanz spiele in diesem Stadium eine große Rolle. Was dort im einzelnen geschieht, ist nicht beobachtbar; aber es ist anzunehmen, daß eine Art *brainstorming* stattfindet, eine explorativ-spielerische Suche nach Lösungen, ein Verschieben und Ersetzen, Ins-Gegenteil-Verkehren, ein Auseinandernehmen und Zusammenfügen – also all das, was ein Autor häufig auch bewußt macht, nur eben schneller, radikaler, entspannter, ohne Abwehr und Verdrängungswiderstand.

Die **Illumination** (»Erleuchtung«) oder **Inspiration** zeigt sich in Form plötzlicher Einfälle, die alle Stadien des Schreibens steuern und begleiten. Dies beginnt mit den grundlegenden Einfällen zu den Charakteren, zur Handlung, zur Anlage des Romans und zur Erzählperspektive bis hin zu einzelnen Metaphern und Wortverbindungen. Man kann den eigentlichen Schreibakt dieser Phase zuordnen, wenn man sich bewußt bleibt, daß Inspirationen den gesamten schöpferischen Prozeß begleiten. Im Grunde müßte man das Niederschreiben als »Inspiration hoch zwei« bezeichnen, weil es die Einzeleinfälle nicht nur aufreiht, sondern durch höher organisierte Einfälle zu einem Ganzen gestaltet. In diesem Stadium vermischen sich die Prozesse der Inspiration und der Elaboration.

Die Form der **Verifikation** (»Überprüfung der Richtigkeit«) begleitet alle Phasen des kreativen Prozesses, dominiert aber im Schlußstadium der Überarbeitung. In diesem Stadium wird das Werk auf seine Evidenz, Stimmigkeit, Glaubwürdigkeit und Wahrhaftigkeit überprüft, auf seine innere Logik und thematische Einheit, auf Redundanzen und blinde Motive, auf Stil und Symbolik. Verifikation bedeutet: kürzen, umschreiben, einfügen und sprachlich glätten.

Kreative Strategien

Die kreativen Strategien setzen eine Entscheidung darüber voraus, ob man mehr spontan oder eher planend schreiben will. Der Gegensatz läßt sich durch die folgenden Begriffspaare umschreiben: ›handwerkliche Konstruktion‹ versus ›organische Einheit‹, ›Organisation‹ versus ›Wachsenlassen‹, ›bewußt‹ versus ›unbewußt‹, ›ICH-gesteuertes‹ versus ›ES-getriebenes Schreiben‹. Auch in diesem Punkt gibt es keine allgemein geltenden Ratschläge. Manche Autoren schreiben nach einem Grundeinfall drauflos und lassen die Geschichte im Verlauf der Niederschrift sich entfalten. Andere entwerfen sorgfältig jedes einzelne Element, planen Schritt für Schritt, kontrollieren und korrigieren jede Abweichung. Die meisten jedoch praktizieren Mischformen.

Ich skizziere eine Reihe häufig genannter Modelle, und jeder Autor bzw. jede Autorin kann versuchen, die ihm bzw. ihr gemäße Strategie zu finden oder auch unterschiedliche Strategien, je nach Werk, zu testen.

Die erste Strategie besteht darin, das Werk im Schreibakt selbst sich entfalten zu lassen. Der Autor hat einen ersten Satz oder Absatz und/oder vage Vorstellungen über die Protagonisten und ihre Geschichte. Er läßt sie sich entwickeln, verwikkeln und muß irgendwann einmal den Knoten lösen. Nur bei wenigen Autoren wird diese Strategie ohne lange Phasen der Überarbeitung oder mehrfaches Neuschreiben funktionieren. Aber gerade für diejenigen, die den Schreibakt selbst als Motivationsquelle brauchen, ist das Drauflosfabulieren wichtig;

ebenso für diejenigen, die vor lauter Hin- und Herwälzen aller Möglichkeiten nie zum ersten Satz gelangen.

Die zweite Strategie besteht darin, die Charaktere stichwortartig zu entwerfen, sich die Grundzüge der Handlung auszumalen und schließlich einen Ausgangspunkt festzulegen. Bei der Niederschrift folgt der Autor seinen Eingebungen und der Eigenbewegung der Charaktere und bleibt offen für alle Überraschungen.

Eine Variante dieser Strategie besteht darin, nach einer Grobplanung loszuschreiben und allen möglichen Einfällen nachzugehen, also alle Möglichkeiten der Geschichte auszuschreiben. Dabei können unterschiedliche Erzählperspektiven getestet werden. Diese Strategie des nichtlinearen Modells oder der ›Straßenkarte‹ ist insofern eine Doppelstrategie, als sie von vornherein eine Überarbeitungsphase ansetzt, bei der dann die besten Szenen ausgewählt und zu einem stimmigen Ganzen – einer überzeugenden Linie – zusammengefügt werden.

Eine weitere Variante setzt ebenfalls bei einer nur skizzenhaften Vorplanung an, legt dann aber das Ende der Geschichte fest. (»Ich schreibe immer meine letzte Zeile, meinen letzten Absatz, meine letzte Seite zuerst.« Katherine Anne Porter) Diese Strategie geht also von einem klar definierten Ziel aus, das, wie auch immer, erreicht werden muß. Häufig wenden Autoren von literarischen Rätseln (also z. B. von Detektivgeschichten) diese Methode an.

Zwischen der Strategie der Grobplanung und der minutiösen Ausarbeitung lassen sich diverse Zwischenformen finden. So ist es möglich, sich von vornherein über die Erzählperspektive im klaren zu sein und ein durchgezeichnetes Bild von Held und Gegenspieler zu haben, die Handlung aber nur vage zu kennen. Oder den Handlungsverlauf mit Ausgang, Höhepunkt(en) und Ziel festzulegen, die Figuren jedoch in einem wenig konturierten Zustand zu belassen. Oder man ist mit den Charakteren gut vertraut, ist sich über Handlung und Setting (die jeweiligen Schauplätze) im klaren, muß aber noch ausprobieren, welche Perspektive am überzeugendsten wirkt, und weiß noch gar nicht recht, welches Thema eigentlich den Roman konstituiert.

Die dritte Strategie setzt auf den Satz »Vertrauen ist gut, Kontrolle ist besser«. Sie möchte nach Möglichkeit nichts dem Zufall überlassen, geht von einem klar formulierten Thema aus und entwirft in penibler Reißbrettarbeit den Roman bis in die Einzelheiten.

Manche Schriftsteller behaupten, sie seien in der Lage, diese genaue Vorplanung ›im Kopf‹ vorzunehmen, sie dächten sich den Roman eine Zeitlang aus, bis er ihnen vor Augen stehe, um ihn dann wie unter Diktat niederzuschreiben. Goethe zum Beispiel berichtete, daß der »Werther« so entstanden sei. Ich halte eine solche Aussage häufig für einen kreativen Mythos, doch ist immer wieder erstaunlich, daß manche Schriftsteller mit nur wenigen Notizen umfangreiche Romane in einem Guß schreiben.

Normalerweise wird der Entwurf jedoch schriftlich ausgearbeitet. Dabei porträtiert der Autor die Charaktere mit ihrer gesamten, häufig im Roman gar nicht verwendeten Vorgeschichte. Er stellt an sie Hunderte von Fragen, damit sie für ihn, bevor er sie in Sprache umsetzt, in allen Lagen lebendig werden. Er zeichnet Handlungsverlauf und Szenenfolge (mit Alternativen) auf, legt das Setting fest und zeichnet den Spannungsbogen in einem Schaubild nach. Auch das Motivgeflecht kann festgehalten werden. Hinzu kommen umfangreiche Recherchen zu allen anstehenden Fragen. Natürlich müssen die Zielrichtung der Geschichte und ihr Ende feststehen.

Wer auf diese Weise seinen Roman vororganisiert, wird auch während des Schreibens alle Abweichungen und jede neue Entscheidung (z. B. über einen Charakter) notieren, um sich nicht in Zukunft doch einmal zu verirren.

Nicht viele Schriftsteller(innen) schreiben derartig kontrolliert und womöglich auch konstruiert. Wer dazu aber in der Lage ist, braucht in aller Regel nicht mehr viel Mühe in die Überarbeitung zu stecken.

Die prozessoralen Helfer. Schreibgeräte

»Ein Schriftsteller ist jemand, der einen Großteil seines Lebens in Einzelhaft vor einem Schreibgerät verbringt.«

(Barbara Frischmuth)

Autor(inn)en, die mit Bleistift (wie Peter Handke), Kuli (wie Martin Walser) oder Füller schreiben, sterben langsam aus. Die meisten Schriftsteller haben das Gefühl für die ›analogen‹ Prozesse des Schreibens verloren, benutzen eine Schreib-Maschine und verlassen sich lieber auf die ›digitalisierte‹ Buchstabenproduktion. Außerdem erwarten die Verlage in der Regel Disketten und lehnen handschriftliche Manuskripte rundweg ab.

Schon die klassische Schreibmaschine ersetzt die Handschrift durch gestanzte Lettern. Das individuell Hergestellte, häufig schwer entzifferbar, wird auf diese Weise normiert und nähert sich schon beim Schreiben der endgültigen Erscheinungsform an. Hierin liegt ihr Vorteil. Das gleichmäßige Schriftbild mahnt den Schreibenden, das, was er an Sprachbewegung festhält, zu etwas Überindividuell-Kollektivem werden zu lassen; es macht den Text auch für seinen Verfasser sofort zu einem Lesetext.

Wer eine normale Schreibmaschine verwendet, muß sein Typoskript meist mehrfach schreiben. Dies ist zeitraubend und glücklicherweise auch nicht mehr nötig, denn es gibt heute Computer mit ausgeklügelten Textverarbeitungsprogrammen, die den normalen Schreibwirrwarr und die damit verbundenen Mühen zu

Ein Textverarbeitungsprogramm ermöglicht,

✍ Texte zu korrigieren, Einfügungen und Streichungen vorzunehmen, ohne daß Spuren dieser Eingriffe zu sehen sind (es sei denn, man möchte sie kenntlich machen); es ermöglicht also eine Art Dauer-Reinschrift;

✍ (probeweise oder für immer) Passagen umzustellen und neu zu kombinieren, ohne daß große Schreibarbeiten zu leisten wären;

✍ Wörter, Sätze oder längere Sequenzen zu kennzeichnen (und dann auch in unterschiedlicher Form auszudrucken);

- ✍ Passagen nebeneinander zu stellen;
- ✍ Anmerkungen einzufügen, die man jederzeit verbergen kann (auf diese Weise lassen sich ohne störenden Aufwand unterschiedliche Fassungen oder Subtexte parat halten);
- ✍ jede für die Zukunft wichtige Entscheidung in einer Zweitdatei oder Anmerkung festzuhalten und auf diese Weise Konfusion zu vermeiden;
- ✍ mit Hilfe des Gliederungsmodus ein Strukturmodell zu erstellen, dessen Teile je nach Belieben aus- und wieder eingeblendet werden können (vor allem typisch für MS-Word). Dadurch bleiben auch umfangreiche Werke durchsichtig.

verhindern helfen und überdies die Doppelstrategie des Drauflosschreibens und des gezielten Planens hilfreich unterstützen. Von Hilfen wie dem eingebauten Thesaurus oder Rechtschreibeprogrammen rede ich nicht, weil ich voraussetze, daß ein Autor die Orthographie beherrscht, und weil für die Suche nach Synonymen oder dem treffenden Begriff Bücher meist ausführlicher und mindestens ebenso schnell zur Hand sind. Aber vielleicht wird sich auch dies bald ändern.

Gerade der Gliederungsmodus ermöglicht dem Reißbrettplaner eine perfekte Arbeit, hilft aber auch dem Schreibchaoten, die Übersicht über seine Unübersichtlichkeit zu behalten. Er schafft eine Transparenz sogar für den wild gewachsenen, wenn nicht gewucherten Text. Blitzschnell kann man Mißlungenes herausnehmen, das Gelungene zusammenfügen, Umstellungen vornehmen. Man kann wichtige Festlegungen, die während des Schreibens entschieden worden sind und die man während des Weiterschreibens beibehalten muß (wie Namen, Daten oder Steckbriefdetails), gesondert notieren und immer wieder einblenden oder am Rand ablegen, so daß sie jederzeit verfügbar sind. Er hilft vor allem – und dies scheint mir ganz entscheidend zu sein –, die immanent entstehende Struktur eines Werks ›dingfest‹ zu machen, zu kennzeichnen und produktiv auszubauen.

Natürlich, wer nicht gut schreiben kann, schreibt auch nicht besser mit Computer. Aber der Erfahrene nutzt seine Flexibilität, um neue Lösungen zu finden.

Selbstzweifel und Blockaden

»Die Übersetzung der eigenen Existenz in das Werk ist allerdings eine schwankende Brücke, die immer wieder zerfällt. Sie scheint nur zu halten, während sie begangen wird, in der Arbeit selbst.«

(Dieter Wellershoff)

Über Schreibstörungen, speziell über den *writer's block*, gibt es viele Schriftstelleräußerungen und auch eine Reihe psychoanalytischer Untersuchungen. Die Ursachen sind vielfältig und keineswegs überzeugend geklärt. Vage Ängste und Schuldgefühle spielen häufig eine Rolle, aber auch Größenphantasien und ein Perfektionswahn, dem kaum ein Text entsprechen kann. Autoren wie Autorinnen hemmen sich selber durch die zu hoch gelegte Meßlatte, quälen sich, verkrampfen sich. Dieser Prozeß kann umkippen in Lähmung und Schreibblockade.

Ähnliches kann undifferenzierte und destruktive Kritik bewirken, die nicht auf konkrete, behebbare Schwächen des Werkes abzielt, sondern auf die kreative Kraft und das Talent des Autors generell. Sie verstärkt die immer vorhandenen Selbstzweifel, die wie ein böser Dämon den Schreibenden verfolgen und ihn manchmal in Krankheit und selbstschädigendes Verhalten treiben.

Häufig verlaufen Störungen unterschwellig: Man scheint innerlich ausgetrocknet zu sein, schreibt nur noch mechanisch weiter und befürchtet einen generellen Kreativitätsverlust, sucht schließlich in Alkohol oder anderen Drogen einen Ausweg, der immer nur ein Holzweg sein kann.

Mit Selbstzweifeln, depressiven Phasen, Schreibhemmungen und Ängsten muß jeder Autor und jede Autorin leben. Sie gehören zum kreativen Prozeß und sollten akzeptiert werden. Optimisten können ihnen sogar eine gute Seite abgewinnen und mit Mario Puzo sagen: »Niedergeschlagenheit ist in Wirklichkeit Konzentration.«

Helfen Ihnen solche selbstsuggestiven Sprüche nichts, denken Sie an bessere Stunden: als Sie sich in die eigene Phantasiewelt versenken und überfließende Schöpferkraft sowie euphorische Freude über das Gelungene erleben konnten.

Außerdem helfen meist ein paar Tricks, das »produzierende Triebwerk« (Thomas Mann) wieder zum Schwingen zu bringen.

☞ Lesen Sie das bisher Geschriebene durch, um einen Anschluß zu finden.

☞ Überlegen Sie sich, wohin der Text führen soll, meditieren Sie über die Figuren, das Geschehen, die Perspektive. Zeichnen Sie eine *mind-map* oder ein Strukturmodell Ihres Romans auf, skizzieren Sie die Beziehungsmuster der Personen.

☞ Vermeiden Sie alle selbstkritischen Gedanken.

☞ Schreiben Sie unter Umständen einfach weiter, auch wenn Sie wissen, daß alles im Papierkorb landet. Macht Ihnen die Syntax Schwierigkeiten, reihen Sie einfach Stichworte oder Satzteile aneinander.

☞ Spielen Sie mit den bisherigen Lösungen, zerlegen Sie das Manuskript, schreiben Sie Alternativszenen. Ihr Computer hilft Ihnen dabei.

☞ Möglicherweise haben Sie sich nur selbst gefesselt und brauchen eine befreiende Idee. Verlassen Sie Ihre bisherige Arbeit und schreiben Sie ungesteuert irgendetwas, irgendeine Szene. Auf diese Weise fiel Max Frisch der formale Schlüssel zu seinem »Stiller« ein.

☞ Wenn Ihr Triebwerk immer noch nicht am Laufen ist, legen Sie eine Pause ein, in der Sie spazierengehen oder joggen, im Garten arbeiten oder Musik hören. Denken Sie dabei nicht an Ihr Problem, lassen Sie ›es‹ denken.

☞ Nützt auch dies nichts, dann führen Sie ein Gespräch mit sich über das entstehende Werk und Ihre Probleme. Dieser innere Dialog kann natürlich auch nach außen verlagert werden: Sprechen Sie mit Ihrem Partner oder Ihrer Partnerin, einem guten Freund oder, noch besser, einem schreiberfahrenen Kollegen.

☞ Hält die Blockade an, und bleibt Ihre Stimmung auf dem Tiefpunkt, können Sie auch, falls Sie abkömmlich sind, ein paar Tage verreisen. Auf diese Weise legen Sie Distanz zum Text und zum Schreiben selbst, kommen auf andere Gedanken und lösen womöglich die innere Verkrampfung. Liegen tiefere Gründe für Ihre Schreibblockade vor, oder nagen anhaltende Selbstzweifel aufgrund mangelnden Erfolgs an Ihnen, dann ist guter Rat nicht so wohlfeil zu haben. Wichtig ist,

☞ sich nicht selbst im Weg zu stehen durch die Vergötzung eines Werk- und Ich-Ideals, dem Sie (noch) nicht gerecht werden können;

☞ auch bei heftigen Selbstzweifeln und dauernden Rückschlägen weiter zu schreiben.

Denken Sie daran, daß dem Gefühl der Sinnlosigkeit kaum ein Schriftsteller entgeht, daß zum Schreiben erhöhte Sensibilität und Leidensfähigkeit gehören und daß die Phasen der Anfechtung häufig einen gesteigerten Wachstumsprozeß anzeigen.

U und E. Zur deutschen Ideologie

»Unterhaltsam sein kann auch heißen ...,
mit literarischen Mitteln beim Publikum Interesse für
ein Thema, Anteilnahme an einer Figur, Neugier auf
ein Geschehen zu wecken und wachzuhalten.«

(Uwe Wittstock: »Autoren in der Sackgasse«)

Jeder angehende Autor muß zu Beginn seiner Laufbahn lernen, eine tragfähige Brücke zum Leser zu schlagen. Damit meine ich nicht den Publikationsweg, sondern seine Fähigkeit, das von ihm Geschriebene mit innerer Distanz und mit den Augen möglicher Leser betrachten zu können. Er muß die Wirkungspotentiale seiner Texte einschätzen können, damit er in der Lage ist, sie beim Schreiben zu bedenken und einzusetzen. Oder, in den Worten von Albert Camus: »Das erste, was ein Schriftsteller lernen muß, ist die Kunst, das, was er empfindet, umzusetzen in das, was er empfinden lassen will.«

Natürlich schreiben viele (beginnende) Autor(inn)en erst einmal für sich, um sich selbst auszudrücken und zu verwirklichen, um Erinnerungs- und Trauerarbeit zu leisten, um Konflikte zu verarbeiten und auf einen therapeutischen Effekt zu hoffen, doch ist dies immer nur die eine Seite der literarischen Medaille. Ein Werk, das veröffentlicht werden soll, ist gleichzeitig ein Kommunikationsversuch: »Jedes Kunstwerk hat es in sich, daß es wahrgenommen werden will. Es will, wie monologisch es auch ausfallen mag, jemanden ansprechen.« (Max Frisch: »Öffentlichkeit als Partner«)

Nun stellt sich natürlich die Frage, welchen Leser bzw. welche Lesergruppe man ansprechen will. Den Literaturprofessor oder seine Sekretärin, die Verlagslektorin oder den Sachbearbeiter? Mit der Lesergruppe stellt sich auch die Frage nach dem

Grad an Breitengeschmack, den man anzielt, und nach dem literarischem ›Niveau‹. Oder, mit einem Kürzel, nach U (für ›unterhaltend‹) und E (für ›ernsthaft-eigentlich‹). Im deutschen Sprachraum kann diese Frage immer noch ideologische Diskussionen und feuilletonistisches Feldgeschrei auslösen. Hier gehört die ›wahre‹, ›seriöse‹ Literatur in einen Tempel, während die ›bloße Unterhaltung‹ im Warenhaus nebenan untergebracht wird. Und es finden sich noch genügend Literaturrichter, Literaten und auch Leser, die der Meinung sind, in diesem Tempel müßten Opfer gebracht werden: Kunst müsse wehtun, schwierig oder gar kaum verständlich sein, langweilen oder doch zumindest eine große intellektuelle Anstrengung und Bildung voraussetzen. Wenigstens kann man dies aus dem schließen, was sie schreiben, lesen und zensieren. Dabei geben die Kunstrichter dem Sprach- und Formexperiment und der artifiziellen Selbstreflexion besonders gute Noten. Und die Benoteten? Statt szenische Sinnlichkeit zu genießen, geißeln sie sich (und uns) mit Beschreibungsqualen und Satzexzessen und verwechseln als literarische Flagellanten Künstlichkeit mit Kunst.

Man könnte meinen, ich übertreibe. Wendet sich der deutsche Literaturpapst Marcel Reich-Ranicki nicht immer leidend und leidenschaftlich gegen die Langeweile in der (neueren) deutschen Literatur? Hat nicht Uwe Wittstock in dem oben zitierten Aufsatz ein klärendes Wort gesprochen? Doch man braucht nur die Literaturseiten der renommierten Presse aufzuschlagen, um zu sehen, daß die Mauer wankt, aber noch nicht gefallen ist. So stoße ich am 6. April 1994 in der Süddeutschen Zeitung auf zwei Rezensionen deutscher Neuerscheinungen, geschrieben von nicht unbekannten Kritikern (und sie sind keine Einzelfälle):

> »Er lebt von den Worten, die er findet. Sie müssen ungedeckt bleiben gerade da, wo sie vom Ungedecktsein aller Worte berichten. Er hat nur noch die Sprache: die Sprache, die nirgends hinreicht.«
>
> »Die Hölle, das ist das Deutlichwerden des Unscheinbaren.« – »... beschreibt die Verwesung ... Gelenkt

werden wir von ›Karbunkeln‹ … Es gibt nur endlose Fäulnis ...«

»Der Schreibtisch wird zum Schauplatz einer literarischen Sektion.« – »Sein Wissen um den fragmentarischen und labyrinthischen Charakter unserer Welt äußert sich in einem Sprachspiel, das rigoros gegen die Normen einer landläufigen Ästhetik, gegen Dezenz und ›guten Geschmack‹ verstößt.«

»… literarische Delirien … Minimierung des Menschlichen … Amoklauf der Worte und Sätze … literarischer Horrortrip.«

Die Amerikaner sind, was ihre Literatur angeht, deutlich weniger an syntaktischen Sektionen und Amokläufen interessiert als an lustvoller wie vergnüglicher Lektüre. Ihre Einstellung ist pragmatischer, erfolgsorientierter und vor allem weniger glaubenseifrig. Sie halten es mit Patricia Highsmith, die in aller Bescheidenheit bekannte: »Schriftsteller sind Entertainer: Sie genießen es, Dinge in reizvoller und amüsanter Form darzubieten, damit Zuschauer oder Leser überrascht aufblicken, Anteil nehmen und ihren Spaß an der Darbietung haben.«

Natürlich würde keiner der amerikanischen Autoren abstreiten, daß es mehr oder weniger anspruchsvolle und schwierige Literatur gibt, aber eine voreilige Zuordnung wie Genre = U = nicht seriös = trivial versus Sprachexperiment = E = ›wahre‹ Literatur fiele nur wenigen ein. Noch weniger ist die Zuordnung gültig: E = ›gute‹ Literatur (für die Ewigkeit gedacht) und U = ›schlechte‹ Literatur (zum alsbaldigen Verbrauch bestimmt und beliebig auswechselbar). Um es schlicht auszudrücken: Es gibt sehr gute Unterhaltungsliteratur und sehr schlechte Sprachexperimente. Es gibt nicht nur Liebesschnulzen, sondern auch autobiographische Ergüsse und avantgardistisch gestylte Dekonstruktionen, die Schund sind. Es gibt anspruchsvolle Unterhaltung (Patrick Süskinds »Das Parfum« zum Beispiel) und unterhaltsame Experimente (man denke nur an Italo Calvinos »Wenn ein Reisender in einer Winternacht ...«). Dann gibt es Romane, die »Lust« zwar im Titel führen, aber beim Leser alles andere als Lust erzeugen (wollen), sondern Ekel, Monotonie und Langeweile. Ihre Sprachstrategien sind Masche, die Metaphern sind gesucht oder abstrakt und so sinnlich wie eine sezierte Frauenleiche.

Man braucht sich im übrigen nur in der Literaturgeschichte umzutun, um zu sehen, wie wenig die deutsch-altbackenen Wertzuordnungen gültig sind. Shakespeare zum Beispiel ist ein Unterhaltungsschriftsteller im besten Sinne des Wortes, seine Schauerstücke und Komödien ließen Kammerjungfern und Schauerleute von den Docks kathartisch gruseln und sich grölend auf die Schenkel schlagen. Balzac, ein epischer Demiurg, verfaßte ein Werk, in dem Kolportage und Melodram einen breiten Raum einnehmen. Also ebenfalls U. Dickens, nicht gerade ein vergessener Autor, schrieb Massenliteratur voll Sentimentalität und trivialer Effekte. Die avantgardistischen Formkünstler früherer Zeiten dagegen, zum Beispiel die Manieristen, sind nur noch Fachleuten ein Begriff. Oder denken Sie an die E-Literatur der französischen Klassik: Racine, Corneille – im Gegensatz zu Shakespeare gespreizt und steril, kaum noch lesbar und selten gespielt.

Die Literaturgeschichte, speziell die des 20. Jahrhunderts, zeigt noch mehr: Im Grunde sind alle Formen des Avantgardismus und des literarischen Experiments längst Tradition = ›konventionell‹ geworden. Längst haben Marcel Proust und James Joyce, Surrealismus und Dada, William Faulkner, Franz Kafka und John Dos Passos, Virginia Woolf, Samuel Beckett, der Nouveau Roman, Thomas Pynchon und andere die Grenzen des Romans abgeschritten und damit auch abgesteckt. Sie haben gezeigt, was gerade noch geht und was nicht mehr geht. Jenseits ihrer radikalen Versuche breiten sich meist nur noch uferlose Reflexionen, unverständliche Hermetik, Sinnlosigkeit und Schweigen, gefühlsfreie Kälte und grenzenlose Beliebigkeit aus. Die großen Experimentatoren der Romanform haben die Möglichkeiten der Gattung jenseits der klassischen Mimesis ausgelotet, und wer heute dekonstruktivistisch oder postmodern verspielt voranschreitet, bleibt Nachfahre und Epigone. Aber warum nicht die Quelle der Tradition, aus der man schöpft, weiter fassen? Warum nicht die Grundlagen des Handwerks auch wieder bei Thomas Mann und Leo Tolstoi, Gustave Flaubert und Fjodor Dostojewski lernen?

Welche Schlußfolgerungen lassen sich hieraus ziehen?

☞ Lernen Sie zuerst die Grundfertigkeiten Ihres Handwerks: *fiction* zu schreiben nach den Anforderungen von Mimesis und Erzählillusion (wozu dieses Buch anzuleiten versucht).

☞ Vergessen Sie nicht, daß um den literarischen Charakter in der Mitte des narrativen Kreises sich eine Geschichte dreht. Und daß die Quadratur dieses Kreises vier Kanten hat, die lauten: Emotion, Konflikt, Geheimnis und Bewegung.

☞ Finden Sie einen Ausgleich zwischen Ihren eigenen Bedürfnissen und den Anforderungen des Marktes. Dies bedeutet nicht, nur nach Verkaufszahlen zu schielen und möglichst seicht, verlogen und klischeehaft zu schreiben. Wer so denkt, hält die Leser für dümmer, als sie sind.

☞ Seien Sie unterhaltsam in einem Sinn, der die Unterhaltungsprogramme privater Fernsehanstalten Lügen straft. Negieren Sie alle ideologischen Positionen und schreiben Sie möglichst gut: fesselnd, spannend, lustvoll und wahr.

☞ Versuchen Sie nicht, um jeden Preis originell zu sein. Manierismen sind keine Markenzeichen für Qualität.

☞ Vermeiden Sie unbedingt Langeweile. Wer eine Botschaft rüberbringen oder seine Kunstfertigkeit zeigen will, muß daran denken, daß er ein Publikum braucht. Sonst befriedigt er nur sich selbst und versandet wie der Rufer in der Wüste.

☞ Kombinieren Sie Ihre Suche nach Wahrheit und Wahrhaftigkeit damit, neugierig zu machen, Interesse zu wecken und zu faszinieren.

☞ Versuchen Sie, mehr zu sein als ein mittelmäßiger Autor, und nehmen Sie sich G. C. Lichtenbergs Bemerkung zu Herzen: »Was eigentlich den Schriftsteller für den Menschen ausmacht, ist, beständig zu sagen, was der größte Teil der Menschen denkt oder fühlt, ohne es zu wissen. Der mittelmäßige Schriftsteller sagt nur, was jeder würde gesagt haben.«

Der Stoff, aus dem die Storys sind: Der Charakter und sein Schicksal

Wir alle zeichnen uns durch besondere (Charakter-)Eigenschaften aus, die im sozialen Mit- und Gegeneinander und im Widerstand der Welt sich entfalten, bewähren oder auch untergehen, und diesen Vorgang begreifen wir in individuellen Geschichten. Sie sind mehr oder weniger interessant, je nach Charakterstärke und Schicksal der Beteiligten, sie sind der Stoff, durch den wir das Leben erfahren, und aus ihnen bildet sich der vielstimmige Chor der erzählenden Werke. Unser ›reales‹ Leben empfinden wir meist als fragmentarisch, wenig konsistent, von Zufällen diktiert, vom Schicksal gebeutelt, als sinnloses Sammelsurium von Ereignissen. Mit dieser Situation konnte sich der Mensch noch nie abfinden; er reagierte mit Sinnkonstitution, sei es in religiösen Systemen, sei es durch Erfindung von Mythen und Geschichten, die, in sich geordnet, unser Bedürfnis nach Selbstdeutung befriedigten. Und noch heute erforscht die Literatur die menschliche Natur und mit ihr das Leben durch die sinnliche wie sinnstiftende Darstellung der vielfältigen Wege, die wir Menschen gehen.

Sie hebt das Schicksalsgeflecht von zwei bis drei Personen heraus, gliedert es nach Ursache und Wirkung und einer Reihe weiterer Gesetze (z. B. dem der epischen Gerechtigkeit). Fassen wir eine so geordnete Geschichte zusammen, haben wir einen Plot, und die diesen Plot erzeugenden Personen nennen wir

›Charaktere‹ oder ›Figuren‹. Ob wir nun sie oder die Geschichte bzw. den Plot als den Grundbaustein erzählender Werke ansehen, ist gleichgültig. Wir mögen uns mehr für die handelnden Figuren interessieren oder mehr für den Ablauf der Geschichte, nie ist das eine ohne das andere denkbar. Denn, wie Henry James sagt: »Aus dem Charakter folgt zwangsläufig das Ereignis. Das Ereignis kennzeichnet den Charakter.«

Seit der Antike läßt sich ein Großteil der Schriftsteller und Leser von dem Gedanken leiten, daß sich der Mensch in krisenhafter Auseinandersetzung mit sich selbst sowie in konfliktträchtiger Auseinandersetzung mit seinem Mitmenschen und der Gesellschaft entfaltet und gleichzeitig faßbar wird. Vor allem in seinen Niederlagen, in Schmerz und Leid, im Kampf um Selbstbehauptung und im Wettrennen gegen den Tod fasziniert er uns, als Leser und Zuschauer leiden wir verängstigt mit ihm, und am Ende seiner Geschichte wissen wir mehr über uns selbst. In sicherer Distanz bestanden wir Abenteuer, loteten Abgründe menschlicher Boshaftigkeit aus und sahen dem Tod ins Auge – waren aber nie wirklich in Gefahr und fühlen uns womöglich innerlich gestärkt oder emotional »gereinigt« (= *Katharsis*).

Diese Überlegungen sind schon so alt wie Aristoteles, und in ihren Grundzügen gelten sie noch heute. Natürlich wurden die Skalen des Dargestellten breiter und die Koordinaten der Darstellung komplizierter – bis hin zur Verkehrung ins Gegenteil. Aber noch die Negation zeugt von der Wirksamkeit der geltenden und gültigen Position.

Der Begriff Charakter ist aus der psychologischen Terminologie weitgehend verschwunden, und je mehr wir uns dem Ende des Jahrtausends nähern, desto mehr wird die Auflösung der Identitäten und Individualitäten in den ›entwickelten‹ Industriegesellschaften konstatiert. Immer wieder beschwören Kulturanalytiker Unübersichtlichkeit und Undurchdringlichkeit heutiger Lebenswelten, die Erosion alter Wahrheiten und Gesetze und damit auch die Abschaffung des ›Helden‹ und seiner ›Geschichte‹. Jenseits aller wissenschaftlichen Analysen und feuilletonistischen Diskurse aber besteht ein großer Hunger nach Geschichten, nach Sinn, nach faßbaren, wenn auch erfundenen

Menschen. Wie weit unser Ich heute zersplittert ist oder sich chamäleonhaft durch soziale Kontexte schlängelt, wage ich nicht zu beurteilen. Doch der Wunsch nach Einheit und Identität, nach ›Charakter‹ und ›Schicksal‹ ist nicht zu leugnen.

Im literarischen ›Charakter‹ finden und erfinden wir Stellvertreter, Schauspieler und Masken für uns, für unseren ›Schatten‹, für abgespaltene Teile und ungelebte Möglichkeiten und nicht zuletzt für unsere Neugier. Als »Pilot- und Erkundungsfiguren« unterziehen sie uns, um mit Dieter Wellershoff zu sprechen, in dem »imaginären Simulationsraum« und »Experimentierfeld« der Literatur einer »mimetischen Kur«. Welche spezifische Funktion auch immer die jeweilige Figur für den Autor wie für den Leser hat, im allgemeinen geht es darum, die Möglichkeiten menschlichen Verhaltens durchzuspielen und auf diese Weise zu erkunden.

Platzhalter, Nebenfiguren, Protagonisten

Die einzelnen Figuren oder Charaktere in einem fiktionalen Werk kann man nach ihrer Bedeutung und Funktion für die Geschichte einteilen in Platzhalter, Nebenfiguren und zentrale Charaktere (= ›Helden‹, Protagonisten und Antagonisten, Hauptfiguren).

Die **Platzhalter** sind meist reine Stereotype und Teil der Szenerie: Sie treten auf und wieder ab, weil die Geschichte sie braucht, geraten aber selbst nicht ins Blickfeld. Sie bleiben namenlose Funktionsträger: Taxifahrer, Soldaten, Schutzpolizisten. Sobald sie aus ihrer Anonymität heraustreten, einen Namen erhalten und eine Rolle zu spielen beginnen, werden sie zu Nebenfiguren.

Nebenfiguren stehen nicht im Zentrum der Geschichte, aber auf sie ist in umfangreicherer Epik kaum zu verzichten. Wir stehen alle in einem komplexen Umfeld sozialer Bezüge, und die meisten Romane bilden dieses Bezugssystem modellartig nach. Neben dem Helden und seinem Gegenspieler gibt es noch Rat- und Stichwortgeber, Beichtväter und Hofnarren sowie Mütter und Mätressen, Geschäftsfreunde und Killer, Gehilfen und verlassene Mädchen. Manche Romane, wie Thomas Manns »Zauberberg«, entwerfen ein schillerndes Kaleidoskop farbiger Figuren, in deren Licht der eher blasse Held Konturen gewinnt. In solchen Romanen wird die Funktion der Nebenfiguren für die Gestaltung des jeweiligen Milieus besonders deutlich.

Nebenfiguren brauchen Erkennungszeichen, die sie in der Erinnerung der Leser haften läßt, ohne daß ihr Bild aus dem Skizzenstadium heraustreten müßte. Kleine typische Wesenszüge und Eigenheiten, aber auch körperliche Auffälligkeiten und mit ihnen verbundene ›Dinge‹ (die amerikanischen Autoren sprechen von *tags and props*) tun hier ihren Dienst. Damit sie überhaupt in unser Bewußtsein treten und nicht sofort wieder vergessen werden, sollten sie, wie in Karikaturen, auffällig sein, typisch und richtig plaziert. Alessandro Manzoni führte in seinen »Verlobten« einen Juristen mit seinem Spitznamen Doktor Rabulist ein, nannte ihn dann »den großen, dürren, kahlen Doktor mit der roten Nase und der Himbeere auf der Wange«. Chaucer wählte, ganz ähnlich, eine behaarte Warze als Kennzeichen eines Mannes. Möglich sind auch typische Kleidungsstücke (ein gelber Pullover), Sprecheigentümlichkeiten (»... und so«, Holden Caulfield, »Der Fänger im Roggen«), Ticks (Augenzwinkern oder Fingerschnipsen) oder, darüber hinausgehend, exzentrische und sogar obsessive Verhaltensweisen (Hermine Kleefeld pflegt auf ihren Spaziergängen am Zauberberg mit ihrem Pneumothorax zu pfeifen). Auch Namen tun das ihre (Albert van der Qualen, Ebenezer Scrooge – beides allerdings eher Hauptfiguren). Manche Figuren tragen bei jedem Wetter einen Schirm mit einem geschnitzten Griff oder streicheln immer eine weiße Siamkatze. Es gibt unendlich viele Möglichkeiten der einprägsamen Charakterisierung. Wichtig ist, möglichst konkret und spezifisch zu sein, aber nichts an den Haaren herbeizuziehen. Die hohe Kunst der Charakterisierung zeigt sich, wenn die Details nicht nur eine Figur erinnerbar machen, sondern ein vorausdeutendes oder zurückweisendes Motiv werden. Denken Sie an die Technik der Leitmotive im Werk Thomas Manns. Oder nehmen Sie aus Max Frischs »Homo Faber« Professor O., das frühere Vorbild des Protagonisten:

Durch Aussehen und Verhalten (»Sein Gesicht ist kein Gesicht mehr, sondern ein Schädel mit Haut darüber.« Er scheint dauernd zu lachen, »dabei lacht er nämlich gar nicht, sowenig wie ein Totenschädel lacht«) und durch den Namen (O wie Tod oder Null) ist er unschwer als (an Magenkrebs erkrankter) Tod(esbote) zu erkennen, der Walter Faber zweimal an wichtigen Wendepunkten begegnet und somit den Ereignissen nicht nur eine symbolische Tiefe verleiht, sondern auch unüberlesbar deutlich auf das Ende des ›Helden‹ wie der Geschichte verweist.

Eine Abgrenzung der Nebenfiguren ist häufig schwer zu treffen. Manche haben nur motivische oder atmosphärische Platzhalterfunktion, ohne daß sie für den Verlauf der Handlung von Bedeutung wären, andere machen das Milieu lebendig, und wieder andere treten in den Kreis der Zentralfiguren ein.

Dabei sind insbesondere zwei Typen zu nennen: zum einen die ›Schlüssel-Charaktere‹, die – in der Tradition des Intriganten – den Stein ins Rollen bringen und die Protagonisten zum Handeln zwingen. Denken Sie an Monsieur de Rênal in »Rot und Schwarz«, an den Vater der Karamasow-Brüder oder auch an Herbert Hencke in »Homo Faber«.

Das gleiche gilt für die Charaktere, die als mehr oder weniger in das Geschehen hineingezogene Erzähler auftreten, zum Beispiel Ishmael in Herman Melvilles »Moby Dick« oder der Chronist in Dostojewskis »Dämonen«. Sie sind in der Regel mehr Beobachter als Akteure, aber auch nicht bloße Randfiguren. Je bedeutender ihre Rolle im Handlungsgeflecht oder je wichtiger ihre Kommentierungs- und Darstellungsfunktion wird, desto mehr entwickeln sie sich zu Hauptfiguren. Serenus Zeitblom in Thomas Manns »Dr. Faustus« ist nicht nur Freund und Berichterstatter, sondern auch eine Art Schatten-Ich des dämonisch-genialen Musikers, also ein Antagonist seiner Charakterstruktur, und gewinnt somit zentrale Bedeutung.

Die **Hauptfiguren** sind das Zentrum der Geschichte: Sie stehen im Blickpunkt, und häufig ist der Roman von ihnen oder aus ihrer Sicht erzählt. Zielgerichtet bewegen sie die Handlung, entwickeln sich mit und in ihr und ziehen die Gefühle der Leser auf sich. Als Protagonisten erwecken sie Sympathie, Neugier und Interesse, als Antagonisten Antipathie, auch Haß, nicht selten Mitleid und eine eigenartige Form von Faszination. In den weniger schwarz-weiß gemalten Werken stehen sich Protagonisten und Antagonisten nicht mehr nach dem (trivialen) Märchenschema ›gut‹ versus ›böse‹ gegenüber, sondern haben beide ein motivationales und moralisches Recht auf ihrer Seite. Schon Leo Tolstoi hielt den Kampf ›gut‹ gegen ›gut‹ für den eigentlich interessanten. Wichtig ist, daß die Gegner etwa gleich stark sind, daß das Match lange Zeit mit wechselndem ›Vorteil‹ läuft und die Widerstände nicht leicht aus dem Weg zu räumen sind. Die Helden müssen nicht immer siegen, häufig zeigen sie sogar erst in der Niederlage ihre Größe (und damit ihren ›moralischen‹ Sieg). Nicht alle Hauptfiguren kämpfen gegen einen Feind aus Fleisch und Blut. Häufig ist der Widersacher auch die ›Gesellschaft‹ mit ihren Normen und Fesseln, die menschliche Natur mit ihren Leidenschaften und Versuchungen. In anderen Fällen ›kämpfen‹ sie gar nicht, sondern suchen ihren Gral, streben ein (häufig nur schwer oder gar nicht erreichbares) Ziel an oder bewegen sich durch Räume und Zeiten, erfahren dabei die »Wunder und Weihen« der Welt, stoßen auf Widerstände, müssen Abenteuer bestehen und kehren schließlich, wissend und weise geworden oder auch ernüchtert, an ihren Ausgangspunkt, in ihre Heimat, zurück.

Runde Charaktere: mehrdimensional, glaubwürdig, aktiv

Den zentralen Charakteren bzw. Figuren des fiktionalen Romans gehört die Aufmerksamkeit des Autors. Er gestaltet sie so, daß sie auch die Aufmerksamkeit der Leser gewinnen und vor ihren Augen zu ›leben‹ beginnen. Wie kann ihm dies gelingen?

Er gestaltet sie mehrdimensional und ›rund‹, wie E. M. Forster in seinen »Aspects of the Novel« fordert. Als Test schlägt der englische Romancier vor, zu prüfen, ob die Charaktere in der Lage seien, »in einer überzeugenden Weise zu überraschen«. Figuren, die vorhersehbar reagieren, sind ›flach‹ und sollten nie im Zentrum eines Romans stehen. Wer überrascht, trägt ambivalente Züge und kann uns bis zum Schluß der Geschichte noch Rätsel aufgeben. Das Bildnis, das wir uns von ihm machen, enthält immer genügend weiße Stellen, die anregen, sie auszumalen.

Mehrdimensionalität erreicht der Autor dadurch, daß er seinen Charakter von allen Seiten beleuchtet, immer auch das Gegenteil eines Persönlichkeitszugs mitdenkt und möglichst viel von ihm weiß, mehr auf jeden Fall, als er dann sprachlich realisiert.

Er gestaltet sie glaubwürdig. Wir müssen beim Lesen immer denken (können): »Ja, genau so würde ich mich auch verhalten!« Oder: »Sein Verhalten verstehe ich, auch wenn ich anders reagieren würde.« Oder: »Seltsam, wie das Mädchen sich verhält, aber irgendwie stimmt es, auch wenn ich nicht genau weiß, warum.«

Glaubwürdigkeit erreicht der Autor durch in sich stimmige Motivation und überzeugende Details, nicht durch Behauptungen, durch sinnlich-konkrete Direktheit, nicht durch abstrakte Reflexion.

Er gestaltet sie ambitioniert und aktiv, fähig zu kämpfen und womöglich unterzugehen. Immer haben sie ein Ziel vor Augen, das sie zu erreichen suchen, immer bewegen und entwickeln sie sich oder entfalten ihr noch verborgenes Wesen. Wichtig ist die Dynamik im Charakter und Schicksal der Figuren, weil alles, was sich verändert, uns nicht nur irritiert und neugierig macht, sondern auch interessiert und fasziniert.

Aktivität und Bewegung erreicht der Autor dadurch, daß er die Figuren in einer uns nachvollziehbaren Aktion zeigt. Nachvollziehbar bedeutet, daß die Figuren sich nicht in abrupten, unverständlichen Sprüngen verändern, sondern sich in einer motivierten, differenzierenden Folge entwickeln. Die einzelnen Schritte müssen also schon frühzeitig angedeutet und vorbereitet werden.

Man kann diesen Aspekt auch herumdrehen: Charaktere, die passiv sind und alles über sich ergehen lassen, in einer Opferhaltung verharren und sich nicht bewegen und entwickeln, die sich beklagen und in depressivem Selbstmitleid vergehen, stoßen den Leser unweigerlich ab.

Er gestaltet sie fähig zu lieben und zu leiden. Dabei zeigt er sie in Situationen, in denen etwas auf dem Spiel steht und die von starken Gefühlen begleitet sind: in Bedrohung und Gefahr, Erniedrigung, aber auch Triumph, in sexuellen Spannungen, kompromißloser Leidenschaft und aufopfernder Liebe, in physischen wie psychischen Schmerzen. Solche Situationen ergreifen uns. Allerdings gilt die Einschränkung: Zu starker Schmerz kann schockierend und abschreckend wirken, außerdem verliert er durch Wiederholung an Gewicht. Wie überhaupt Übertreibungen nicht nur ins Melodram führen, sondern auch die Schwelle vom Erhabenen zum Lächerlichen schnell überschreiten.

Gefühlsbetontes Verhalten erreicht der Autor dadurch, daß er sich selbst in seine Figuren ›einbringt‹. Wenn er für sie nicht Sympathie oder zumindest Interesse empfindet, sich mit ihnen nicht identifiziert und für sie engagiert, wird er kaum einen Funken überspringen lassen können. Die Figuren, so brillant sie sein mögen, bleiben steril, der Leser bleibt unbeteiligt und ungerührt und fragt sich, warum er sich eigentlich mit ihnen beschäftigen soll.

Zu diesen vier Eigenschaftsbündeln muß noch ein umfassender Aspekt hinzukommen, der für alle Charakterausprägungen gilt: Der Autor sollte seine Figuren in einer wirksamen Mischung aus Leserähnlichkeit und -abweichung gestalten. Figuren, die uns zu ähnlich sind, langweilen uns, und die uns zu fremd sind, lassen uns auf Distanz gehen und schließlich abwenden. Wer uns dagegen ähnelt und gleichzeitig fremd ist, erweckt Neugier und Interesse. Er ermöglicht auch eine Identifikation, die mehr noch eine Projektion ist: Wir lesen in die fiktionalen Charaktere uns selbst hinein. Dies ist eine altbekannte, auch empirisch bestätigte Tatsache. Wir sehen in ihnen unser Spiegelbild, aber auch unser Wunschbild und natürlich unser abgewehrtes Schatten-Ich. Gerade die unbewußten Brücken zwischen Figur und Leser sind es aber, die zu einer oft unerklärlichen, aber kaum lösbaren Faszination führen.

Zeigen, nicht nur behaupten!

»Das Kunstwerk entsteht aus dem Verzicht
des Verstandes, das Konkrete zu begründen.
Es bezeichnet den Triumph des Sinnlichen.«
(Albert Camus: »Der Mythos von Sisyphos«)

Wir müssen uns immer vor Augen halten, daß ein Autor bzw. eine Autorin einer Figur eine sprachliche Gestalt gibt, daß aber Tausende und Abertausende von Lesern mit unterschiedlichem Bildungs- und Erfahrungshintergrund, womöglich aus anderen Kulturen und Sprachen und aus zukünftigen Epochen, aus dieser sprachlichen Gestalt eine lebend(ig)e Figur phantasieren sollen. Ein Autor muß also einen breitgestreuten Rezeptionscode und Erwartungshorizont treffen. Dies funktioniert nur, weil wir Menschen jenseits unserer kulturellen Unterschiede im Basisbereich der Gefühle und Empfindungen ähnlich reagieren und daher ähnlich strukturierte Erfahrungen machen. Es funktioniert aber auch noch aus einem anderen Grund, und der ist für die Technik der Gestaltung von zentraler Bedeutung: Sind die Charakterisierungen konkret und detailliert, ohne daß gleichzeitig die Deutung der Details mitgeliefert wird, bleiben sie allgemein nachvollziehbar und gleichzeitig offen. Ein Lächeln bleibt als Lächeln im Erfahrungshorizont aller Kulturen verständlich, aber in seiner spezifischen Bedeutung – als Ausdruck eines Gefühls im jeweiligen Kontext der Szene – unterschiedlich auslegbar. An dieser Stelle bringt sich der Leser ein: Vom Autor gelenkt, liest er die Bedeutung ein.

Für die Darstellung von Charakteren läßt sich folgern, daß wir sie möglichst konkret schildern und zeigen und das Weitere dem Leser überlassen sollten. Er wird seinen Reim auf das vorgegebene Wort schon finden. Daher ist es auch so wichtig, nicht nur zu behaupten (= beschreiben, beurteilen), sondern zu zeigen (= visualisieren, szenisch darstellen) oder, noch besser, zu evozieren und suggerieren (= ausphantasieren und deuten lassen). Für die amerikanischen Autoren lautet der erste Grundsatz des lebendigen Erzählens, den sie nicht aufhören zu betonen: »Show, don't tell!«

Natürlich stellt sich hier sofort das Problem der Ökonomie: Ein zusammenfassendes, gar urteilendes Wort (»Er war ein mutiger Bursche.«) ersetzt eine ganze Szene, in der der Mut des Jungen gezeigt werden müßte. Wer also schnell eine Reihe von Informationen mitteilen will, wird eher mit Beschreibung oder gar abstrahierender Beurteilung sein Ziel erreichen. Aus diesem Grund verwenden gerade die Eröffnungen älterer Romane häufig dieses Mittel. Sie wollen ihren Helden ohne Umschweife dem Leser vorstellen. Lebendiger, wirksamer und faszinierender jedoch ist die Entwicklung eines Charakterbildes im Fortgang der Handlung: Der Leser wird eingeladen, an einem Phantasiespiel teilzunehmen, halb Kreuzworträtsel, halb Maskerade. Er darf aktiv sein und wird nicht bevormundet.

Checkliste für Personenbeschreibung und Charakterbild

Wenn Sie eine zentrale Figur entwerfen, gehen Sie die folgende Checkliste durch und prüfen Sie, ob Sie zu allen Punkten etwas Konkretes zu sagen vermögen. Suchen Sie jeweils nach treffenden Details: Die Masse der Einzelheiten ist insbesondere

- ✍ Äußeres: Körper; Aussehen; Bewegung, Mimik, Gestik; bevorzugte Kleidung usw.;
- ✍ besondere Begabungen;
- ✍ grundlegender (Wesens-)Zug und bezeichnende Äußerlichkeit;
- ✍ Vergangenheit und Vorgeschichte: zum einen explizit (d. h. im Text präsente Erlebnisse, darstellbar durch Rückblenden, Erinnerungen, Dialoge usw.), zum anderen implizit durch Erwartungen, Gewohnheiten, Vorbilder, alte Freunde und Feinde usw.;
- ✍ Familie, sozialer Hintergrund und soziales Netz;
- ✍ Beruf, auch Ansehen;
- ✍ Einstellungen (müssen in Wahrnehmungen und Handlungen deutlich werden, also eher indirekt, nicht nur als Gedanken, Äußerungen und dick aufgetragene Statements);

✍ Gewohnheiten: Vorlieben und Abneigungen, Geschmack, Interessen, Phobien, Überempfindlichkeiten usw.;
✍ Hobbys, Freizeitbeschäftigungen;
✍ Wünsche, Ambitionen, Ziele;
✍ Emotionen und Motivation;
✍ (Tag-)Träume;
✍ alltägliches Verhalten und Reaktionen in Streßsituationen, in Gefahr;
✍ typische Interaktionsmuster;
✍ rätselhafte Züge.

in Ihrem Kopf wichtig; im Text überzeugen ›sprechende‹ = über sich hinausweisende Details.
Bedenken Sie auch, Eigenschaften, die Sympathie oder Antipathie hervorrufen, richtig zu verteilen. Sympathie erwecken in aller Regel Attraktivität (Vorsicht aber bei Idealgestalten und Klischeebildern), Altruismus (glaubwürdig bleiben!), Aktivität, starke Ambitionen, klare Zielrichtungen, Mut, Fairplay, Bescheidenheit, Humor, Zuverlässigkeit, Intelligenz (nicht zuviel). Antipathie erwecken dagegen Perfektionisten, selbsternannte Top-Typen (»Ich bin der King! Mir kann keiner!«), Wortbrecher, *Bullys* (= Menschen, die drangsalieren, schikanieren und tyrannisieren; man findet sie gern in Schulklassen und beim Militär) sowie natürlich Sadisten und Mörder. Antipathie erweckt ebenfalls, wer egoistisch und egozentrisch, angeberisch und belehrend, larmoyant und sentimental, humorlos und zu intellektuell ist. Verrückte machen Angst und irritieren, können aber auch Mitleid erregen. Wer nur exzentrisch oder extrem unangepaßt ist, kann sogar zum positiven Helden werden. Denken Sie an Ken Keseys »Einer flog über das Kuckucksnest«.

Namen sind Schall und Schlüssel

Auch der Name charakterisiert eine literarische Figur. Wenn Schriftsteller, wie Simone de Beauvoir zum Beispiel, berichten, daß sie im Telefonbuch nachschlagen, um Namen für ihre Figuren zu suchen, so besagt dies noch nicht, daß sie sie nach dem Zufallsprinzip auswählen. *Nomen est omen*: Namen sind (unbewußte) Bedeutungsträger und müssen ›passen‹, auch in ihrer Klang- und Rhythmusstruktur. Nehmen Sie zum Beispiel Max Frischs Titelfigur Stiller; es läßt sich kaum ein treffenderer Name finden: In ›Stiller‹ steckt ›still‹ (auch ›stiller als‹, die Negation läßt ›laut‹ und der Reim ›schrill‹ assoziieren), ›stillen‹ im Sinne von ›ein Baby stillen‹, ›Blut stillen‹ und ›Sehnsüchte, Begierden, Rache stillen‹. Stiller könnte nicht ›Gantenbein‹ heißen, noch nicht einmal ›Frisch‹ (um zu kalauern: Am Ende des Buches wird Stiller still, ›frisch‹ ist er an keiner Stelle des Romans).

Daß solche Verdichtungen auch in anderen Sprachen gelten, zeigen, um zwei Beispiele zu nennen, Albert Camus' Fremder »Meursault« und Stephen Kings »Misery Chastain«. Der französische Name ist ein Amalgam aus *meurtre* (Mord), *seul* (allein) und *mer* + *soleil* (Meer + Sonne = Ort und Bestimmungsfaktor des Mords). *Misery* heißt Elend, und in »Chastain« steckt *chaste* (keusch, rein, anständig), *chasten* (züchtigen und läutern) und *chase* (jagen, verfolgen) sowie womöglich noch *disdain* (Verachtung, Hochmut).

In seiner Schrift »Ich schreibe für Leser« betont Frisch, wie wenig austauschbar Namen seien, und fährt dann fort:

> »Die bewußte Namenswahl ... ist bei mir selten glücklich; dann haftet ihm eine Absichtlichkeit an, und er verbindet sich nie ganz mit der Figur. Warum ein Name sich als trächtig erweist oder nicht, ist kaum zu sagen; sein Tonfall? ... ein andrer hat einen allegorischen Unterton, manche Namen sind wie Notenschlüssel.«

Sind Namen zu bewußt und ›sprechend‹, wirken sie wie aufdringliche Symbole: Man spürt die Absicht und ist verstimmt. Thomas Mann, der allegorisch-klangvolle Namen liebte, tat gelegentlich des Guten zu viel, zum Beispiel bei »Gabriele Klöterjahn«, aber er fand auch wunderbar sprechende Namen. »Tonio Kröger« und »Hanno Buddenbrook« sind wie »Gabriele Klöterjahn« nach demselben zweiseitigen Muster gestrickt.

»Tobias Mindernickel«, »B. Grünlich« und »Rudi Schwerdtfeger«, aber auch »Detlev Spinell« sind deutliche ›Notenschlüssel‹. »Gustav von Aschenbach« ist, wie »Stiller«, hochverdichtet: Achten Sie auf die dunklen Vokale, den im Nachnamen langsamer und schwerer werdenden Rhythmus und natürlich auf die Konnotation von ›Asche‹. Daß die ›sprechende‹ Namensgebung keine Eigenheit von älteren Herrschaften wie Thomas Mann ist, zeigen jüngere Beispiele. Agatha Christies Hercule Poirot, klein von Statur, heißt »Herkules Lauch«, Patrick Süskinds Mörder Jean-Baptiste Grenouille »Frosch«. Die Engländerin Sue Townsend hat kürzlich zwei erfolgreiche Jugendromane um einen Jungen namens Adrian Mole (»Maulwurf«) veröffentlicht, und Ecos William von Baskerville ist mitsamt seinem Adepten Adson von Melk eine Anspielung auf Arthur Conan Doyles Sherlock-Holmes-Romane (auf »Der Hund von Baskerville« und den Gehilfen Dr. Watson).

Suche, Wahl und Beurteilung von Namen ist eine Evidenzentscheidung wie so vieles beim Schreiben, eine Sache des Fingerspitzengefühls, also eines feinen, kaum zu verbalisierenden Sensoriums. Daher ist die Suche nach Namensalternativen sinnvoll und mit ihr das freie Schweifen der Assoziationen: Nehmen wir »Effi Briest«. Der Name ist nicht aufdringlich bedeutungsvoll, klingt hell und fast zu spitz, und durch die Koseform »Effi« wird nahegelegt, daß es sich um eine junge Frau handelt. Können Sie sich vorstellen, daß die junge Dame aus Fontanes Roman ›Kunigunde Krauskopf‹ hieße oder, um einen adligeren Nachnamen zu wählen, ›Eleonore Manteuffel‹? Da sieht man doch schon eine reife, hochgeschnürte Dame in den Salon rauschen. ›Elli Manteuffel‹ ließe sich vielleicht akzeptieren. »Effi Briest« ist aber ambivalenter: in ›Briest‹ steckt ›Biest‹ (nicht so negativ wie ›Teufel‹ und zudem ›weiblicher‹). Die historische Ableitung aus dem Brandenburgischen, wo es ›Briest‹ (= »Birkenort«) als Ortsnamen gibt, weist zudem auf die regionale und wohl auch soziale Herkunft der Namensträgerin hin.

Regionale Eigenheiten (»Permaneder«, »Bronski«, »Lafontaine«) und soziale Zuordnungen sind immer zu bedenken. Bauernburschen heißen anders als Adelssprößlinge, Lina

Braschke könnte nie mit Carolina Gabriela von Itzenplitz verwechselt werden. »Esther Goldschmidt«, »Ruth Bernheimer« und »Daniel Levy« sind jüdische Namen. Anklänge an bekannte Namen engen ebenfalls das Bedeutungsspektrum ein: Was fällt Ihnen zu Adolf von Molle ein, zu Gustav Göring, Hans Kohl oder Adalbert Weizsäcker? Zu Thekla Schüler, Ottilie Gott oder Martina Walzgras? Oder zu Senta Trömel-Plötz? Lassen Sie Ihren Assoziationen freien Lauf!

Die Art der Namensnennung im Text (Vorname, Nachname, Titel usw.) legt die Distanz des Erzählers zu seiner Figur fest: Frau von Arnim klingt distanzierter als Gabriela oder gar Gabi. »Der Besucher« anders als Josef K. oder einfach K. Wer Halm sagt statt Hermann, unterläuft auch bei erlebter Rede und rein personalem Blickwinkel die Identifizierungsbedürfnisse der Leser und verhindert die Gleichsetzung von Erzähler und erzählter Figur. Der Wechsel von Vorname zu Nachname und umgekehrt suggeriert einen Wechsel der Distanz. Unsympathische Figuren wird man kaum mit einer vertraulichen Abkürzung bezeichnen. Vorsicht im übrigen mit dem Ersetzen des Namens durch einen Stellvertreter. Haben Sie Ihren Protagonisten als Helmut Halm eingeführt und nennen ihn plötzlich, ohne daß seine Berufsbezeichnung eine Rolle spielte, »der Studienrat«, dann verwirren Sie die Leser, auch wenn diese Halms Beruf kennen. Verquer würde klingen, wenn Sie plötzlich »der Verwirrte« sagten, es sei denn, Sie wollen einen stilistischen Effekt erzielen und setzen die Namenssubstitution – wie Kafka – mit System ein.

Damit Sie ein Gefühl für Wahl und Verwendung von Namen entwickeln, sollten Sie bezeichnende und interessante Namen der deutschen Literatur auflisten und sich die jeweiligen Charaktere und ihre Geschichten vorstellen. Vergessen Sie dabei nicht, sich die Namen laut vorzusprechen.

Formen der Charakterisierung. Beispiele

Bei der Darstellung komplexer Figuren verwendet man unterschiedliche Formen der Charakterisierung:

✍ die direkte Erklärung und Beschreibung durch den Erzähler;
✍ Kennzeichnung und Beschreibung durch andere Figuren;
✍ Formen der Selbstcharakterisierung durch Gedanken, Ziele, Motive und Selbstkommentare; bei Ich-Erzählern auch durch Ton und Diktion;
✍ Charakterisierung durch Sprachverhalten, Redeformen, Dialogführung;
✍ durch Aktion und Reaktion,
✍ durch Aussehen, Verhalten und Manierismen,
✍ durch die Spiegel von Umgebung und Milieu.

Zu unterscheiden sind zudem drei Formen der Präsentation:
✍ die expositorische Vorstellung der Hauptfigur zu Beginn des Werks,
✍ die szenische Vorstellung mit Einblenden beschreibender und erläuternder Passagen
✍ und das bewußte Auslassen einer Präsentation (die Figur charakterisiert sich im Verlauf der Handlung durch Taten, Rede, Reaktionen der Mitspieler usw.).

Eine Sonderform der (expositorischen) Charakterisierung ist noch zu nennen: das sogenannte *shading*, ein Begriff, der auf Leo Tolstoi zurückgeht. Das *shading* führt eine Figur durch negative, meist unsympathische Eigenschaften und Verhaltensweisen ein, die häufig auf einer einseitigen, verzerrten oder falschen Wahrnehmung beruhen, die aber auch – im Sinne von C. G. Jung – den abgewehrten, im ›Schatten‹ liegenden Teil der Figur kennzeichnen können. Durch das *shading* bauen wir eine Figur also aus Gegensätzen, aus ihrer inneren Ambivalenz auf. So wird General Kutusow in Tolstois »Krieg und Frieden« zuerst als eine Person gezeigt, die sich nach dem Verlust seiner Soldaten ungerührt gibt. Später erst entdecken wir die liebende Sorge für »seine Männer«. Ein zweites Beispiel: Patrick Süskinds ›Held‹ Jean-Baptist Grenouille wird »am allerstinkendsten Ort des gesamten Königsreichs« geboren. Der Welt des Gestanks erwächst ein geruchloses Genie der Wohlgerüche, das, dem Kindsmord entronnen, selbst zum Mörder wird. Man erkennt, daß die Schilderung des Zeitkolorits zu Beginn dieses Romans kein Selbstzweck ist, sondern eine durch *shading* intensivierte Hinführung zum Thema. Wie wir erwarten, daß aus dem Dunkel eine Lichtgestalt tritt, so erwarten wir, daß aus den Niederungen des Gestanks und der Negation des Geruchs die Erlösung des Duftes sich ›synthetisiert‹. (Auf ein weiteres Beispiel komme ich später.)

Schauen wir uns nun einige konkrete Beispiele an. Beginnen wir mit Romaneröffnungen, in denen die Hauptfigur durch einen Erzähler vorgestellt wird.

In Margaret Mitchells »Vom Winde verweht«, einem der erfolgreichsten Romane der Weltliteratur, wird die Heldin, deren Name das umfangreiche Werk einleitet, in ihrer äußeren Erscheinung geschildert. Dabei hebt die Erzählerin, beginnend mit dem ersten Satz, ihre ambivalenten Züge hervor und gleichzeitig ihre Wirkung, vor allem auf Männer.

> »Scarlett O'Hara war nicht eigentlich schön zu nennen. Wenn aber Männer in ihren Bann gerieten, wie jetzt die Zwillinge Tarleton, so wurden sie dessen meist nicht gewahr. Allzu unvermittelt zeichneten sich in ihrem Gesicht die zarten Züge ihrer Mutter, einer Aristokratin aus französischem Geblüt, neben den derben Linien ihres urwüchsigen irischen Vaters ab. Dieses Antlitz mit dem spitzen Kinn und den starken Kiefern machte stutzen.«

In zwei weiteren Absätzen beschreibt die Erzählerin minutiös Scarletts Erscheinung und streut gleichzeitig ganz beiläufig das Alter des Mädchens ein und Hinweise auf Zeit, Ort und Milieu des Geschehens. Schließlich läßt sie eine kommentierende Bemerkung einfließen, die den Leser auf die Konfliktlage der Heldin und damit auf das Thema des Buches hinweist und gleichzeitig die Richtung der Geschichte erahnen läßt:

> »Hinter so viel Sittsamkeit verbarg sich nur mühsam ihre wahre, unbändige Natur. In den grünen Augen blitzte

und trotzte es und hungerte nach Leben, sowenig der mit Bedacht gehütete sanfte Gesichtsausdruck und die ehrbare Haltung es auch zugeben wollten.«

Wie in vielen anderen Romanen leitet sich aus den Charakterkonflikten der Heldin letztlich die Geschichte und damit die Handlung ab. Ganz ähnlich geht Thomas Mann in seiner Erzählung »Das Gesetz« vor: Der Charakter des Protagonisten wirft einen eindeutigen Schatten auf den Inhalt der Erzählung. Die Form der Exposition ist jedoch unterschiedlich: Der Erzähler führt seinen Helden Moses in abstrakten, detaillosen, aber sehr dynamischen Urteilssätzen ein. Die Bewegung entsteht durch das Erzähltempo und die auf extremen Kontrasten aufbauende Struktur der Sätze.

»Seine Geburt war unordentlich, darum liebte er leidenschaftlich Ordnung, das Unverbrüchliche, Gebot und Verbot.

Er tötete früh im Auflodern, darum wußte er besser als jeder Unerfahrene, daß Töten zwar köstlich, aber getötet zu haben höchst gräßlich ist, und daß du nicht töten sollst.

Er war sinnenheiß, darum verlangte es ihn nach dem Geistigen, Reinen und Heiligen, dem Unsichtbaren, denn dieses schien ihm geistig, heilig und rein.«

Nach diesen Formen direkter Charakterisierung nun einige Beispiele indirekter Charakterisierung. Thomas Manns kurze Erzählung »Schwere Stunde« führt dem Leser sofort den ungenannten Protagonisten Friedrich Schiller in einer durch den Titel bezeichneten Situation vor:

»Er stand vom Schreibtisch auf, von seiner kleinen, gebrechlichen Schreibkommode, stand auf wie ein Verzweifelter und ging mit hängendem Kopfe in den entgegengesetzten Winkel des Zimmers zum Ofen, der lang und schlank war wie eine Säule. Er legte die Hände an die Kacheln, aber sie waren fast ganz erkaltet, denn Mitternacht war lange vorbei, und so lehnte er, ohne die kleine Wohltat empfangen zu haben, die er suchte, den Rücken daran, zog hustend die Schöße seines Schlafrockes zusammen, aus dessen Brustaufschlägen das verwaschene Spitzenjabot heraushing, und schnob mühsam durch die Nase, um sich ein wenig Luft zu verschaffen; denn er hatte den Schnupfen wie gewöhnlich.«

Es fehlt jegliche einführende Beschreibung der Person, dennoch entsteht sofort ein plastisches Bild, das der Autor durch die Schilderung des Settings (kaltes Zimmer, Nacht, gebrechliche Schreibkommode) und des Verhaltens der Person erreicht. Der Vergleich »wie ein Verzweifelter« ist die einzige abstrahierend-urteilende Kennzeichnung des Erzählers und, bei kritischer Betrachtung, unnötig, denn die Situation suggeriert ausreichend deutlich Verzweiflung.

Georg Büchner läßt in seiner Erzählung »Lenz«, einem Kabinettstück deutscher Prosa, seine Hauptfigur allein in der Spiegelung durch Natur und Wetter sowie durch die Sprache lebendig werden. Der Erzähler verschwindet dabei hinter und dann auch in Lenz selbst.

»Den 20. Jänner ging Lenz durch's Gebirg. Die Gipfel und hohen Bergflächen im Schnee, die Täler hinunter graues Gestein, grüne Flächen, Felsen und Tannen. Es war naßkalt, das Wasser rieselte die Felsen hinunter und sprang über den Weg. Die Äste der Tannen hingen schwer herab in die feuchte Luft. Am Himmel zogen graue Wolken, aber alles so dicht, und dann dampfte der Nebel herauf und strich schwer und feucht durch das Gesträuch, so träg, so plump. Er ging gleichgültig weiter, es lag ihm nichts am Weg, bald auf-, bald abwärts. Müdigkeit spürte er keine, nur war es ihm manchmal unangenehm, daß er nicht auf dem Kopf gehen konnte. Anfangs drängte es ihm in der Brust, wenn das Gestein so wegsprang, der graue Wald sich unter ihm schüttelte, und der Nebel die Formen bald verschlang, bald die gewaltigen Glieder halb enthüllte; es drängte in ihm, er suchte nach etwas, wie nach verlornen Träumen, aber er fand nichts. Es war ihm alles so klein, so nahe, so naß, er hätte die Erde hinter den Ofen setzen mögen, er begriff nicht, daß er so viel Zeit brauchte, um einen Abhang hinunter zu klimmen, einen fernen Punkt zu erreichen; er meinte, er müsse alles mit ein paar Schritten ausmessen können.«

Büchner ergänzt die Schilderung der Naturstimmung durch unspezifische Hinweise auf die Empfindungen des Protagonisten (»es drängte ihn«, »er suchte nach etwas«, »er begriff nicht«), die in ihrer Summierung den Eindruck der Bedrohung und Irritation erhöhen. Hinzu kommt der befremdende Wunsch »die Erde hinter den Ofen setzen« und die Wiederholung des gefühlsverstärkenden »so«. Der Leser spürt deutlich, daß mit Lenz etwas nicht in Ordnung ist, ohne noch genau zu wissen, was. Aber gerade in dieser indirekten und suggestiven Form wirkt die Charakterisierung alarmierend und gleichzeitig ausdrucksstark.

In den einleitenden Absätzen von »Effi Briest« verwendet Theodor Fontane eine ganze Reihe unterschiedlicher Techniken. Er beginnt den Roman traditionell mit einer genauen Schilderung des Briest'schen Herrenhauses: eine gezirkelte Welt »in Ordnung« (ein erster Hinweis auf den sozialen Hintergrund des Geschehens und der Hauptperson). Wie in einer langsamen Kamerafahrt nähert man sich dem Gebäude und zwei Frauen, die vor ihm in der Sonne sitzen. Der Blick schwenkt über eine Schaukel, die sich im Laufe des Romans als ein zentrales Dingsymbol für die Protagonistin herausstellen wird, und ruht schließlich auf den Frauen: Mutter und Tochter, wie man erfährt. Die Szene wird nun immer lebendiger: Vor allem die Tochter Effi tritt in ihrem Aussehen und verspielten Tun hervor. Der nachfolgende Dialog zwischen ihr und der Mutter wirft weitere Lichter auf sie (Effi erscheint als lebenslustig, von sich überzeugt, übermütig, liebevoll, stürmisch, leidenschaftlich), die sich aber ebenfalls erst im Laufe der Geschichte in ihrer Bedeutung entfalten. »Immer am Trapez, immer Tochter der Luft«, erklärt die Mutter.

Fontane charakterisiert also Effi indirekt durch den Ort und damit durch das Milieu, durch ein unaufdringlich angedeutetes Dingsymbol, durch Verhalten und Sprache und schließlich noch durch ein mütterliches Urteil, das in seiner Bildhaftigkeit aussagekräftig, aber gleichzeitig noch unbestimmt bleibt. Konkretisiert wird es erst im Laufe des Romans.

Die Gefahr gemächlich hinführender Charakterexpositionen liegt darin, daß sie manche Leser zu wenig in die fiktionale Welt hineinziehen und womöglich, gerade am Anfang, ermüdend wirken, vor allem, wenn sie sich auf beschreibende Techniken verlassen. Aus diesem Grunde werden sie häufig durch eine szenische Charakterisierung ersetzt. In dieser Form wird der Leser sofort in eine Szene hineingezogen, in der die Hauptfigur sich charakterisiert durch ihr Verhalten und Agieren und gleichzeitig durch das Setting wie die Reaktionen der Umwelt. Weil der Erzähler dem Leser weitere Informationen, zum Beispiel zum Aussehen und zur Vorgeschichte der Figur, vermitteln will, blendet er kurze beschreibende und erklärende Sätze oder Passagen ein.

Len Deightons Roman »In Treu und Glauben« beginnt mit der Angabe der Jahreszahl 1899 und dem Satz: »Für jedermann sichtbar, stand die gebieterische Gestalt unter dem Laternenpfahl auf der Wiener Ringstraße.« Dem Leser wird in einer kurzen szenischen Eröffnung eine noch namenlose Person mit genauer Zeit- und Ortsangabe vor Augen geführt. Dabei erfährt er indirekt, daß diese Person im »Rampenlicht« steht oder stehen wird und nicht nur von mächtigem Körperbau ist, sondern auch von großer Machtfülle, womöglich sogar von Herrschsucht (»gebieterische Gestalt«).

Nun wird die Eröffnung der Szene unterbrochen und eine Beschreibung der Person eingeschoben:

> »Er war überschlank, um die Dreißig, er hatte ein blasses Gesicht mit flinken, zornigen Augen und einen säuberlich gestutzten, schwarzen Schnurrbart. Die Krempe

des seidig glänzenden Zylinders überschattete die Augen, und die mit Diamanten besetzte Krawattennadel blitzte im Schein der Gaslaterne auf. Er trug einen langen einreihigen Mantel mit Pelzkragen, ein besonders schönes Stück, dem man die Herkunft aus einem exklusiven Atelier ansah.«

Durch diese Beschreibung erfahren wir genauere Angaben über den Körperbau und das Alter des Mannes und wichtige Details über sein Gesicht. Besonders die »flinken, zornigen Augen« verweisen deutlich auf Charakterzüge. Die Schilderung der Kleidung (»Diamanten«, »exklusives Atelier«) lassen uns den Reichtum des Mannes erahnen.

»›Ich kann keine Sekunde länger warten‹, sagte er in unüberhörbarem Berliner Tonfall.«

Mit diesem Satz setzt nun die szenische Handlung ein. Wir erfahren gleichzeitig: Der Mann stammt aus Berlin, und wir können aus seiner Bemerkung schließen, daß er ein ungeduldiger Mensch ist oder etwas Unaufschiebbares zu erledigen hat oder erwartet wird.

»Niemand hätte Harald Winter für einen Einheimischen gehalten – höchstens vielleicht jemand von den aus Böhmen Zugewanderten, die mittlerweile einen beträchtlichen Teil der Wiener Bevölkerung ausmachten.«

Wieder ein Einschub, durch den wir nun den Namen des Mannes erfahren. Zum zweitenmal wird darauf hingewiesen, daß er kein Wiener ist. In einem Einschub im Einschub erfahren wir etwas über die soziale Zusammensetzung der Stadt, eine Information, die bisher noch »in der Luft hängt«. Die nächsten Sätze machen nun die Szene klar und bringen die Handlung zügig voran. Harald Winter hat eine Autopanne und will, umringt von einer neugierigen Menschenmenge, nicht so lange warten, bis sein Chauffeur sie behoben hat.

»›Ich gehe zu Fuß zum Klub‹, entgegnete der Mann. ›Sie bleiben hier beim Wagen. Ich schicke Ihnen jemand zur Unterstützung.‹ Ohne eine Antwort abzuwarten, schob er ein paar Schaulustige, die ihm im Weg standen, beiseite und stapfte auf der Ringstraße davon, wobei er wutschnaubend den Spazierstock aufs Pflaster stieß.«

Und nun macht der Erzähler einen neuen Schwenk. Er blendet einen Hinweis auf das Wetter und den Zeitpunkt ein (es ist der letzte Tag des 19. Jahrhunderts), um anschließend in erlebter Rede Gedanken und Gefühle des Mannes zu referieren.

Auch in diesem Absatz erfahren wir eine Menge über Harald Winter, und zwar durch seine Redeweise (Befehlston), sein Verhalten Menschen gegenüber (rücksichtslos), durch seine Gefühle (er reagiert wütend und gekränkt auf Pannen und fühlt sich blamiert; er genießt es, im Mittelpunkt zu stehen und mit seinen Statussymbolen identifiziert zu werden). Schließlich erfahren wir von seinen augenblicklichen familiären Umständen. Erahnen können wir, daß dieser so »gebieterische« Mann nicht immer das Heft in der Hand behält: Seine Frau zumindest konnte ihn »überreden«. Außerdem vermuten wir, daß die Panne im Laufe seines Buchlebens nicht die einzige bleiben dürfte.

Kommen wir zu einem weiteren Beispiel. Thomas Mann, ein Meister der (häufig ausführlichen) Charakterisierung und ein Autor, der auch den Nebenfiguren liebevolle Aufmerksamkeit widmet, läßt in dem Kapitel »Frühstück« des »Zauberberg« seinen jungen Helden Hans Castorp zum erstenmal auf die Mitbewohner des Sanatoriums stoßen, und dies gibt ihm Gelegenheit, Protagonisten und Mitspieler auf vielfältige Weise zu charakterisieren. Dadurch, daß hier weitgehend aus der Sicht des Protagonisten erzählt wird, kennzeichnet Hans Castorp sich selbst durch sein Verhalten, durch seine Wahrnehmungen, Fragen und Reaktionen, und gleichzeitig kennzeichnet der Erzähler durch Castorps Augen auch die anderen Figuren. Zum Beispiel fragt Hans Castorp seinen Vetter Joachim nach den anderen Hausbewohnern und ihren Krankheiten, ist also neugierig und anteilnehmend, während Joachim abgelenkt und wenig interessiert erscheint:

> »Sie war klein wie ein Kind, mit einem alten, langen Gesicht – eine Zwergin, wie er mit Schrecken erkannte. Er sah seinen Vetter an, aber da dieser nur gleichmütig mit Schultern und Brauen zuckte, als wollte er sagen: ›Ja, nun, was weiter?‹, so fügte er sich in die Tatsachen, bat mit besonderer Höflichkeit um Tee, da es eine Zwergin war, die ihn fragte, und begann Milchreis mit Zimt und Zucker zu essen, während seine Augen über die anderen Speisen hingingen, von denen zu kosten ihn verlangte.«

Beiläufig erfahren wir hier eine ganze Menge über den Protagonisten. Im Fortgang der Erzählung werden die Tischgenossen vorgestellt, so zum Beispiel das »englische Fräulein«:

> »Zur Linken saß ihm ein englisches Fräulein, schon angejahrt gleichfalls, sehr häßlich, mit dürren, verfrorenen Fingern, die rundlich geschriebene Briefe aus der Heimat las und einen blutfarbenen Tee dazu trank.«

Diese Porträtaufnahme erhält im nächsten Absatz Leben. Hans Castorp fragt die Engländerin, »was für einen Tee sie da trinke (es war Hagebuttentee) und ob er denn gut schmecke, *was sie fast stürmisch bejahte* ...« Dieser kleine Nebensatz befreit die Figur aus der Gefahr einer möglichen Stereotypie und gibt ihr eine unerwartete Tiefe.

Die kurz darauf erfolgende erste Begegnung zwischen Hans Castorp, seinem Vetter und Hofrat Behrens, dem ärztlichen Leiter des Hauses, gibt dem Erzähler die Möglichkeit, durch eine kurze Beschreibung und einen langen Monolog den Arzt vorzustellen, wobei er ihn sich selbst und zudem die beiden Vettern charakterisieren läßt. Der Monolog gewinnt durch seine versteckten Hinweise auf spätere Entwicklungen eine zusätzliche kompositorische Dimension.

Madame Chauchat (»heiße Katze«!), die weibliche Zentralfigur des »Zauberberg«, wird durch eine raffinierte Art von *shading* eingeführt. Im Frühstückskapitel erscheint sie als noch unerkannter Schatten:

> »Plötzlich zuckte Hans Castorp verärgert und beleidigt zusammen. Eine Tür war zugefallen ... – jemand hatte sie zufallen lassen oder gar hinter sich ins Schloß geworfen, und das war ein Geräusch, das Hans Castorp auf den Tod nicht leiden konnte, das er von jeher gehaßt hatte. ... er verabscheute das Türenschlagen und hätte jeden schlagen können, der es sich vor seinen Ohren zuschulden kommen ließ. In diesem Fall war die Tür obendrein mit kleinen Glasscherben gefüllt, und das verstärkte den Schock: es war ein Schmettern und Klirren. Pfui, dachte Hans Castorp wütend, was ist denn das für eine verdammte Schlamperei! Da übrigens in demselben Augenblick die Nähterin das Wort an ihn richtete, so hatte er keine Zeit, festzustellen, wer der Missetäter gewesen sei.«

Die Reaktion auf das Geschehen charakterisiert in erster Linie den Protagonisten, aber gleichzeitig führt es Madame Chauchat ein, mit einem ›Urknall‹, der vorerst verpufft. Knapp dreißig Seiten später, in einer Parallelszene, wiederholt sich der Vorfall:

> »Erstens fiel wieder die Glastür zu – es war beim Fisch. Hans Castorp zuckte erbittert und sagte dann in zornigem Eifer zu sich selbst, daß er unbedingt diesmal den Täter feststellen müsse. ... Es war eine Dame, die da durch den Saal ging, eine Frau, ein junges Mädchen wohl eher ...«

Der folgende Absatz begleitet ihren Gang zu dem Eßtisch und zeigt gleichzeitig Castorps erste visuelle Wahrnehmungen dieser Frau, die ihn später immerhin in die Liebe einführen wird. Ihre Hand fällt ihm auf, und es ist keineswegs die einer Liebesgöttin:

»Ziemlich breit und kurzfingrig, hatte sie etwas Primitives und Kindliches, etwas von der Hand eines Schulmädchens; ihre Nägel wußten offenbar nichts von Maniküre, sie waren schlecht und recht beschnitten, ebenfalls wie bei einem Schulmädchen, und an ihren Seiten schien die Haut etwas aufgerauht, fast so, als werde hier das kleine Laster des Fingerkauens gepflegt.«

Die Lehrmeisterin der Liebe wird also als wenig attraktives und sogar ungepflegtes Schulmädchen mit schlechten Manieren eingeführt. »Natürlich, ein Frauenzimmer«, denkt Castorp, und der Leser kann ergänzen: wenig angetan von ihrer Erscheinung. Doch sofort folgt eine überraschende Wendung: Castorps Nachbarin, »die dürftige alte Jungfer« Engelhart, bemerkt:

»›Das ist Madame Chauchat‹, sagte sie. ›Sie ist so lässig. Eine entzückende Frau.‹ …

›Französin?‹ fragte Hans Castorp streng.

›Nein, sie ist Russin‹, sagte die Engelhart.«

Dem unangenehmen Eindruck folgt eine positive (»entzükkend«) und gleichzeitig doppeldeutige (»lässig«) Fremdcharakterisierung. Das Bild, das bis hierhin entworfen wurde, ist also alles andere als eindimensional. Durch seine Widersprüchlichkeit erweckt es Neugier und Interesse und läßt breite Entwicklungsmöglichkeiten erahnen.

An diesem Beispiel wird der narrative Sinn des *shading* besonders deutlich. Dadurch, daß der Erzähler den Charakter sozusagen von hinten aufzäumt, schafft er ein Negativ, das – im Laufe der Entwicklung – in ein Positiv verwandelt werden muß. Und genau dieser Verwandlungsprozeß schafft Raum zur Entfaltung der Figuren und zeichnet sich durch Dynamik aus, der Grundvoraussetzung allen fesselnden Erzählens.

Romane, die in der Ich-Form geschrieben sind, beginnen häufig mit der Selbstlegitimation des Erzählers und mit einem Hinweis auf die Erzählsituation. Beide lassen erahnen, warum und aus welcher Distanz erzählt wird.

Typisch ist die *hortus-clausus*-Situation, die einen Rückblick erlaubt und zu Bekenntnissen und Geständnissen, also einer Art Wahrheitssuche, führt. Häufig handelt es sich dabei um den Rückzug im Alter (Giacomo Casanova: »Geschichte meines Lebens«, Umberto Eco: »Der Name der Rose«), die Rück-Besinnung nach einem Lebensabenteuer (Herman Melville: »Moby Dick«, Françoise Sagan: »Bonjour, Tristesse«, Ruth Klüger: »weiter leben«), um einen Aufenthalt im Gefängnis (Thomas Mann: »Felix Krull«, Vladimir Nabokov: »Lolita«, Max Frisch: »Stiller«), im Irrenhaus (Günter Grass: »Die Blechtrommel«) oder auch um eine Abrechnung mit sich selbst angesichts des Todes oder großer Schuld (Frisch: »Homo Faber«).

Ist die zeitliche Differenz zwischen Erzählung und Erzähltem nicht groß, kann der Erzähler auf die Technik fingierter Briefe oder Tagebücher zurückgreifen (Samuel Richardson: »Clarissa Harlowe«, Johann Wolfgang Goethe: »Die Leiden des jungen Werthers«), oder er läßt die zeitliche Distanz zum Geschehen tendenziell verschwinden (Joseph von Eichendorff: »Aus dem Leben eines Taugenichts«, Henry Miller: »Sexus«).

Die Erzähler-Protagonisten charakterisieren sich dabei durch die Situation, in der sie sich befinden, durch ihre Sprache (= Ton und Diktion), durch Gedanken, Gefühle, Ziele und Absichten, durch Einstellungen und Verhalten, durch Manierismen, durch Inhalt und Form der Wahrnehmungen, aber natürlich auch durch Selbsteinschätzung und Selbstbeschreibung.

Schauen wir uns einige Beispiele an.

Situation:

> »Zugegeben: ich bin Insasse einer Heil- und Pflegeanstalt ...« (Günter Grass: »Die Blechtrommel«)
>
> »Ich war siebzehn Jahre in jenem Sommer. Und ich war vollkommen glücklich.« (Françoise Sagan: »Bonjour Tristesse«)

Selbsteinschätzung und Fremdeinschätzung:

> »Denn ohne Whisky, ich hab's ja erfahren, bin ich nicht ich selbst, sondern neige dazu, allen möglichen guten

Einflüssen zu erliegen und eine Rolle zu spielen, die ihnen so passen möchte, aber nichts mit mir zu tun hat, und da es jetzt in meiner unsinnigen Lage (sie halten mich für einen verschollenen Bürger ihres Städtchens!) einzig und allein darum geht, mich nicht beschwatzen zu lassen und auf der Hut zu sein gegenüber allen ihren freundlichen Versuchen, mich in eine fremde Haut zu stecken, ...« (Max Frisch: »Stiller«)

Herkunft:

»... als natürliche Begabung und eine gute Kinderstube. An dieser hat es mir nicht gefehlt, denn ich stamme aus feinbürgerlichem, wenn auch liederlichem Hause.« (Thomas Mann: »Felix Krull«)

Verhalten und Wahrnehmungen:

»Ich bin ausgewesen. Ich habe gesehen: Hospitäler. Ich habe einen Menschen gesehen, welcher schwankte und umsank. Die Leute versammelten sich um ihn, das ersparte mir den Rest. Ich habe eine schwangere Frau gesehen. Sie schob sich schwer an einer hohen, warmen Mauer entlang, nach der sie manchmal tastete, wie um sich zu überzeugen, ob sie noch da sei. Ja, sie war noch da.« (Rainer Maria Rilke: »Die Aufzeichnungen des Malte Laurids Brigge«)

Gefühle:

»Ich zögere, diesem fremden Gefühl, dessen sanfter Schmerz mich bedrückt, seinen schönen und ernsten Namen zu geben: Traurigkeit. Es ist ein so ausschließliches, so egoistisches Gefühl, daß ich mich seiner fast schäme – und Traurigkeit erschien mir immer als ein Gefühl, das man achtet. Ich kannte es nicht; ich hatte Kummer empfunden, Bedauern und manchmal Reue. Jetzt hüllt mich etwas ein wie Seide, weich und ermattend, und trennt mich von den anderen.« (Françoise Sagan: »Bonjour Tristesse«)

Haltung und Absicht:

»›Nun‹, sagte ich, ›wenn ich ein Taugenichts bin, so ist's gut, so will ich in die Welt gehen und mein Glück machen.‹« (Joseph von Eichendorff: »Aus dem Leben eines Taugenichts«)

Reflexionen:

»Ich glaube nicht an Fügung und Schicksal, als Techniker bin ich gewohnt, mit den Formeln der Wahrscheinlichkeit zu rechnen. Wieso Fügung? ... Ich bestreite nicht: Es war mehr als ein Zufall, daß alles so gekommen ist, es war eine ganze Kette von Zufällen. Aber wieso Fügung? Ich brauche, um das Unwahrscheinliche als Erfahrungstatsache gelten zu lassen, keinerlei Mystik; Mathematik genügt mir.« (Max Frisch: »Homo Faber«)

Typische Eigenheiten:

»Ich fühle mich nicht wohl, wenn unrasiert; nicht wegen der Leute, sondern meinetwegen. Ich habe dann das Gefühl, ich werde etwas wie eine Pflanze, wenn ich nicht rasiert bin, ich greife unwillkürlich an mein Kinn.« (Max Frisch: »Homo Faber«)

Sprache und Begierden:

»Mehr und mehr verbraust das lärmende Gewühl unter mir in den Straßen, stiller und stiller wird die Nacht – die Wolken ziehen – eine einsame Taube flattert in bangen Liebesklagen girrend um den Kirchturm! – Wie! – Wenn die liebe Kleine sich mir nähern wollte? – Ich fühle wunderbar es sich in mir regen, ein gewisser schwärmerischer Appetit reißt mich hin mit unwiderstehlicher Gewalt! – O käme sie, die süße Huldin, an mein liebekrankes Herz wollt ich sie drücken, sie nimmer von mir lassen – ha, dort flattert sie hinein in den Taubenschlag, die Falsche, und läßt mich hoffnungslos sitzen auf dem Dache! – Wie selten ist doch in dieser dürftigen, verstockten, liebeleeren Zeit wahre Sympathie der Seelen.« (E. T. A. Hoffmann: »Lebensansichten des Katers Murr«)

Je nach Autorenintention, Anlage des Romans und Erzählperspektive wird die eine oder andere Form der Charakterisierung im Vordergrund stehen. Am besten ist es, möglichst viele Formen in mannigfachen Variationen zu verwenden. Wichtig ist auch, die Charakterisierung als einen Prozeß zu sehen, der erst auf den letzten Seiten seinen Abschluß findet. Am wenigsten akzeptieren wir heute, aus den schon genannten Gründen, zusammenfassende (und damit ›statische‹) Erzählerurteile und -kommentare. Auch lange Beschreibungen ermüden und sind im Zeitalter der Bildfluten unnötig. Visualisierung erreicht man eher durch typische Details und Andeutungen, die die Phantasie anregen. Dies erkannte schon, lange vor der Erfindung der Photographie, G. E. Lessing. In seinem »Laokoon« schrieb er:

> »Dasjenige aber nur allein ist fruchtbar, was der Einbildungskraft freies Spiel läßt. Je mehr wir sehen, desto mehr müssen wir hinzu denken können. Je mehr wir dazu denken, desto mehr müssen wir zu sehen glauben.«

Wie viele Charaktere braucht meine Geschichte?

Bei der Planung eines Romans und beim *plotting* (dem Entwerfen der Handlung) sollte man sich unbedingt einige Gedanken machen über Anzahl und Gewichtung der Figuren. Häufig liegt das Mißlingen eines Romans gerade daran, daß man zu viele Personen in den Vordergrund stellen will, sie nicht ausreichend genug durchzeichnet und schließlich auch mit ihrer komplexen Beziehungsstruktur nicht fertig wird; oder, im Gegenteil, weil man sich auf *eine* Zentralfigur beschränkt und dann im Laufe der Zeit feststellen muß, daß sie nicht interessant und vielschichtig genug ist für einen welthaltigen Roman.

Schauen wir uns drei Grundmodelle an.

Der Held und sein Weg

Ein Charakter steht im Vordergrund. Meist wird seine Lebensreise beschrieben, seine Suche und seine Entdeckungen, seine Abenteuer, sein Kampf gegen Widerstände und schließlich seine Bewährung: Sieg oder Niederlage. Das Grundmuster hat Homers »Odyssee« entwickelt. Alle Schelmen-Romane leben von diesem Modell, ebenso die Abenteuer- und Action-Geschichten, in denen eine Person sich in einer gefährlichen Situation bewähren muß und zum Helden wird. Aber auch die Sucher- und Entdeckergeschichten, die Biographien und Bildungsromane brauchen im Prinzip nur eine Zentralfigur (mit ihrem konfliktbetonten Entwicklungsgang).

Ich sagte ›im Prinzip‹. Denn die Ausrichtung auf eine einzige Figur hat zur Folge, daß die Geschichte eine Reihe wichtiger Aspekte vernachlässigen muß: z. B. die Kontrastierung (durch eine Gegenfigur), Dialoge, gleichwertige Gegner usw. Viele Mittel der Charakterisierung entfallen. Alles hängt von der Hauptfigur ab. Wenn sie nicht stark, stabil und gleichzeitig dynamisch genug ist, bricht das gesamte Romangefüge zusammen. Aus diesem Gründen wird den (mehr oder weniger) einsamen Helden häufig ein Begleiter beigegeben: Don Quijote hat seinen Sancho Pansa, den erfahrenen Westernhelden begleitet ein junger Draufgänger oder eine liebende Frau, die er womöglich retten muß oder die ihm als ›Preisgeld‹ für seine heldischen Taten winkt (denken Sie an die vielen Trivialgeschichten auf dem Buchmarkt, in Film und Fernsehen). Auch der Detektiv braucht seinen Gehilfen als Stichwortgeber und Dialogpartner (Sherlock Holmes seinen Freund Dr. Watson, William von Baskerville seinen Adepten Adson von Melk). Verlassen Sie sich also nur im Notfall auf eine Hauptfigur. Stellen Sie ihr eine Kontrast- oder Ergänzungsfigur an die Seite, geben Sie ihr wechselnde Gegenüber oder fingieren Sie Situationen, in denen Gespräche geführt oder simuliert werden, notfalls Selbstgespräche (wie im »Tod in Venedig« von Thomas Mann).

Das Zwei-Personen-Modell

Dieses Modell ist die Grundlage vieler Erzählungen und Novellen, aber auch eines Großteils umfangreicher Romane. In ihm kulminiert die dramatische Auseinandersetzung: der Kampf zwischen Protagonist und Antagonist. Es stellt die entscheidende Frage: du oder ich? (Modellhaft in Stephen Kings »Misery«: Annie Wilkes oder Paul Sheldon?). Die dramatische Auseinandersetzung braucht aber nicht nur auf Sieg oder Niederlage zu zielen, sondern kann auch den schwierigen Prozeß einer Annäherung meinen: *boy meets girl*, die beliebteste Geschichte überhaupt. Er sucht sie, sie ziert sich, er kriegt sie schließlich doch (und umgekehrt). Oder: sie lieben sich, feindliche Mächte (Familienfehden, soziale Distanz) und Schicksalsschläge trennen sie, zum Schluß finden sie sich wieder (möglicherweise erst im Tod, siehe »Romeo und Julia«). Eine dritte beliebte Variante zeigt, wie aus zwei Freunden Feinde werden (Lewis Wallace: »Ben Hur«) oder aus zwei Feinden Freunde. Dies gilt natürlich auch für Familienmitglieder.

Die Dreiecksgeschichte

Die Freund-wird-zu-Feind-Variante ist häufig verbunden mit dem dritten Modell, der Dreiecksgeschichte, die fast ebenso beliebt ist wie die Geschichte ›A liebt B‹. In ihr werden Beziehungsmuster verschoben: Eine verheiratete Frau nimmt sich einen Liebhaber, ein Mann verläßt seine Frau wegen einer Jüngeren. Die Folge: Eifersucht, Haß, Konflikte bis hin zum Mord. Die Ordnung der Gefühle und der sozialen Normen ist gestört und muß wiederhergestellt werden.

Da das Beziehungsmuster zwischen verschiedenen Hauptfiguren (das Skelett der Geschichte) dargestellt werden muß (damit die Geschichte Fleisch ansetzt), ist gut zu überdenken, ob man einen Roman mit mehr als drei zentralen Figuren anlegen will. Eine mag zu wenig sein, zwei eignen sich für kürzere Geschichten und für hochdramatische Verwicklungen, drei bieten die Möglichkeit für jede Menge Konflikte. Eine Person impliziert kein Beziehungsmuster, zwei Personen implizieren zwei Beziehungen (A zu B und B zu A), drei Personen erlauben schon komplexere Muster, nämlich sechs Beziehungen. Bei vier Personen sind es zwölf, bei fünf Personen schließlich zwanzig! Je mehr Personen miteinander agieren, desto komplexer wird das Gefüge, und Sie verlieren nicht nur leicht die Übersicht, sondern vernachlässigen womöglich wichtige Aspekte der Interaktionsmuster. Es ist in diesem Fall sinnvoll, die Figuren nicht einfach zu vermischen, sondern Hierarchien aufzustellen oder sie zu gruppieren, also nebeneinander zu stellen oder nacheinander auftreten zu lassen. Wenn Sie an die vielfigurigen Romane von Tolstoi denken, an »Anna Karenina« zum Beispiel, sehen Sie, wie der Lebens- und Handlungskreis von Anna und derjenige von Lewin sich zwar berühren und überschneiden, doch nicht ineinanderfließen.

Überlegen Sie sich also gut, wieviel innere Dynamik und äußere Entwicklungsmöglichkeiten in den Beziehungen Ihrer Figuren stecken. Entwerfen und skizzieren Sie diese Möglichkeiten, auch wenn nicht alle im Text ausgeschrieben werden.

Geschichten, wie das Leben sie schreibt und Hollywood sie vorschreibt

Geschichte und Plot

Wie ich schon betonte, gehören die Aspekte ›Charakter‹ und ›Geschichte‹ bzw. Plot untrennbar zusammen. Ohne Charaktere kann keine Geschichte erzählt werden, und ohne eine Geschichte bleiben Charaktere stumme Denkmäler. Sobald sie aber Leben gewinnen, sich zu bewegen beginnen und aufeinander stoßen, ergibt sich eine Reihe von Ereignissen, eine Handlung. Die Handlung allein – ohne überzeugende Linie, kaum in sich strukturiert – macht noch keine Geschichte. Diese fügt sich erst dann zusammen (und wird ein Plot), wenn die Ereignisse aufeinander bezogen werden und voneinander abhängen. E. M. Forster hat den Unterschied zwischen bloßer Handlung und Plot durch ein einfaches Beispiel erläutert: Der Satz »Der König starb, und dann starb die Königin«, verweist auf eine bloße Reihenfolge von Ereignissen und damit auf eine erzählbare Handlung. Zu einem Plot, einer strukturierten Geschichte, wird sie erst, wenn sie lautet: »Der König starb, und dann starb die Königin *aus Kummer.*« Die beiden Handlungselemente sind nun durch Ursache und Wirkung bzw. durch Grund und Folge aufeinander bezogen. König und Königin sind aneinander gebunden, ja sie ›existieren‹ hauptsächlich durch ihre Beziehung.

Man muß sich diesen so selbstverständlich klingenden Zusammenhang immer vor Augen führen, weil er nicht nur die Makrostruktur eines literarischen Werks betrifft, sondern bis in seine Mikrostruktur Gültigkeit hat. In einem Werk darf es – im

Prinzip – kein Element geben, das nicht in einem Geflecht innerer Bezüge einen Stellenwert hat, keine blinden Motive, keine losen Enden und kein unnötiges Wort.

Nicht alle Bezüge sind allerdings offensichtlich. Viele sind zu komplex, als daß sie leicht durchschaut werden könnten, viele sind nur in einen assoziativen Subtext eingeschrieben und bleiben, für den Autor wie seinen Leser, im ›Unbewußten‹ verborgen. Wenn ein Werk auf den ersten Blick durchschaubar ist und keine Geheimnisse behält, wirkt es konstruiert und tot.

Zu bedenken ist auch, daß jedes Werk sich erst im Rezipienten realisiert. Er muß die sprachlichen Zeichen entziffern, das heißt: ihnen eine sinnvolle Bedeutung unterlegen. Dies darf man sich nicht wie eine mechanische Übersetzung vorstellen. Ein Kunstwerk enthält immer Leerstellen, weil es sonst unendlich lang sein müßte, und diese Leerstellen muß der Leser nach Vorgabe der nach bestimmten Strukturmustern arrangierten Zeichen selber füllen.

Ich möchte diese Gedanken an Forsters Beispiel erläutern. Stünde in einem Text: »Der König starb, und dann starb die Königin«, würden wir als Leser nach Gründen für ihren Tod suchen: Sie könnte aus Kummer gestorben sein oder, wie womöglich auch ihr Mann, von einem Rivalen vergiftet. Beide hatten vielleicht einen Unfall in ihrer Kutsche. All dies steht nicht im Text, doch wir brauchen Gründe, Motive, nachvollziehbare Zusammenhänge, eine verständliche Ordnung der Ereignisse.

Hieße die Textstelle nun: »Als die Königin den toten König sah, brach sie zusammen. Man brachte sie in ihre Gemächer. Sie verweigerte Wasser und Brot. Es dauerte nicht lange, da hauchte sie ihr Leben aus«, wissen wir zwar noch immer nicht genau, ob die Königin aus Kummer über den Tod des Königs gestorben ist, aber alle zusätzlichen Informationen, die uns der Text vermittelt, lassen darauf schließen. Man könnte ihn folgendermaßen lesen: »Als die Königin den toten König sah, brach sie VOR SCHMERZ zusammen. Man brachte sie in ihre Gemächer. IHR KUMMER WAR SO GROSS, DASS SIE NICHT MEHR WEITERLEBEN WOLLTE. DAHER verweigerte sie Wasser und Brot. BALD STARB SIE AN GEBROCHENEM HERZEN.«

Beim Lesen schließen wir also die offenen Stellen zwischen den Sätzen und über-setzen sie gleichzeitig, und zwar nach einer Anleitung, die wir dem Gesamttext entnehmen, unserem literarischen Vorwissen sowie unseren persönlichen Bedürfnissen, Gefühlen und Erfahrungen. Der Text hat nicht alles ausgesprochen, was er hätte ausdrücken können, er hat uns Anstöße zum Ausphantasieren gegeben. Genau hierin liegt einer der entscheidenden Kunstgriffe des Schreibens.

Der Konflikt: Triebkraft einer dramatischen Geschichte

»Die innere Poesie des Lebens ist die Poesie des kämpfenden Menschen.«
(Georg Lukács)

Ein guter Plot ist nicht nur durch eine Ursache-Wirkung-Relation gekennzeichnet. Seine Ereignisse sollten auch bedeutend sein, Konsequenzen haben sowie den Leser bewegen, das heißt: ihm etwas bedeuten. Dies geschieht am leichtesten, ich wiederhole jetzt eine der Kernaussagen dieses Buches, durch den inneren Motor aller dramatischen Geschichten: durch einen Konflikt, der in Handlungen entfaltet und szenisch dargestellt wird.

Ein Konflikt ist eine Kollision polarer Kräfte, eine Auseinandersetzung von Menschen und Normen, auch ein innerer Widerstreit von Motiven, Wünschen und Werten. Ausdruck und Höhepunkt eines Konflikts ist eine äußere wie innere Krise, eine gestörte Ordnung, die auf eine Lösung drängt. Insofern führen Konflikte und Krisen auch zu Wendepunkten im Leben eines Individuums, einer Familie oder einer Gesellschaft.

Konflikte können die unterschiedlichsten Formen annehmen: Menschen oder Menschengruppen streiten und kämpfen mit- und gegeneinander (vom Zweikampf zum Krieg, von der Familienfehde zum Klassenkampf), ein Mensch kann mit der Gesellschaft zusammenstoßen (Kriminalität, Außenseiter, Unangepaßte aus Liebe) und mit der Natur, der Technik (Kampf gegen Naturkatastrophen, Unfälle) oder auch vom ›Schicksal‹, also zufälligen Fügungen, getroffen werden (und sich wehren!). Unterschiedliche Normen und Wertvorstellungen können kollidieren: alte und neue Ordnungen zum Beispiel. Die Folge sind Aufstände, Bürgerkriege, Revolutionen, aber auch, im kleineren Maßstab: Ehebrüche und Generationenkonflikte.

Häufig sind Konflikte aber innerseelisch, wobei sie sich meist mit äußeren Konflikten verbinden. Sie zeigen sich ebenfalls in einem gestörten Gleichgewicht unterschiedlicher Kräfte: Unzufriedenheit mit einer augenblicklichen Situation oder Rolle, Ehrgeiz, Ambitionen (Differenz zwischen Wunsch und Wirklichkeit), Kampf zwischen Begierde und Gewissen, Versuchung und Entsagung, Widerstand und Gehorsam (Differenz zwischen ›Natur‹ und ›Kultur‹), aber auch zwischen zwei unversöhnlichen Wertsystemen (»Du darfst nicht töten« versus »Du mußt deine Familie verteidigen«).

Konflikte sind aufgrund ihrer polaren Struktur dynamisch. Die Konfliktparteien verharren nicht bewegungslos, die aus den Fugen geratene Welt setzt Kräfte frei, die ihren Zerfall beschleunigen oder ihre Wiederherstellung erreichen wollen. Auch die Seele als Schau- und Kampfplatz erstarrt nicht, sondern sucht nach einer Lösung.

Der Konflikt als dynamischer Kern und Spannungszentrum einer literarischen Geschichte muß gewisse Voraussetzungen erfüllen, damit er wirksam werden kann:

✍ Der Leser muß ihn verstehen, sich einfühlen können und daher an dem Geschehen Interesse gewinnen.

✍ In dem Konflikt muß etwas Wichtiges auf dem Spiel stehen: die existentiellen Gefühle und Fragen des Lebens. Sie sind es letztlich, die den Leser bei der Stange halten und ihn veranlassen, die Geschichte, auch wenn sie lange, kompliziert ist und womöglich befremdet, bis zu ihrem Ende zu verfolgen.

✍ Gegnerische Charaktere sollten etwa gleich stark und von einem gleich starken Willen getrieben sein und im Verlauf der Auseinandersetzung noch ›wachsen‹. Das gleiche gilt für innere Strebungen.

✍ Das Gesetz der Komplikation fordert, daß die Konflikte sich steigern lassen müssen. Sie sollten bis ins Extrem getrieben werden, bis eine (friedliche) Lösung kaum noch möglich erscheint und eine Katastrophe unabwendbar.

✍ Die Lösung des Konflikts muß in ihm selbst angelegt sein und darf nicht von außen und damit unmotiviert (durch einen *deus ex machina*) erfolgen.

Thema und Prämisse

Der Begriff Thema (eines Werks) ist diffus. Man könnte ihn umschreiben mit den Fragen: Worum geht es eigentlich (grundlegend) in der Geschichte? Was ist ihr Kern? Ihre zentrale Idee? Ihr zentrales Konzept? Man sagt statt ›Thema‹ auch gern ›Aussage‹, ›Anliegen‹ oder *message*, aber diese Begriffe klingen nach erhobenem Zeigefinger. Ebenso läßt sich ›Thema‹ als Ausgangspunkt einer Geschichte fassen, als ihr Leitfaden oder auch als ihre grundlegende Wahrheit (»was es zu beweisen gilt«).

Die amerikanischen Autoren des kreativen Schreibens verwenden in diesem Zusammenhang gerne den Begriff ›Prämisse‹ und fordern erläuternd, die Formulierung der Prämisse sollte den zentralen Charakter, seinen Konflikt und die Lösung umfassen. Dazu gibt es eine in Hollywood beliebte Version, die »X führt zu Y« lautet. Zum Beispiel: Bescheidenheit führt zu Mißerfolg. Das heißt: Ein bescheidener Charakter wird seine Ziele nicht durchsetzen können und letztlich in der Auseinandersetzung mit aggressiveren und durchsetzungsfähigeren Menschen einen Mißerfolg erleiden. Oder: Verantwortungslosigkeit führt zu Einsamkeit. Oder: Ehebruch führt zu Elend.

Diese Formulierungen gelten für viele Filmmärchen, klingen aber, angewandt auf anspruchsvolle literarische Werke, oft wie eine Karikatur: Sten Nadolny könnte seine »Entdeckung der Langsamkeit« den Hollywoodgroßen folgendermaßen vorstellen: »Auch Langsamkeit führt zum Erfolg«. Die Anhänger des schnellen Geldes dürften staunen (und auf einem klaren Happy End bestehen). Umberto Eco könnte seinen »Namen der Rose« und Johann Wolfgang von Goethe seinen »Faust« mit dem Satz vorlegen: »Unbändiger Wissensdrang führt in die Katastrophe.«

Man kann natürlich über solche Fix-und-Foxi-Formulierungen lächeln. Aber es ist sinnvoll, das Thema eines Werks in einem oder zumindest in wenigen Sätzen zu umreißen. Dies fällt dem Autor häufig schwer (schwerer in der Regel als seinem Leser oder gar einem Kritiker), und zwar aus mehreren Gründen. Zum einen haben komplexe Werke meist mehrere Themen und sind, wie ihre zentralen Charaktere, mehrdimensional und mehrdeutig angelegt. Zum anderen schreiben nur wenige Autoren nach einer bewußten Themaanleitung, sondern, wie Max Frisch es einmal formulierte, »wie im Blindflug«. Sie folgen faszinierenden Bildern, Charakteren und Szenen, haben vage und sich immer wieder ändernde Ideen im Kopf, lassen die Handlung sich entfalten, ohne sie auf den Begriff zu bringen. Aus diesem Grund ist das Thema häufig nicht direkt formuliert im Text, sondern nur deutend zu erschließen. In Frischs »Stiller« zum Beispiel findet sich das Wort »Identität« so gut wie nicht.

Nun könnten Sie sich fragen, warum Sie als Autor(in) überhaupt noch nach dem Thema fahnden und seine Suche nicht gleich den Interpreten überlassen sollten. Aus einem pragmatischen Grund: Die Suche nach dem Thema des Werks, das man gerade schreibt, ähnelt der Suche nach seiner immanenten Strategie. Auch wenn man diese Strategie nicht in einer Comic-Version formulieren kann, so klärt man doch durch die Suche, was – als »geprägte Form, die lebend sich entwickelt« – wichtig im und für das Werk ist und was nicht.

Die Reduktion von Plot und Charakter auf einen thematischen Kern hilft, seinen ›genetischen Code‹ ausfindig zu machen, den Keim, aus dem alles herauswächst bis in die feinste Verästelung. Wer sich diesen Keim bewußt zu machen vermag, ist in der Lage, die dem Werk eigene Logik und Richtung, seine sich entwickelnden Querbeziehungen und ungewollten Aussagen zu erkennen und ihm eine Einheit zu geben, auf die der Leser seine eigene Gestalt projizieren kann.

Das Thema hat meist etwas mit dem grundlegenden Anliegen des Autors zu tun, mit seinen zentralen Konflikten oder Obsessionen. Häufig gruppieren sich, aus gehöriger Distanz gesehen, die Werke eines Autors um ein Thema oder um eine Verbindung verwandter Themen. Thomas Mann zum Beispiel stellte Künstlerfiguren in den Vordergrund fast aller seiner Romane und Erzählungen und sah selbst in der »Heimsuchung« das zentrale Thema seines Lebenswerks. Max Frischs Werk kreist elegisch um die Unfähigkeit, zu sich selbst, zu einer lebbaren Partnerschaft, zu einem erfüllten Leben und einem erträglichen Tod zu finden.

Im Thema stellt der Autor immer wieder erneut seine Fragen und gibt ihnen eine vorläufige Antwort, in ihm konzentriert sich seine Suche nach den unbekannten Seiten des Lebens, die nur im literarischen Werk zu erkunden sind. Wichtig ist, daß dieser Suchprozeß als Geschichte formuliert wird und die Antwort auf die Fragen vieldeutig bleiben. Alles andere wäre Ideologie, die Illustration einer vorgefaßten Meinung, eines Vor-Urteils.

Plotstrukturen, Plotmodelle

Ob wir überhaupt neue Geschichten und Plots erfinden können, bleibt dahingestellt. Viele Autoren greifen (und griffen) auf bewährte Themen zurück, bearbeiten bekannte Stoffe oder variieren erprobte Muster. Auch das autobiographische Material, so individuell und einmalig es erscheinen mag, ist vorgeprägt durch die mythisch-literarischen Deutungsmuster unserer Kultur. Wir ›erfinden‹ unsere eigene Lebensgeschichte. Mehr noch: Wir leben – meist unbewußt – nach Geschichten und leben Geschichten nach. So sehr ein Autor auch versucht, originell zu sein, er steht in einer fast dreitausend Jahre alten Literaturtradition und gießt letztlich nur alten Wein in auch nicht mehr ganz neue Schläuche. Betrachtet man diesen Sachverhalt von Seiten der Leser, so wird er noch deutlicher: Unser Erwartungshorizont an ein Buch ist geprägt von den Geschichten, die wir gehört, gelesen und gesehen haben. Diese vielen Geschichten gliedern sich in unserem Kopf nach bestimmten Mustern, und diese Muster übertragen wir auf eine neue Geschichte und fragen: In welche Schublade paßt sie hinein?

Ich möchte nun versuchen, ähnlich vorzugehen und die Vielfalt der Plots nach zwei Prinzipien zu kategorisieren: einem eher formal und einem eher inhaltlich ausgerichteten Prinzip. Die Kategorien stellen Deutungsmodelle dar, nach denen die Werke sich filtern lassen, und gleichzeitig Muster, nach denen sie sich entfalten. Dies bedeutet, daß diese Muster selten in Reinform auftreten, sondern in Mischungen, Abwandlungen, Verkürzungen, und daß, andersherum gesehen, die Werke unterschiedlichen Modellen zugeordnet werden können. Gerade seine Vieldeutigkeit hebt ja ein Kunstwerk über ein Machwerk hinaus. Daß die beiden Systematisierungsversuche noch vorläufig und nicht hundertprozentig kompatibel sind, sollte ihren Wert nicht schmälern.

Ich halte es gerade für den jungen Autor für wichtig zu reflektieren, nach welchen Mustern er – vielleicht ganz unbewußt – schreibt und schreiben will. Er sollte die entstehende Geschichte abklopfen nach ihren immanenten Strukturen, sollte sich fragen, welchen Schemata er sich annähert. Die Modelle können ihm also als Leitlinie und Arbeitsgerüst beim *plotting* dienen. In stetem Geben und Nehmen zwischen tradiertem Muster und innovativer Lösung entwickelt er seine individuelle Geschichte, eine unbekannte und überraschende, aber gleichwohl einleuchtende Variante des Bekannten.

Die Reflexion von Plotmodellen bedeutet gleichzeitig eine Auseinandersetzung mit der literarischen Tradition und den Erwartungen der Leser. Sie soll nicht etwa zu einer größeren Schematisierung führen, sondern zu neuen Variationsmöglichkeiten, und gleichzeitig Irrwege zu vermeiden helfen. Denn der Verstoß gegen grundlegende Gesetze der Erzählordnung wird von einem Großteil der Leser durch Ablehnung bestraft.

Strukturmuster

Die Beziehungsgeschichte:
- Die typische Liebesgeschichte (»Junge trifft Mädchen«),
- die Dreiecksgeschichte (»Frau zwischen zwei Männern«, »Mann zwischen zwei Frauen«),
- die Freundschaftsgeschichte (»aus Gegnern werden Freunde«, »aus Freunden werden Gegner«),
- die Geschichte von Familien(fehden) (»Kampf zweier Fami-

lien bzw. Parteien«, »Familien brechen auseinander«, »Familien entfalten sich und verfallen wieder«).

Die heroische Geschichte:

- Der Kampf des Helden gegen sich verstärkende Widerstände bis zum Sieg oder zur Niederlage;
- die gefährliche Reise mit Erreichen des Ziels oder dem Untergang.

Das Suche-Modell (verwandt mit dem Strukturmuster der gefährlichen Reise):

- Die Sucher-Geschichte im engeren Sinn; der Held geht, meist nach einer Trennung, einem Verlusterlebnis oder einer Erleuchtung, auf die Suche nach dem Gral, der Heimat, dem Vater usw.; zum Schluß gelangt er zu seinem Ziel, er findet das Verlorene wieder oder scheitert.
- Die Detektiv-Geschichte, in der ein Detektiv (oder ein Journalist o. ä.) einen Täter sucht bzw. ein Verbrechen aufzuklären versucht. Im Gegensatz zu der Sucher-Geschichte verfährt dieses Modell analytisch. Ein weiterer Unterschied liegt darin, daß der suchende Held zu einer idealen Ordnung hinstrebt, während der aufklärende Detektiv die gestörte Ordnung wiederherstellen will. Betont man allerdings in der Sucher-Geschichte das Trennungsmoment zu Beginn (= gestörte Ordnung), dann nähert sich seine Struktur analytischen Formen an (Wiedervereinigung mit dem Vater als Wiederstellung einer gestörten Ordnung).

Das retrospektive Modell (ebenfalls mit den vorhergehenden verwandt):

- Der Rückblick auf eine bedeutende Phase des eigenen Lebens, in der meist eine entscheidende Wendung stattfand.
- Die (Auto-)Biographie, die einen gesamten Lebensweg mit seinen Höhe- und Tiefpunkten nachzeichnet und meist an einem markanten Punkt endet (in der Alters-Einsiedelei, im Gefängnis).

Das Entwicklungs-Modell (als Spiegelbild des retrospektiven Modells):

- Was jenes rückwärtsschreitend nachzeichnet, zeichnet dieses nach vorne laufend auf. Dazu gehören die Entwicklungs- und Bildungsgeschichten, die gerade in der deutschen Literatur lange Zeit beliebt waren (und noch sind?).

Das Katastrophen-Modell. Vier Formen sind zu unterscheiden:

- Die Entwicklung einer Katastrophe: Die Geschichte eines Verbrechens, in der meist ein Anti-Held eine bedeutende Rolle spielt,
- die Geschichte eines finalen Kampfes (häufig eines Krieges).
- Die Katastrophe als Ausgangspunkt: Eine Katastrophe läßt Helden hervortreten; meist endet diese Geschichte mit einer Rettung.
- Eine Katastrophe enthüllt den wahren Kern der Menschen.

All diese Modelle können unterschiedlich enden: entweder positiv-optimistisch oder negativ-pessimistisch, entweder in der ›realistischen‹ Nachbildung einer unerfreulichen, desillusionierenden Wirklichkeit oder nach dem ›romantischen‹ Wunschtraum einer aufregenden, abenteuerlichen und sich schließlich glücklich ordnenden Welt, entweder als Tragödie mit Mord und Tod, Untergang und Wahnsinn oder als Märchen mit Rettung, Hochzeit, Happy End. Neben diesen beiden markanten Lösungen gibt es noch den Mittelweg, ein Weder-Noch: den offenen Schluß (s. a. das Kapitel »Ende«).

»Meisterplots« (nach Ronald B. Tobias)

Kategorisiert man die Plots nach dem Schicksal des Protagonisten, so gelangt man zu typischen Themen und damit zu sich wiederholenden Handlungsmustern. Sie decken sich nur teilweise mit den zuvor skizzierten Erzählstrukturen, aber sie stellen einen nicht minder interessanten Versuch dar, die Vielfalt der Geschichten zu bündeln.

Der amerikanische Schriftsteller Tobias teilt zuerst in einem Grobraster sämtliche Plots in »Plots des Körpers« und »Plots des Geistes«. Die einen stellen physische Auseinandersetzungen in den Vordergrund, Wettrennen gegen die Zeit, Abenteuer und Kampf gegen Naturkatastrophen, *action* also, das Arsenal vieler Massenfilme. In den anderen geht es um Probleme der Persönlichkeit, um seelisches Leid und geistige Auseinandersetzungen, um die Suche nach Werten, um Themen also, die eher anspruchsvolle Literatur beschäftigen. Dieses duale System verfeinernd, beschreibt Tobias zwanzig »Meisterplots«:

Suche *(quest)*: In diesem Modell sucht, wie wir schon gesehen haben, ein Protagonist nach einem Ziel: einer Person, einem Ort oder einer wertvollen Sache. Seine Motivation ist stark, das Erreichen des Ziels wird sein Leben verändern. Da der Protagonist im Vordergrund steht, muß er dementsprechend genau und vielschichtig charakterisiert werden. Seit den Anfängen des Erzählens ist dieser Plottypus beliebt, ja, mit ihm beginnt die Epik sogar: Gilgamesch sucht das ewige Leben, Odysseus seine Heimat, sein Sohn Telemachos den Vater (die »Odyssee« ist allerdings keine reine Ausprägung der Sucher-Geschichte), die Argonauten suchen das Goldene Vlies, Parzival begibt sich auf die Suche nach dem Gral, und Faust will wissen, »was die Welt im Innersten zusammenhält«. Joseph Conrads Lord Jim sucht seine verlorene Ehre zurückzugewinnen, die Siedler in John Steinbecks »Früchte des Zorns« streben ein neues Leben in Kalifornien an, Stiller sucht eine neue Identität, der Medicus möchte das medizinische Wissen des Orients in sich aufnehmen, um den Menschen zu helfen.

Dieses Modell ist unter anderem deswegen so beliebt, weil es die Strukturvoraussetzungen von Charakter und Plot (Motivation, Bewegung, Ziel) selbst zur Geschichte ausformt und weil es menschliche Grundanliegen thematisiert: den Wunsch nach Wissen und Wahrheit, nach Einheit und Glück, den Wunsch nach Erlösung, nach Transzendenz, nach Erhöhung und Ende aller Qualen. Die Sucher-Geschichte zeigt das menschliche Leben als zielgerichtete Reise und Aufstieg. Gespeist wird sie von der Hoffnung, »wer strebend sich bemüht, den können wir erlösen«. Ausgangspunkt ist meist die Heimat, der Protagonist ist noch ›naiv‹, ein unbeschriebenes Blatt. Ein wichtiges Ereignis läßt ihn aufbrechen und motiviert ihn, das Ziel seiner Suche nicht aus den Augen zu verlieren. Dabei reist er selten allein: Gilgamensch wird von Enkidu begleitet, Odysseus von seinen Gefährten, Jason von den Argonauten, Don Quijote ist mit Sancho Pansa unterwegs, Faust wird von Mephisto geleitet, Stiller hat den Staatsanwalt. Auf seinem Weg hat der Held sich zu bewähren, er muß Schwierigkeiten, Widerstände und Hindernisse überwinden und unterwirft sich damit Erfahrungen, die ihn wachsen lassen. Mit der Ankunft (die auch eine Rückkehr sein kann) ist das Ziel erreicht und mit ihm Erleuchtung und Reife, das Wiederfinden der einstmaligen Einheit und Sicherheit, der Besitz des Grals. Dies wäre die optimistische Lösung. Die pessimistische: das Ziel kann nicht erreicht werden, weil es illusionär war. Der Held kehrt als ein Geschlagener heim, aber weiser geworden, reifer oder auch endgültig depressiv, dem seelischen Selbstmord nahe. Gilgamesch erreicht kein ewiges Leben, einsam, ohne seinen Gefährten, kehrt er zurück; Don Quijote kann nicht die idealisierte Ritterwelt wiederherstellen und auch keine Dulcinea erringen, er erkennt schließlich die Verwechslung von Wahn und Wirklichkeit; und Stiller konnte weder seine Lebensrolle austauschen noch seine Identität annehmen, noch seine Vision von Julika am Leben halten.

Für die Gestaltung einer Suchergeschichte ist die enge Beziehung zwischen der Motivation, also dem Beweggrund, der Absicht, dem Ziel und dem Zielobjekt wichtig. Der Leser muß die Verbindungslinien verstehen können, sonst kann er die Suche nicht nachvollziehen. Die Entstehung der Motivation muß also gründlich gezeigt werden, der Held darf nicht einfach losmarschieren. Die Suche ist zielgerichtet, kann aber, schon um die Spannung zu erhalten und zu steigern, auf Umwegen erfolgen. Es gibt Höhen und Tiefen, Rückschläge und drohendes Scheitern. Was zufällig erscheint, stellt sich letztlich als in sich stimmig heraus. Die klassische Struktur der dramatischen Geschichte mit ihren sich steigernden Komplikationen, die auf einen Höhepunkt zusteuern, läßt sich hier problemlos verwirklichen. Die Suche ist, wie wir gesehen haben, Reise, Bewegung, damit auch Begegnung und Aktion, Überwinden von Widerständen, Auseinandersetzung auch mit dem oder den Gefährten, die die Möglichkeit eröffnen, im Dialog Argumente auszutauschen sowie Verhalten und Ideen zu spiegeln. Ohne sie wird die Sucher-Geschichte leicht zu ›innerlich‹. Häufig finden wir auch eine Figur, die in Stunden der Verirrung, der Stagnation und Entscheidung weiterhilft. Nicht selten ist dies ein weiser alter Mann (Parzivals Weg wird entscheidend durch die Lehren von Gurnemanz und Trevrizent geleitet). Ist das Ziel (nicht) erreicht, steht der Held entweder am Ausgangspunkt seiner Reise oder kehrt, ein anderer geworden, dorthin zurück. Fernziel ist letztlich immer Selbstrealisation und Identität, Reife und Weisheit, auch dann, wenn die Suche vergeblich war oder das Ziel sich als unerreichbar oder unwürdig herausstellen sollte. Häufig zeigt sich am Ende des Weges, daß sich das gesuchte Ziel und das Zielobjekt unterscheiden oder daß dieses nur Symbol für jenes ist (man denke an den Gral oder auch an die »blaue Blume« in Novalis' »Heinrich von Ofterdingen«).

Die Sucher-Geschichte ist mit anderen Plotmustern vielfältig verbunden: Wie in dem Abenteuer-Plot muß der Held Hindernisse überwinden und kommt in der Welt herum. Die Suche kann auch als Initiations- und Bildungsweg gesehen werden mit dem Ziel des Erwachsenwerdens, der Reife, aber auch als Entdeckung oder Lösung des Rätsels, wie das Leben zu deuten und (gut) zu leben sei. Suchen und Finden implizieren eine innere Wandlung; selbst nach dem Scheitern ist der Suchende ein anderer geworden. Häufig schließt die Suche einen Kampf um eine Liebe ein: Odysseus findet zu Penelope heim, Parzival vereinigt sich mit seiner verlorenen Kondwiramur, Stiller entdeckt seine Julika neu (um sie dann allerdings durch den Tod endgültig zu verlieren). Und je nach Ausgestaltung des Plots sind Versuchungen zu widerstehen, Opfer zu bringen, Rivalitäten zu bestehen, ja, sogar Stationen des Elends hinzunehmen.

Die folgenden Plotmodelle kann ich im Rahmen dieses Grundkurses nur skizzieren.

Abenteuer ***(adventure)***: Die Abenteuergeschichten stellen eine Verlängerung der Märchen dar. Ein Held reist durch die

Welt und erlebt dabei gefährliche, unerwartete Ereignisse. Während die Sucher eher immateriellen Werten nachstreben, geht es den Abenteurern meist um ganz handfeste Dinge: Ruhm, Erfolg, Macht, Geld und Frauen. Eine Liebesgeschichte als ›lyrisches‹ Motiv und Subplot begleitet meistens die Folge der Abenteuer. Die Struktur der Geschichten ist episodenhaft, in den Einzelepisoden auf Spannung angelegt. Auch ändert sich der Held im Verlauf der Geschichte nicht grundlegend. Der Schluß ist letztlich beliebig. Aus diesen Gründen erscheinen Abenteuergeschichten auch gern in Fortsetzungen und Serien (so schon die Ritterromane um »Amadís von Gallien«).

Beispiele: »Herzog Ernst«, Le Sage: »Gil Blas«, H. J. Ch. von Grimmelshausen: »Simplicissimus«, Daniel Defoe: »Robinson Crusoe«, Jonathan Swift: »Gullivers Reisen«, Jack London: »Der Seewolf«, Jules Verne: »20 000 Meilen unter dem Meer«, die Romane von Karl May, Ian Fleming: James-Bond-Romane (jeder Roman ist eine Einzelepisode und meist nach dem gleichen Grundmuster aufgebaut).

Reif werden *(maturation)*: Die Geschichten vom Erwachsenwerden gehören zum Grundbestand des optimistischen Erzählens. Im Verlauf seines Heranwachsens lernt der Jugendliche die Grundlektionen des Lebens, und nach Verwirrung und Krise, Ausbruch und Protest, Leid und erster Liebe ist er reif genug, sich in einer komplizierten Welt zurechtzufinden. Wichtig für die Gestaltung ist die Krise, die den Reifungsprozeß auslöst, und anschließend die Darstellung des konfliktreichen Wachstums mit seinen psychischen und moralischen Gewinnen und Verlusten. Entscheidend ist auch, Sympathie für das Mädchen oder den Jungen zu wecken, ihm nicht zu Beginn Verhaltensweisen zuzuschreiben, die der Erwachsenenwelt entstammen, und seine Entwicklung Stufe für Stufe voranschreiten zu lassen.

Beispiele: Joseph von Eichendorff: »Aus dem Leben eines Taugenichts«, Charles Dickens: »Große Erwartungen«, Mark Twain: »Huckleberry Finn«, Robert Musil: »Die Verwirrungen des Zöglings Törleß«, Ernest Hemingway: Nick-Adams-Storys, Jerome Salinger: »Der Fänger im Roggen«, Tschingis Aitmatow: »Dshamilja«.

Innere Wandlung *(transformation)*: Diese Plots ähneln den vorhergehenden, doch schildern sie keine Adoleszenzkrisen, sondern Wachstumskrisen der Erwachsenen. Die Grundstruktur der Geschichte liegt darin, daß der Protagonist eine der typischen oder für ihn herausragenden Lebenskrisen erleiden muß. Am Ende versteht er das, was ihm zugestoßen ist, und damit versteht er auch das Leben besser. Er ist ein anderer geworden, vielleicht gereift, vielleicht auch nur um Illusionen reicher. Zumindest haben sich seine Werte und Einstellungen verschoben.

Beispiele: Honoré de Balzac: »Verlorene Illusionen«, Anton Tschechow: »Der Kuß«, Leo Tolstoi: »Der Tod des Iwan Iljitsch«, Robert Louis Stevenson: »Dr. Jekyll and Mr. Hyde«, Ernest Hemingway: »Das kurze glückliche Leben des Francis Macomber«, George Bernard Shaw: »Pygmalion«, Joseph Heller: »Catch 22«.

Äußere Verwandlung *(metamorphosis)*: Äußere Verwandlungen (ein Mensch wird zum Wolf, der Frosch zum Prinzen) stehen jenseits unseres Alltagsrealismus, doch gehören sie zum Grundbestand unserer Phantasien. Sie spielen in Märchen und Mythen eine bedeutende Rolle, und aus diesem Bereich haben sie sich in die Fiktion hinübergerettet: Vor allem im Fantasy-Genre, aber auch im populären Film werden sie immer neu inszeniert. In ihnen verdichten sich archaische Ängste (Verursacher der Verwandlung ist meist ein Fluch) und gleichzeitig Erlösungswünsche. Hier scheint noch deutlich das Muster animistischen Weltverstehens durch, doch gleichzeitig aktualisieren sich auch konkrete, durchaus reale Erfahrungen, denn Angst vor körperlicher Entstellung oder Verstümmelung und Wunsch nach einem schöneren Aussehen gehören zum Grundbestand menschlichen Fühlens.

Beispiele: Ovid: »Metamorphosen«, Märchen (»Froschkönig«, »Die Schöne und das Biest«, »Der Wolfmann«), Fabeln, Fantasy-Romane (z. B. Michael Ende: »Die unendliche Geschichte«), Bram Stoker: »Dracula«, Franz Kafka: »Die Verwandlung«.

Aufstieg ***(ascension)*** und **Fall** ***(descension)***: Aufstieg und Fall gehören, schon im Titel, häufig zusammen. Der Plot, dessen dramatische Struktur offensichtlich ist, stellt einen bedeutenden, häufig charismatischen Charakter in den Vordergrund, der in ein (moralisches) Dilemma gerät, das schließlich seinen Fall einleitet und vorantreibt. Das Geschehen leitet sich also aus dem Charakter ab, nicht aus Zufällen (der Gewinn beim Lotto macht noch keinen ›Aufstieg‹, und der Sturz die Treppe hinunter keinen ›Fall‹). Das heißt, die Charakterstruktur selbst bedingt den Aufstieg, und aus ihr ergibt sich auch das moralische Dilemma, das häufig nicht lösbar erscheint. Wichtig ist, die Handlung und das Gesamtgeschehen immer auf den Protagonisten zu beziehen, die Entwicklung nicht in abrupten Brüchen zu zeigen, sondern als eine graduelle Wandlung. Auch im Aufstieg kann schon ein kleiner Fall zu überwinden sein, und im Fall können Momente der scheinbaren Rettung die Dramatik erhöhen. Im übrigen braucht sich die Handlung nicht auf eine einzelne Person zu beschränken, sie kann auch Personengruppen wie Familien, Clans o. ä. in ihrem Aufstieg und Fall zeigen.

Beispielhaft und gleichzeitig hochkomplex hat Friedrich Schiller in seinem »Wallenstein« die Gesetze dieses Plottypus gestaltet: Als ehrgeiziger Feldherr scheint Wallenstein unbesiegbar und sein Aufstieg unaufhaltsam. Aber nach einer Demütigung durch den Kaiser (eines Falls während der Aufstiegsphase) strebt er die Königswürde an und zielt mit ihr auf eine Zukunft des Friedens und der Wohlfahrt. Getrieben von diesem Wunsch, begeht er zwei charakterimmanente Fehler: Er spielt in Gedanken mit einem Verrat am Kaiser und zögert gleichzeitig, seine Ziele in die Tat umzusetzen, weil er auf eine günstige Konstellation der Sterne wartet. Damit überspannt er den Bogen und läßt gleichzeitig den Pfeil nicht abfliegen. Sein strategisches Können scheitert an einem taktischen Fehler, und der Wille zum Sieg braucht eine Rückversicherung: Im Moment der höchsten Bewährung versagt sein Genie. Während er noch zu handeln glaubt, ist über ihn der Stab gebrochen, sind die Gesetze des Handeln ihm aus der Hand geschlagen. Alles, was er nun tut, um seinen Sturz abzuwenden, trägt dazu bei, ihn zu beschleunigen, und so gestaltet sich auch sein Fall zu einer höchst dramatischen Aktion.

Beispiele: Aischylos: »Orestie«, Sophokles: »König Ödipus«, William Shakespeare: »Richard III.«, Leo Tolstoi: »Der Tod des Iwan Iljitsch«, Joseph Conrad: »Das Herz der Finsternis«, Gabriel García Marquez: »Hundert Jahre Einsamkeit«, Mario Puzo: »Der Pate«, Thomas Mann: »Joseph und seine Brüder« (= Fall und Aufstieg), auch viele Filme (»Citizen Kane«, »Raging Bull«).

Fall: William Shakespeare: »König Lear«, Heinrich Mann: »Professor Unrat«, Albert Camus: »Der Fall«.

Das Extreme und **Exzessive** ***(wretched excess)***: Die Plots, die um dieses Thema kreisen, haben ebenfalls ihre Wurzel in dem Charakter des Protagonisten, häufig in einer Eigenheit oder einer Schwäche, die unter bestimmten Umständen entgleist und damit die gesamte Person ins Elend, in den Untergang stürzt, ja, ihn sogar zu Wahnsinn und Mord treibt. Klassisch hat dies William Shakespeare in »Othello« demonstriert. Wichtig ist, Sympathie und Verständnis für den Protagonisten zu wecken und den Vorgang des psychischen Zerfalls ausreichend zu begründen und nachvollziehbar zu machen. Zum Schluß, nach der finalen Krise, muß der Protagonist entweder untergehen oder ›erlöst‹ werden. Ein Wischi-Waschi-Ende gibt es hier nicht. Die Schilderungen der menschlichen Abgründe und Grenzsituationen, des extremen Elends, des Abnormen und Wahnsinnigen erfordern vom Autor tiefreichendes Einfühlungsvermögen und intensive Kenntnis der menschlichen Seele, sonst können nur Melodram und Kolportage entstehen. Je bizarrer das Verhalten des Charakters wird, desto genauer muß es begründet werden.

Beispiele: William Shakespeare: »König Lear«, »Macbeth«, E. T. A. Hoffmann: »Der Sandmann«, Nikolai Gogol: »Memoiren eines Wahnsinnigen«, viele Charaktere und auch Romane bzw. Romanteile von Dostojewski, Knut Hamsun: »Hunger«, Stephen King: »Shining«, James Ellroy: »Stiller Schrecken« (viele Filme:

ein gutes Beispiel ist »Falling Down« mit Michael Douglas).

Liebe *(love)*: Liebesgeschichten gehören zu den am meisten geschriebenen und gelesenen Geschichten und sind daher, sollen sie originell sein, nicht leicht zu meistern. Entscheidend ist in diesem Plottypus, daß zwei Personen nicht einfach liebend zusammenfinden, sondern daß sie größere Widerstände zu überwinden haben, weil sie aus körperlichen, psychischen oder sozialen Gründen eigentlich nicht zusammenpassen. Sie müssen sich ihre Liebe also erkämpfen, und dabei gilt es, den gesamten Gefühlsbereich, der mit ihr verbunden sein kann, zu durchschreiten. Die Möglichkeit des Scheiterns ist dabei ebenso gegeben wie die Umdrehung des Prozesses: Aus Liebe kann Haß werden, aus dem Wunsch nach Vereinigung die Trennung durch den Tod, und schließlich kann sich auch die Liebe selbst zerstören. Damit würde sich die Liebesgeschichte in ein Drama der Trennung verwandeln.

Beispiele: »Orpheus und Eurydike«, William Shakespeare: »Viel Lärm um nichts«, »Romeo und Julia«, Johann Wolfgang Goethe: »Die Leiden des jungen Werthers«, Jane Austen: »Stolz und Vorurteil«, Charlotte Brontë: »Jane Eyre«, Emily Brontë: »Sturmhöhe«, Alessandro Manzoni: »Die Verlobten«, Edmond Rostand: »Cyrano de Bergerac«, August Strindberg: »Todestanz«, Giacomo Puccini: »La Traviata«, Thomas Hardy: »Jude the Obscure«, Erich Segal: »Love Story«.

Haß-Liebe: Edward Albee: »Wer hat Angst vor Virginia Woolf?«, Ingmar Bergman: »Szenen einer Ehe«.

Verbotene Liebe *(forbidden love)*: Im Plottypus der ›verbotenen Liebe‹ verstoßen die Liebenden gegen die Konventionen und Gesetze der Gesellschaft: durch Ehebruch, eine verbotene Form der Homosexualität, Inzest, durch extreme Unterschiede des Alters oder auch der sozialen Stellung. Meist beginnt die Geschichte mit der als wenig angenehm oder sogar unerträglich empfundenen ›Normalität‹, die den Nährboden für die folgenden Verwicklungen darstellt. Die aufkeimende Liebe soll aus diesem Zustand erlösen. Der emotionale Rettungsversuch verstößt aber derart massiv gegen gesellschaftliche Regeln, daß die Liebenden, auch wenn sie ›moralisch‹ die Sympathien der Leser behalten (»Liebe hat immer recht«), in aller Regel entweder untergehen, gewaltsam getrennt werden oder freiwillig entsagen.

Beispiele: Extreme soziale und körperliche Barrieren: Héloïse und Abélard, Jean-Jacques Rousseau: »Julie oder Die neue Héloïse«, Victor Hugo: »Der Glöckner von Notre Dame«,
Ehebruch: »Tristan und Isolde«, Nathanael Hawthorne: »Der scharlachrote Buchstabe«, Gustave Flaubert: »Madame Bovary«, Leo Tolstoi: »Anna Karenina«, Theodor Fontane: »Effi Briest«, D. H. Lawrence: »Lady Chatterley«,
Inzest: William Faulkner: »Schall und Wahn«,
Homophilie/Altersunterschied: Thomas Mann: »Der Tod in Venedig«,
Altersunterschied (Inzest): Mario Vargas Llosa: »Lob der Stiefmutter«,
Altersunterschied: Colin Higgins: »Harold und Maude«.

Rivalität *(rivalry)*: ›Rivalität‹ ist ein Beziehungsplot. Zwei Personen kämpfen um das gleiche Ziel: um eine geliebte Person, die Herrschaft, die Erlösung, die Wahrheit, das Überleben. Beide sind sie gleich stark motiviert, auch gleich stark, allerdings meist in unterschiedlichen Bereichen. Möglicherweise waren sie, wie in »Ben Hur«, ursprünglich Freunde. Durch irgendein auslösendes Moment und durch ihren unbändigen Willen, ihren Fanatismus, einen inneren Zwang müssen sie gegeneinander kämpfen, bis einer siegt und sein Ziel erreicht, während der andere untergeht. Diese Geschichte kann in ihrem Auf und Ab des Kampfes zwischen den beiden Antagonisten die Struktur der dramatischen Geschichte wirkungsvoll entfalten, und deswegen ist sie auch im populären Film so beliebt. Siegen wird in aller Regel, wer moralisch die besseren Karten hat (epische Gerechtigkeit!).

Beispiele: Kain und Abel, John Milton: »Paradise Lost«, Herman Melville: »Moby Dick«, »Billy Budd«,

Lewis Wallace: »Ben Hur«, Ernest Hemingway: »Der alte Mann und das Meer«, William Golding: »Herr der Fliegen«, Jeffrey Archer: »Kain und Abel«.

Der Unterlegene ***(underdog)***: Dieser Plot ähnelt dem Rivalitäts-Plot, unterscheidet sich von ihm aber in einem wichtigen Punkt: Die beiden Seiten sind nicht gleich stark. Der Unterlegene kämpft aus einer weit schwächeren Position und sichert sich dadurch die Sympathien der Leser. Aber er ist zäh, gibt nicht auf, kann viel einstecken und besiegt schließlich meist, doch nicht immer, seinen Gegner, der im übrigen nicht unbedingt eine Person sein muß, sondern auch eine überlegene Macht sein kann: die Bürokratie, eine staatliche Institution, nicht zuletzt die unwirtliche und bedrohende Natur.

Beispiele: »Aschenputtel«, Johanna von Orléans, Franz Kafka: »Die Verwandlung«, »Der Prozeß«, Ken Kesey: »Einer flog über das Kuckucksnest«, Sten Nadolny: »Die Entdeckung der Langsamkeit«.

Versuchung ***(temptation)***: Geschichten, die von Versuchungen handeln, kreisen um einen innerseelischen, meist moralischen Konflikt: Darf ich oder darf ich nicht, soll ich oder soll ich nicht? Je größer die Verlockungen und je größer die moralische Stärke, desto stärker der Konflikt, der in mehreren Stufen sich steigern kann. Zuerst gibt der Protagonist nach, rationalisiert seine Handlung, verspürt dann Reue oder wird bestraft, widersteht schließlich weiteren Versuchungen, auch den stärksten. Zum Schluß wird seinen Verfehlungen verziehen, er erreicht ein höheres Maß moralischer Integrität, oder er wird, wie Goethes Faust, durch eine göttliche Instanz gerettet. Selbstverständlich kann auch die Macht der Versuchung stärker sein als die Kraft des Widerstands. Thomas Manns Adrian Leverkühn zum Beispiel (und mit ihm Deutschland) verkauft seine Seele dem Teufel und verfällt zum Schluß dem Wahnsinn.

Beispiele: viele Märchen, Conrad Ferdinand Meyer: »Die Versuchung des Pescara«, Gustave Flaubert: »Die Versuchung des heiligen Antonius«, Faust (Goethe und Thomas Mann), Nikos Kazantzakis: »Die letzte Versuchung«.

Opfer ***(sacrifice)***: Die Geschichten von Opfern ähneln den Geschichten von Versuchungen: Bei beiden handelt es sich um eine tiefgreifende moralische Entscheidung, bei der ein großer Verlust auf dem Spiel steht, und dementsprechend rückt ein innerseelischer Konflikt in den Vordergrund. Im Gegensatz zu früher skizzierten Plots entsteht der Konflikt nicht aus dem Charakter selbst, sondern wird von außen erzwungen: durch den Willen der Götter, durch feindliche Mächte, durch den Zwang der widrigen Umstände. Der Protagonist hat eine Entscheidung zu treffen, die ihm nie leicht fallen darf, weil er auf jeden Fall verliert. Dadurch stellt sich auch der Leser auf seine Seite. Der Protagonist entscheidet sich schließlich, wie es die höhere moralische Instanz befiehlt, und ist im Verlauf der Entscheidungsfindung ein anderer Mensch geworden (womöglich überlebt er das Opfer nicht bzw. opfert sich selbst).

Beispiele: Abraham und Jakob, Euripides u. a.: »Alkestis«, »Iphigenie in Aulis«, Charles Dickens: »Eine Geschichte aus zwei Städten«, John Irving: »Owen Meany«, William Styron: »Sophies Entscheidung« (berühmte Filme: Stanley Kramer: »High Noon«/»Zwölf Uhr mittags«, Michael Curtiz: »Casablanca«).

Rache ***(revenge)***: Die Rachegeschichten untersuchen die dunkle Seite der menschlichen Seele, die trotz aller zivilisatorischen Maßnahmen noch ungebrochen vom alttestamentarischen Rechtsverständnis beherrscht wird. Gleichzeitig exemplifizieren sie modellhaft das Gesetz der ›epischen Gerechtigkeit‹. Dem Protagonisten widerfährt vom Antagonisten ein schweres Unrecht, das auf dem normalen Rechtsweg nicht oder nur unzureichend gesühnt wird. Schließlich nimmt er, häufig nach einer weiteren Verletzung und/oder nach reiflicher Überlegung, das Recht in die eigene Hand, verfolgt den Aggressor und übt Selbstjustiz. Die Konfrontation zwischen den beiden Zentralfiguren wird dramatisch ausgebaut, wobei die Muster anderer Plots (Verfolgung, Flucht, der Unterlegene, Rivalität) eingewoben werden können. Zum Schluß kommt es meist zum großen Show-down. Zu achten ist darauf, daß Unrecht und Leid, die dem Protagonisten zugefügt wurden, wirklich bedeutend sind und daß er seinen Gegner nicht ›über Gebühr‹ bestraft. In den populären Realisationen dieses Plots geht es meist weniger um den moralischen und psychologischen Aspekt von ›gerechter Strafe‹ und Selbstjustiz als um die gewaltsame Aktion und die (kathartische?) Befriedigung der Rachegefühle.

Beispiele: Euripides u. a.: »Medea«, William Shakespeare: »Hamlet«, Edgar Allan Poe: »Das Faß Amontillado« (viele Filme, z. B. »Fatal Attraction«).

Verfolgung ***(pursuit)***: Die Verfolgungsgeschichte ist, wenn man so will, die literarische Form des Versteckspiels. Sie ist weniger psychologisch determiniert als der Racheplot, sie verläßt sich in erster Linie auf das (womöglich tödliche) Spiel der Jagd, bezieht ihre Dynamik und Spannung aus der Frage: Erreicht der Verfolger sein Ziel (und damit: wann und wie)? Damit die Spannung von Anfang bis Ende durchgehalten wird, darf keiner der Parteien der anderen wesentlich überlegen sein. Wichtig ist, zu Beginn die grundlegenden Regeln der Jagd festzulegen, deutlich zu machen, was auf dem Spiel steht, und nach einem auslösenden Ereignis das Rennen beginnen zu lassen.

Beispiele: Victor Hugo: »Die Verdammten«, Herman Melville: »Moby Dick« (viele Filme: »Bonny und Clyde«, »Butch Cassidy und Sundance Kid«, »Jagd auf ›Roter Oktober‹«).

Flucht ***(escape)***: ›Flucht‹ ist die umgedrehte Form der ›Verfolgung‹. Auch hier geht es weniger um Charaktere als um Aktion, um Bewegung an sich und das Erreichen eines Ziels. Der Protagonist wird gegen seinen Willen (und meist ungerechterweise) festgehalten und versucht zu fliehen. Er ist also ein Opfer, das sich zu befreien versucht. Im Verlauf der Handlung plant er die Flucht, ist auf der Flucht und kann sich schließlich retten.

Beispiele: Hermann Melville: »Taipi«, Anna Seghers: »Das siebte Kreuz«, Josef Martin Bauer: »So weit die Füße tragen«, Alfred Andersch: »Sansibar oder Der letzte Grund« (viele Filme und ihre Vorlagen: »Papillon«, »Einer kam durch«, »Flucht in Ketten«).

Rettung ***(rescue)***: Dieser Plot ist eng mit den vorherigen verbunden. Auch bei ihm sind die Charaktere eher Typen (der

Held, der Bösewicht und das Opfer), der Akzent liegt auf dem Akt der physischen Befreiung (erreicht der Held sein Ziel?). Das Opfer, der schwächste Teil des Dreiecks, wird zu unrecht festgehalten, der Held ist mit ihm meist durch Liebe verbunden (oder: aus der Rettung folgt Liebe). Die Handlung läßt sich in die Phasen Trennung – Verfolgung – Konfrontation – Rettung – Wiedervereinigung gliedern. Sie kann auch variiert werden, wenn das Opfer nicht verschleppt, sondern festgehalten, belagert oder bedroht wird. Obwohl die Möglichkeiten dieses Plotmusters schematisiert wirken, ist es sehr beliebt, weil es wie wenige andere versteht, den Leser bzw. Zuschauer emotional zufriedenzustellen: Gerechtigkeit und Liebe siegen, die Ordnung wird wiederhergestellt, wir legen erleichtert das Buch aus der Hand.

Auch hier dominieren, wie bei den letzten Plots, die Filme: Sie leben von der *action*-gesättigten Bewegung, von der Ziel-Spannung (schafft er/sie es noch rechtzeitig?) und von der fehlenden Notwendigkeit einer tiefergehenden Innenzeichnung der Hauptfiguren.

> **Beispiele:** Leon Uris: »Exodus«, Thomas Keneally/Steven Spielberg: »Schindlers Liste« (beide verfilmt), weitere Filme: Akira Kurosawa: »Die sieben Samurai«, John Sturges: »Die glorreichen Sieben«.

Rätsel ***(the riddle)***: Rätsel-Plots umfassen die klassischen Detektivgeschichten und darüber hinaus auch das *mystery*-Genre. Wie der Name sagt, geht es um ein Rätsel, das im Verlauf der Erzählung gelöst werden soll, und zwar am besten vom Leser früher als vom Detektiv oder wer auch immer der ›Löser‹ ist. Häufig, aber nicht immer handelt es sich um einen Mord oder um irgend etwas (auch für den Leser) Schwerwiegendes, das eine Aufklärung erfordert. Im Verlauf der Erzählung werden die zu Beginn bestehenden Fakten in eine Relation gebracht und, wenn möglich, wie eine mathematische Aufgabe gelöst. Häufig ergeben sich im Verlauf der Lösungssuche weitere Hinweise und Erkenntnisse. Dabei handelt es sich immer um einen Wettlauf und Wettstreit zwischen Geschichte (bzw. Detektiv) und Leser: Wer ist zuerst am Ziel, wer behält recht? Der Leser darf sich dabei nie betrogen fühlen. Verliert er, muß er zugeben, daß er schon früher die Lösung hätte finden können.

Die Geheimnis-Geschichten (wie Kafkas »Prozeß«), insbesondere diejenigen, die nicht aufgelöst werden (Stanley Kubricks Film »2001. Odyssee im Weltraum«), gehen weit über das Rätsel-Modell hinaus und tendieren zu Parabeln, die nur auf einer Symbolebene ›gelöst‹ werden können.

Beispiele: E. T. A. Hoffmann: »Das Fräulein von Scuderi«, Edgar Allan Poe: »Der entwendete Brief«, Wilkie Collins: »Der Monddiamant«, Detektiv-Geschichten: um Auguste Dupin (Edgar Allan Poe), Sherlock Holmes (Arthur Conan Doyle), Hercule Poirot (Agatha Christie), Inspektor Maigret (Georges Simenon), Dashiell Hammett: »Der Malteser Falke«, Friedrich Dürrenmatt: »Die Panne«, »Der Richter und sein Henker«, Albert Camus: »Der Fremde«, William Styron: »Sophies Entscheidung«.

Entdeckung ***(discovery)***: Der Entdeckungs-Plot ist eng verbunden mit dem Rätsel-Plot, doch legt er weniger Gewicht auf die Lösung eines letztlich beliebigen Geheimnisses (Wer hat das Opfer umgebracht und warum?), sondern stellt die Frage nach der Natur des Menschen. Das Wesen des Romans kommt in diesem Plotmodell überzeugend zur Geltung: Es geht um einen Menschen, der nach dem Sinn des Lebens sucht (Ähnlichkeit mit der Sucher-Geschichte) und ihn schließlich in einer für ihn gültigen Weise findet. Eine Verwandtschaft läßt sich auch mit dem Plot der Reifung und Initiation aufzeigen, aber hier geht es weniger um den Weg in die Welt der Erwachsenen als um eine Antwort auf die Geheimnisse des Lebens. Zu beachten ist, daß der Protagonist nicht unbedingt dort nach einer Antwort auf seine Frage suchen muß, wo er sie schließlich erhält. Es kann auch sein, daß er so tut, als suche er gar nicht nach einer Antwort, weil er sie schon zu haben glaubt. Walter Faber lernt widerwillig und sehr schmerzhaft seine Lektion und muß schließlich mit dem Leben dafür bezahlen, daß er das Entscheidende nicht wissen wollte. Auch Ödipus, der das Rätsel der Sphinx so perfekt zu lösen verstand, sträubt sich, die Wahrheit sehen zu wollen, und bezahlt dafür mit seinem Augenlicht.

Entdeckungs-Geschichten können leicht zum Moralisieren und Predigen verführen (wie beim späten Tolstoi). Daher sollte man unbedingt darauf achten, dieser Gefahr zu entgehen. Es reicht, wenn die Leser selbst aus dem Geschehen ihre Schlüsse ziehen.

Beispiele: Sophokles: »König Ödipus«, Johann Wolfgang Goethe: »Wilhelm Meisters Lehrjahre«, Novalis: »Heinrich von Ofterdingen«, Henrik Ibsen: »Geister«, Henry James: »Bildnis einer Dame«, Leo Tolstoi: »Auferstehung«, Max Frisch: »Stiller«, »Homo Faber«.

Systematisierungsversuche von Plots sind immer Abstraktionen aus der Vielfalt der Einzelwerke. Daher sind sie erweiterbar, auch reduzierbar und natürlich angreifbar. Sucht man treffende Beispiele, wird immer jemand einen Einwand erheben, weil er die Zuordnung anders vornehmen möchte, oder man weiß sich selbst nicht recht zu entscheiden, weil das Werk sich in mehrere Plotschubladen legen läßt. Aber dies braucht nicht zu verwundern, denn gerade von der Vermischung und Neukombination tradierter Muster lebt die literarische Innovation.

Schaut man sich die »Odyssee« an, so erkennt man in diesem wohl einflußreichsten aller epischen Werke die unterschiedlichsten Muster: Sie ist eine doppelte Suchergeschichte, aber auch eine Abenteuergeschichte, die über weite Strecken spannende Episoden aneinanderreiht. Diese Episoden entfalten dann selbst wieder eigenständige Plotmodelle: Wir stoßen auf die Modelle von Flucht, Rettung (Polyphem, Verfolgung durch Poseidon, Laistrygonen) und Versuchung (die Sirenen, Kalypso). Natürlich dürfen auch – wie in mythischen Zeiten üblich – Transformationen nicht fehlen: Die Gefährten werden von Circe in Schweine verwandelt. Nicht zuletzt läßt sich die Odyssee als eine Geschichte von Aufstieg, Fall und Wiederaufstieg lesen.

Max Frischs »Homo Faber« ist ebenfalls kein monolithisches Modell, sondern verbindet eine Reihe weiterer Plotmuster. Zum einen geht es nach der Struktur der Ödipus-Geschichte um die Lösung eines Rätsels: In der Rückschau muß Walter Faber langsam und gegen Widerstände entdecken, daß er der Vater seiner

Geliebten ist. Max Frisch erzählt also auch die Geschichte einer verbotenen Liebe, eines Inzests. Zuerst noch sehr widerwillig und unbewußt, später unaufhaltsam wie in der griechischen Tragödie, muß Walter Faber zudem erkennen, daß seine bisherige Lebenseinstellung grundlegend falsch war. Er lernt seine Lektion, er findet einen neuen Lebenssinn, allerdings für ihn wie für seine Tochter zu spät. Seine innere Wandlung kann ihn nicht mehr vor dem (wahrscheinlichen) Tod retten.

Ein letztes Beispiel: Auch Thomas Manns »Der Tod in Venedig« zeigt die Mehrdimensionalität und Vieldeutigkeit großer Epik. Die Geschichte einer verbotenen Liebe wird als Geschichte einer Versuchung erzählt, die der Held, weil er sie als Heimsuchung erlebt, nicht besteht. Halb zog er ihn, halb sank er hin: Nach einem mißlungenen Widerstands-, und das heißt: Fluchtversuch, gibt Aschenbach dem infektiösen Gefühl nach. Langsam verwandelt ihn die Liebe zu dem schönen Knaben, bereitet seinen Fall vor und führt schließlich zu seinem Tod.

Checkliste für die Konstruktion und Kontrolle von Geschichten

Wenn Sie Ihren Plot entwerfen oder dabei sind, Ihre Geschichte zu schreiben, dann stellen Sie sich immer wieder die folgenden Fragen, bis Sie glauben, sie befriedigend beantworten zu können:

☞ Wie lauten Thema, Grundidee und zentrale Frage Ihrer Geschichte?

✍ Ist Ihr Plot charakterbezogen, oder ist er eher handlungsbetont?

✍ In welche Strukturmuster und Plotmodelle läßt sich Ihr Entwurf einordnen? Welche Kombinationen und Varianten streben Sie an?

✍ Was ist die Absicht bzw. das Ziel Ihrer wichtigsten Charaktere?

✍ In welchen Erlebnissen liegt der Grund für ihr Verhalten? Welche Motive treiben sie?

✍ Wie sehen die Pläne aus, mit denen sie ihr Ziel erreichen wollen? Achten Sie auf stimmige Motivation, und verlieren auch Sie das Ziel nie aus den Augen.
✍ Steht in der Geschichte etwas Wichtiges auf dem Spiel? Geht es um existentielle Fragen und grundlegende, umwälzende Gefühle?
✍ Was steht dem Plan des Protagonisten und der Erreichung seines Ziels im Weg?
✍ Worin liegt der Hauptkonflikt? Ist er mehr innerlich, seelisch oder ›äußerlich‹, physisch faßbar, ein Kampf zwischen zwei oder mehreren Personen?
✍ Ist eine der Krise Ausgangspunkt und Motor der Entwicklung?
✍ Lassen Sie Ihre Geschichte an einem *point of attack* beginnen: einem Ereignis (einer Niederlage oder Erkenntnis), das die Normalität und damit die alte Ordnung zerstört und die Personen zum Handeln zwingt.
✍ Wie entwickelt, steigert und löst sich der Konflikt?
✍ Sind die Parteien oder Seiten des Konflikts etwa gleich stark?
✍ Hat jede Seite des Konflikts Gründe, die zwingend sind, in sich logisch, nachvollziehbar und gültig und die einen vorschnellen Kompromiß verhindern? Die Konfliktparteien sollten unversöhnlich, die Auseinandersetzungen unausweichlich erscheinen.
✍ Haben Sie den Konflikt auf die Spitze getrieben?
✍ Was kann im Verlauf der Handlung alles schiefgehen?
✍ Finden Sie bei aller inneren Logik der Entwicklung noch überraschende Wendungen? Geben Sie Ihrer Geschichte eine besondere Pointe.
☞ Sind Leid und Schmerz der Hauptfiguren wirklich tiefgreifend? Lassen sie sich nachvollziehen?
☞ Ist der Sog der Gefühle auch für den Leser stark genug? Gibt es genügend Szenen und Elemente, die spontan unser emotionales Interesse erregen?
☞ Vergessen Sie nicht, daß der Protagonist sich wandeln sollte. Worin liegt der Kern dieses Wandels? Wird der Protagonist ›ankommen‹ oder ›zurückkehren‹?

☞ Wie verläuft die Spannungskurve? Läßt sie sich bis zum Höhepunkt steigern? Gibt es statische Phasen? Ermöglichen Sie dem Leser eine Ruhepause, aber lassen Sie die Spannung nicht absacken.

☞ Wie soll der Höhepunkt der Geschichte aussehen? Schildert er den Punkt, auf den alle Linien zulaufen? Stehen die Protagonisten im Zentrum? Führt er sie wirklich bis an ihre Grenzen?

☞ Entwickelt sich die Geschichte unausweichlich und ohne Brüche auf eine Lösung zu? Endet die Geschichte optimistisch oder pessimistisch, oder suchen Sie einen offenen Schluß?

Erzähler und Erzählperspektive

Nicht Spiegel, sondern Linse

»Der Roman ist kein Spiegel, sondern eine Linse«, hat Umberto Eco einmal gesagt: Der Roman bildet nichts ab, so wie es ›ist‹, sondern wie es mit Hilfe eines Wahrnehmungsinstruments gesehen werden kann. Aus diesem Grunde ist die Wahl des Erzählers – seiner Person, seines Standpunkts und seiner Perspektive – entscheidend wichtig.

Natürlich muß ein Erzähler nicht ›persönlich‹ auftreten, er kann auch als reine Funktion wie das Auge der Kamera ›anwesend‹ sein, sich hinter einer oder mehrerer Personen verstecken oder über dem Geschehen schweben. Bleibt man einen Augenblick bei dem Kamera-Vergleich, lassen sich die Analogien weiter ausführen: Der Erzähler kann in einer Totale die ganze Welt scharf erfassen, kann aber auch einzelne Personen herausheben, an sie herangehen, aus ihrer Sicht die Umgebung sehen. Nähe und Distanz lassen sich durch Zoomen im Lauf der Aufnahme verändern. Außerdem kann er den Kamerastandpunkt subjektiv einsetzen: von oben herab, aus starrer Position, mit häufigen Fahrten, aus extremer Nähe und verzerrend, mit wilden Schwenks usw. Tricklinsen vergrößern seine Möglichkeiten, Spezialfilme und -kameras erweitern sein Wahrnehmungsspektrum. Der Erzähler kann wie mit einem endoskopischen Gerät in die agierenden Figuren eindringen, ihre Gedanken und Gefühle aufzeichnen und wiedergeben, sogar mit ihnen identisch werden. Dies vermag, um den Analogiebereich zu verlassen, die Filmkamera nicht mehr, und dieses Plus zeichnet auch den Roman vor dem Film aus.

Er und Ich

Grammatikalisch lassen sich zwei Erzählformen unterscheiden: die 1. und 3. Person Singular, also die Ich- und Er-Form. (Ich übergehe an dieser Stelle die 2. Person, die so gut wie nie verwendet wird, weil sie künstlich und monoton wirkt. Eine interessante Ausnahme: Michel Butors »Paris-Rom oder Die Modifikation«.) Für eine dieser Formen muß der Autor sich schon vor dem ersten Satz – wenigstens probeweise – entscheiden:

- Ein offen auftretender »allwissender« Erzähler (er sagt »ich« oder »wir«) erzählt uns Lesern eine Geschichte.
- Ein Ich erzählt die (häufig seine) Geschichte aus seiner Sicht.
- Die Geschichte wird mehr oder weniger neutral in der Er-Form erzählt; dabei tritt kein Erzähler »persönlich« auf.

Die Majestätsmaske des Autors: Der allwissende Erzähler

Das traditionellste Modell ist das des sogenannten auktorialen oder allwissenden Erzählers. Er schwebt wie Gottvater über dem Geschehen, meist in großer Distanz, bewegt sich von einem Ort zum anderen, verfügt über ›seine‹ Figuren, weiß alles von ihnen, auch ihre Gedanken und Gefühle, er lenkt sie wie Schachfiguren oder läßt sie wie Marionetten hampeln, er räsoniert über ihr Verhalten, streichelt die einen liebevoll und läßt die anderen kalt abfahren, philosophiert zwischendurch über Gott (= sich selbst) und die Welt, verliert sich in Landschaftsbeschreibungen, fällt Moralurteile, spricht gerne im *pluralis majestatis* (»wir«) und neigt sich häufig dem ebenfalls »geneigten« Leser zu.

Lesen Sie, mit welch lässiger Grandezza Goethe seine »Wahlverwandtschaften« eröffnet:

> »Eduard – so nennen wir einen reichen Baron im besten Mannesalter – Eduard hatte in seiner Baumschule die schönste Stunde eines Aprilnachmittags zugebracht ...«

Oder achten Sie auch darauf, wie ironisch William M. Thackeray in seinem »Jahrmarkt der Eitelkeit« mit seiner Amelia umgeht:

> »Im Leben wie in Romanen, wo sich – hauptsächlich in letzteren – eine Unmenge Bösewichter der finstersten Sorte herumtreiben, ist es nur ein Glück, wenn wir solch ein harmloses und gutherziges Wesen zur ständigen Gefährtin haben dürfen. Da Amelia keine Heldin ist, brauchen wir ihr Äußeres nicht zu beschreiben. Für eine Heldin war ihre Nase auch leider ziemlich kurz ...«

Nikolaus Gogol, in seinen »Toten Seelen«, macht sich über die majestätische Ausprägung des romantischen Erzählers seiner Zeit (»der Aar über allem hochfliegenden Getier«) lustig und stilisiert sich selbst, das heißt seine Erzählerrolle, zu einem »verachteten Dichter«, dem es »wie einem heimatlosen Wanderer« beschieden sei, »den Weg fortzuwandeln Hand in Hand mit meinem Helden, das ganze gewaltig treibende Leben zu überschauen, durch das aller Welt sichtbare Lachen und die keinem bekannten unsichtbaren Tränen«.

Sie finden in der klassischen Romanliteratur des 18. und 19. Jahrhunderts die unterschiedlichsten Beispiele für den auktorialen Erzähler. Heute führt er nur noch ein Randdasein. In einer immer unübersichtlicher und komplexer werdenden Welt ist die Fiktion des ›Allwissenden‹ – selbst als Fiktion – nur noch schwer aufrechtzuerhalten. Und mehr denn je ist heutigen Autoren bewußt, daß ihre Selbstherrlichkeit eine Schimäre ist: Ihr Schöpfungsakt besteht häufig nur noch darin, zu zitieren, zu kopieren und arrangieren, zu variieren und verfremden – in Spuren zu gehen. Wer schreibt, wird gleichzeitig geschrieben. Wer heutzutage noch mit ›auktorialer‹ Maske auftritt, verfällt fast zwangsläufig, wie der späte Thomas Mann, auf die Parodie. Sein 1951 erschienener Roman »Der Erwählte« bringt in weitschweifender Verspieltheit die Rolle des auktorialen Erzählers auf den Punkt.

> »Wer also läutet die Glocken Roms? – Der Geist der Erzählung. ... Er ist luftig, körperlos, allgegenwärtig, nicht unterworfen dem Unterschiede von Hier und Dort. Er ist es, der spricht: ›Alle Glocken läuten‹, und folglich ist er's, der sie läutet. So geistig ist dieser Geist und so abstrakt, daß grammatisch nur in der dritten Person von ihm die Rede sein und es lediglich heißen kann: ›Er ist's.‹ Und doch kann er sich auch zusammenziehen zur Person, zur ersten, und sich verkörpern in jemandem, der in dieser spricht und spricht: ›Ich bin es. Ich bin der Geist der Erzählung.‹«

Da – wie man sieht – der Autor weiß, daß jede Form der Erzählerrolle eine Fiktion, jede Art der Perspektive ein erzähltechnisches Instrument ist, kann er auch ganz auf sie verzichten und gleich als Autor-Erzähler auftreten, so wie Lars Gustafsson in einigen seiner Romane (z. B. in »Herr Gustafsson persönlich« oder auch noch zu Beginn von »Der Tod eines Bienenzüchters«) oder auch Philip Roth in seinen letzten Büchern. Doch selbst als Autor spielt er eine Rolle. Diese Rolle, ob explizit oder implizit, ist eigenen Gesetzen unterworfen, die insbesondere die Wahrnehmung und Darstellung regeln.

Die meisten Leser wissen dagegen selten klar zu unterscheiden zwischen Autor und Erzähler, und es interessiert sie auch nicht. Sie sind weniger an der Vermittlung als an dem Vermittelten interessiert.

Ein weiterer Grund schreckt noch von der Verwendung einer allwissenden Perspektive ab. Der ›hohe‹ Standpunkt der Allwissenheit bringt es mit sich, daß der Erzähler häufig übersichtsartig und mit gleichbleibend großer Distanz berichtet und immer wieder Kommentare und Wertungen einschiebt. Große Distanz zieht aber selten den Leser in die Geschichte hinein, und auch gescheite Plauderei lenkt leicht vom Thema ab. Da der allwissende Erzähler außerdem gern von Figur zu Figur springt, verhindert er eine intensive Identifikation. Auch sind sein ironischer oder gar belehrender Ton und seine weitschweifige Art nicht jedermanns Sache.

Ich bin es, der spricht: Der Ich-Erzähler

Heutzutage beliebt ist die Form des Ich-Erzählens: Eine an der Handlung teilnehmende Figur erzählt die Geschichte,
- entweder der Protagonist selbst,
- eine ihm gegenüberstehende wichtige Person (im »Dr. Faustus« und in »Owen Meany« erzählt ein Jugendfreund das Leben des Protagonisten)
- oder eine Nebenfigur, die eng mit der Hauptperson verbunden ist, sie gut kennt und über die entscheidenden Vorgänge informiert ist (siehe auch das Kapitel »Platzhalter, Nebenfiguren, Protagonisten«).

In den beiden letzten Fällen wird der Protagonist von außen, aus subjektiver, meist sympathisierender Nähe gesehen. Da die erzählende Figur nicht so bedeutend ist wie der zentrale Charakter, ihm gegenüber aber einen narrativen Standortvorteil hat, läßt sich daraus ironisches Kapital schlagen: Der Erzähler tut so, als überblicke er das Geschehen, als verstünde er auch seinen Freund, aber der Leser bemerkt seine subjektive Beschränktheit und kann so zu eigenen Schlußfolgerungen gelangen. Ein geschickter Autor kann aus diesem augenzwinkernden Spiel zwischen Erzähler, Protagonist, Leser und Autor ein erzählerisches Kabinettstück machen.

In allen zitierten Fällen handelt es sich um Rollenprosa, das heißt, die Sprache des Romans muß unverwechselbar die Sprache der Figur sein. Auch legt diese Erzählweise den Kenntnishorizont genau fest. Der Leser weiß, was in dem Kopf des erzählenden Ichs vorgeht, er kennt seine Wahrnehmungen, Gefühle, Einstellungen. Aber eben nur diese. Insbesondere, wenn die Hauptfigur erzählt, muß er sich – aus der intimen Nähe heraus – gedrängt fühlen, sich mit ihr zu identifizieren, ja, mit ihr zu verschmelzen. Wenn ihm das nicht gelingt, zum Beispiel weil sie ihm unsympathisch oder zu beschränkt ist oder ihr Schicksal ihn einfach nicht interessiert, dann reißt leicht das Band, und er wird das Buch weglegen.

Beliebt ist die Ich-Erzählung des Protagonisten, weil sie ein altes Muster aufgreift: Jemand hat interessante Dinge erlebt und berichtet davon, wenn er endlich Ruhe und Muße gefunden hat, häufig gegen Ende seines Lebens. Autobiographie und Memoiren leben davon. Denken Sie etwa an Casanovas Lebensbericht, auch an den »Namen der Rose«. Ruhe und Muße können auch unfreiwillig sein (die ›Helden‹ – wie Felix Krull, Stiller oder Oskar Matzerath – sitzen z. B. im Gefängnis oder in der Irrenanstalt). Häufig liegt ein Geständniszwang vor, die Sucht, zu beichten und bekennen, auch: sich bloßzustellen. Jean-Jacques Rousseaus »Bekenntnisse« sind dafür ein Beispiel.

Der exhibitionistische Zug, der – zumindest indirekt – in jedem Schreiben steckt, nimmt in den Bekenntnissen eines Ichs eine besonders deutliche, stilprägende Form an. Er appelliert an unsere voyeuristische Neugier und Sensationslust, aber auch an unsere Bereitschaft, einer sich öffnenden ›Seele‹ Mitgefühl zu gewähren. Doch muß man sich immer vor Augen halten, daß die forcierte Subjektivität und das offenherzige Bekennertum auch reine Stilattitüde sein können.

Die zeitliche Differenz (und damit Distanz) zwischen dem Erleben und dem Niederschreiben des Erlebten ist ein zweiter perspektive- und stilbestimmender Zug dieser Erzählform. Der Erzähler teilt sich auf in ein Vergangenheits-Ich und in ein Gegenwarts-Ich. Behält er die Distanz zum Erinnerten bei, läuft er Gefahr, ausschließlich zu beschreiben, zu kommentieren und zu bewerten und nur noch selten szenisch fesselnd darzustellen. Sein (häufig altersweiser) Bericht nähert sich dem Stilgestus des allwissenden Erzählers. Das erzählende Ich, soweit es über dem handelnden Ich steht und nur selten in es hineinschlüpft, hält auch den Leser auf Distanz. Es fordert eher wohlwollende Anteilnahme als emotionale Identifikation. Adson von Melk zum Beispiel (»Der Name der Rose«) beginnt seinen Bericht aus weiter zeitlicher Entfernung:

»Jedenfalls flößte mir die Abtei alles andere als Gefühle der Heiterkeit ein, ich empfand bei ihrem Anblick eher ein Schaudern und eine seltsame Unruhe. Und das waren, weiß Gott, keine Phantasiegespinste meiner furchtsamen Seele, es war vielmehr die korrekte Deutung unzweifelhafter Vorzeichen, dem Fels eingeschrieben seit jenem Tage, da einst die Riesen Hand an ihn legten, bevor noch die Mönche in ihrem vergeblichen Streben sich erkühnten, ihn zum Hüter des göttlichen Wortes zu weihen.«

Er gleitet dann unmerklich auf der Zeitschiene zurück in die Gegenwart des Vergangenen und rekonstruiert das Geschehen, besonders durch die direkte Wiedergabe von Rede und Gegenrede.

Der Ich-Erzähler kann also die zeitliche Kluft zwischen Erlebnis-Vergangenheit und Schreib-Gegenwart schrumpfen, ja, regelrecht verschwinden lassen. Die Erinnerung fesselt ihn so, daß er das Erinnerte präsentisch werden läßt. Er fingiert Nähe und zieht auf diese Weise auch den Leser ins Geschehen. Jederzeit kann er aber sich wieder zurückziehen und mit raschen Federstrichen einen großen Zeitraum verstreichen lassen.

Der Rückblick des Ich-Erzählers braucht jedoch nicht unbedingt aus weiter Zeit- und damit Gefühlsdistanz zu erfolgen. Wer etwas Bewegendes oder Abenteuerliches erlebt hat, kann sich sofort hinsetzen und dieses Bewegende aufschreiben, samt seinen Gefühlen und Gedanken. Berichtet er das Geschehene mehr sich selbst, gelangt er zum Tagebuch-Roman (»Mein Problem: Obwohl ich überhaupt keine Schmerzen mehr habe, quält mich jetzt dafür etwas anderes; ich beginne zu hoffen, und zugleich wage ich nicht zu hoffen, aus lauter Angst, es könnte jederzeit wiederkommen.« Lars Gustafsson: »Der Tod eines Bienenzüchters«), berichtet er es einer anderen Person, schreibt er einen Brief-Roman (»Wie froh bin ich, daß ich weg bin! Bester Freund, was ist das Herz des Menschen! Dich zu verlassen, den ich so liebe, von dem ich unzertrennlich war, und froh zu sein! Ich weiß, du verzeihst mir's.« Goethe: »Werther«). In beiden Formen soll der Leser an den intimsten Regungen des betroffenen Helden und der leidenden Heldin teilnehmen (»Ich bin ganz außer mir, liebste Freundin, über die letzten Vorkommnisse in Deiner Familie, weiß ich doch, wie peinlich es Dir sein muß, daß man über Euch klatscht.« Samuel Richardson: »Clarissa Harlowe«).

Die Skala des erinnernden Ich-Erzählens reicht also von großer zu minimaler zeitlicher wie psychischer Distanz, von Aktion und Beschreibung, handelndem Erleben und nacherlebendem Bericht. Sie reicht sogar noch ein Stück weiter. Die Distanz kann völlig aufgehoben werden. Dabei gibt es wieder eine Reihe von Möglichkeiten.

In der traditionellen Form erzählt ein »Ich« seine Erlebnisse, Gedanken und Gefühle, als gäbe es die Trennung von erlebendem und erzählendem Ich gar nicht. Erzähler, erlebende Figur und miterlebender Leser sollen eins sein. Wie bei der personalen Er-Form spricht der Erzähler im epischen Präteritum, das Gegenwärtigkeit fingiert:

> »Wir standen einander gegenüber, die Hände umklammert, mit Knien, die sich berührten. Ein Feuer lief durch unsere Adern. Wir verharrten so mehrere Minuten, wie in einem uralten Ritus, die Stille nur von dem Summen des Motors unterbrochen.
>
> ›Ich rufe dich morgen an‹, sagte sie und beugte sich impulsiv zu einer letzten Umarmung vor. Und dann flüsterte sie mir ins Ohr: ›Ich verliebe mich in den seltsamsten Menschen auf Erden.‹« (Henry Miller: »Sexus«, auch die beiden folgenden Zitate)

Will der Erzähler die noch immer vorhandene Erzähldistanz weiter abbauen, braucht er nur ins Präsens zu wechseln:

> »Ich gehe die Treppe hinauf und betrete die Arena, den großen Ballsaal der käuflichen Sexadepten, den jetzt ein warmes Boudoir-Licht durchflutet. Die Phantome drehen sich in einem süßlichen Kaugummi-Dunst, Knie leicht gebeut, Hintern gespannt, Fußknöchel im pudrigen Saphirlicht schwimmend.«

Verhalten, Wahrnehmung und Darstellung fließen nun in der Gegenwärtigkeit zusammen, aber immer noch ist ein erlebendes von einem erzählenden Ich zu unterscheiden, und die Darstellung bleibt im syntaktisch geordneten Gestus, der eine gewisse Distanz voraussetzt.

Je mehr sich aber der Erzähler in den Kopf der erzählten Person, die er selbst ist, zurückzieht, desto mehr verschwimmen und verschwinden alle Grenzen. Er läßt Sprache werden, was normalerweise stumm bleibt. Treffend sprechen wir vom ›inneren Monolog‹ oder auch vom *stream of consciousness*. Von der Figur bleibt nur ihr phantasierendes und reflektierendes Bewußtsein. Für den Leser bedeutet dies, daß er seine Distanz aufzugeben hat, um dem eruptiven Stakkato oder den zerfließenden Akkorden des Monologs zu folgen.

> »Falle tot um, der hinter dir steigt über dich hinweg. Feuere einen Revolver ab, und ein anderer schießt auf dich. Schreie, und du weckst die Toten auf, die merkwürdigerweise auch kräftige Lungen haben. Der Verkehr geht jetzt nach Ost und West, im nächsten Augenblick wird er nach Nord und Süd gehen. Alles bewegt sich blind und gesetzmäßig fort, und niemand gelangt irgendwohin. Schlurfen und stolpern herein und heraus, hinauf und hinunter, manche scheren aus wie Fliegen, andere fallen ein wie ein Mückenschwarm. Iß im Stehen, Münzeinwurf, Hebelbedienung, fettverschmierte Fünfcentstücke, fettverschmiertes Cellophan, fettverschmierter Appetit.«

›In Gedanken‹ spricht der Protagonist mit sich selbst, er gibt sprachlich wieder, was er wahrnimmt, was er tut oder tun will. Dabei werden die distanzschaffenden Gesetze der Erzählsyntax wie der ordnenden Logik immer mehr aufgelöst: Infinitivkonstruktionen oder Wortpartikel werden aneinandergereiht, Wahrnehmung und Phantasie, Wunsch und Wirklichkeit, Gegenwart und Vergangenheit unterscheiden sich kaum noch. Je direkter der Autor den Gedankenfluß als inneren Sprachfluß nachbilden will, desto mehr wird er auf die gliedernden Hilfsmittel sprachlicher Darstellung verzichten. Dazu sei ein letztes Beispiel zitiert, ein kurzer Auszug aus einem der berühmtesten Monologe der Weltliteratur, aus Molly Blooms langem *stream of consciousness* am Ende des »Ulysses« von James Joyce:

> »... ja und wie er mich geküßt hat unter der maurischen Mauer und ich hab gedacht na schön er so gut wie jeder andere und hab ihn mit den Augen gebeten er soll doch nochmal fragen ja und dann hat er mich gefragt ob ich will ja sag ja meine Bergblume und ich hab ihm zuerst die Arme um den Hals gelegt und ihn zu mir niedergezogen daß er meine Brüste fühlen konnte wie sie dufteten ja und das Herz ging ihm wie verrückt und ich hab ja gesagt ja ich will Ja.«

Im Dienst der anderen: Der personale Erzähler

Am häufigsten wird heutzutage in der personalen Er-Form erzählt. Dabei bleibt der Erzähler (und mit ihm der Autor, sein Doppelgänger) der unauffällige, ja unsichtbare, streng objektive Vermittler der Geschichte. Er ordnet sich den Figuren unter und lädt den Leser ein, an ihrem Schicksal teilzuhaben. Dabei gibt es mehrere Varianten, je nachdem, welche Haltung der Erzähler einnimmt. Beliebt ist die Form, die sich der Ich-Perspektive des Protagonisten annähert: Der Erzähler steht, wenn man so will, direkt hinter ihm, sieht das Geschehen aus seiner Sicht, kann sich ein Stückchen von ihm entfernen, kann aber auch – wie beim inneren Monolog – in ihn hineinschlüpfen und seine Gedanken wiedergeben (= erlebte Rede). Dabei bleibt er in der 3. Person und rutscht nicht, wie bei der traditionellen Wiedergabe der Gedanken, in die 1. Person.

> »Sie ging die Straße entlang und erblickte den jungen Mann. Schön sah er aus. Sollte sie ihn ansprechen?« (= erlebte Rede).

Direktes Gedankenzitat würde lauten: »Schön sieht er aus«, dachte sie. »Soll ich ihn ansprechen?«

Würde die gesamte Passage ohne erlebte Rede erzählt, laute-te sie:

> »Als sie die Straße entlangging, fiel ihr der schöne junge Mann auf. Sie fragte sich, ob sie ihn ansprechen sollte.«

Diese Innensicht mit eingebauter Distanzsicherung zeigt wieder ein erzählerisches Paradox: Ein Ereignis wird von innen gesehen und gleichzeitig von außen geschildert. Der Leser ist in der handelnden, wahrnehmenden und denkenden Figur und schaut ihr gleichzeitig zu. Er fühlt sich nicht vereinnahmt, denn die Subjektivität hat immer noch den Anschein des Objektiven.

Das personale Erzählen, das die amerikanischen Autoren auch *hot narrative* nennen, ist nicht zufällig beliebt. Es erlaubt eine optimale Flexibilität beim Schreiben. Die Möglichkeit, die Hauptfigur von außen zu schildern oder in sie einzudringen, zeigt ihren Charakter, ihre Gefühle und Motivationen besonders gut, läßt sie lebendig erscheinen und erlaubt zugleich eine gute Kontrolle der Beziehung zum Leser. Die unterschiedlichen Einstellungen von distanzloser Nähe bis zu einer gewissen Distanz gestalten das Erzählen abwechslungsreich. Gleichzeitig wird der Zwang zur Identifikation mit einem »Ich« vermieden.

Die personale Erzählhaltung bindet sich meist an die Perspektive einer Figur. Da aber eine solche Sicht häufig zu eng ist und auch für die Darstellung größerer Ereigniszusammenhänge zu umständlich, wechselt der Autor gern die Bezugspersonen. Dabei sind unterschiedliche Modelle denkbar: Man kann alternierend zwischen zwei oder auch mehreren Figuren wechseln, also den Weg mehrerer Figuren verfolgen und aus ihrer Perspektive erzählen (so zum Beispiel in Alfred Anderschs »Sansibar oder der letzte Grund«).

Damit wird eine Geschichte zwei- oder mehrperspektivisch und nähert sich der auktorialen Erzählweise an. Doch lauern hier Gefahren. Der Leser könnte sich verwirrt abwenden, weil er nach kurzer Zeit nicht mehr weiß, aus welcher Sicht er die Dinge nun sieht.

Wichtig ist daher, die Erzählstrukturen transparent zu halten. Man sollte in einer Szene nicht die Perspektive wechseln und insgesamt nicht zwischen mehr als zwei Personen hin- und herschwenken, auf jeden Fall das Muster des Perspektivenwechsels frühzeitig erkennen lassen.

Wer betont multiperspektivisch erzählen will, kann auch die Ich-Form wählen. Hierdurch löst er tendenziell die einheitliche Geschichte in mehrere Geschichten auf, um dem Leser ihre unterschiedlichen Versionen vorzuführen, ohne sich auf eine einzige als die wahre festzulegen. Der so erzeugte »Rashomon-Effekt« (nach dem Film von Akira Kurosawa) ist äußerst reizvoll, aber er erfordert sichere Beherrschung aller erzählerischen Mittel und erfahrene Leser.

Statt Objektivität durch die Vielfalt der subjektiven Sichten herstellen zu wollen, kann man auch den entgegengesetzten Weg wählen: Man kann erzählen, als sei man eine Kamera, unbeteiligt, von außen, distanziert (ein Beispiel: Dashiell Hammetts »Der gläserne Schlüssel«; teilweise auch die Prosa von Ernest Hemingway und des Nouveau Roman). Diese Perspektive ermöglicht ein kaltes, emotionsloses Darstellen. Alle Dinge werden genau geschildert, die Personen in ihrem Handeln wahrgenommen, ihre Dialoge wiedergegeben, doch ihr Innenleben, ihre Motive, Gefühle, Gedanken bleiben ausgespart. Der Erzähler bezieht keine Stellung, zeigt weder Sympathie noch Antipathie und lädt auch nicht zur Identifikation ein. Er konfrontiert den Leser mit den ungedeuteten Fakten und verrätselt auf diese Weise, trotz aller äußeren Objektivität, die Geschichte. Manchmal erscheint er wie ein Wesen von einem anderen Stern, das alles sieht und hört, doch nichts versteht.

Diese Erzählhaltung hat ihren eigenen Reiz, doch ist sie nur mühsam einen ganzen Roman durchzuhalten. Sie wirkt auf die Dauer anstrengend, abstoßend und letztlich auch begrenzt. Besser ist, sie passagenweise zu verwenden, dann zum Beispiel, wenn ein Urteil, eine Stellung- und Anteilnahme des Lesers noch hinausgezögert werden soll. Oder um ein Szenario zu beschreiben, in das erst nach einer Weile die Personen handelnd eintreten. Möglich ist auch, den *camera-eye*-Standpunkt zu verwenden, wenn alle Indizien eines ›Falles‹ rätselhaft bleiben sollen. Der Leser wird so zum Detektiv, dem sich womöglich bald ein Detektiv im Text an die Seite stellt.

Handlungsbetonte Erfolgsromane werden heute häufig in einem personal-auktorialen Perspektivenmix geschrieben. Der Erzähler tritt nicht auf, ist aber doch so allwissend, daß er in einer einzigen Szene die Motive mehrerer Figuren benennt, also in mehrere Personen gleichzeitig hineinschaut. Er holt auch schnell Informationen herbei, die die handelnde Zentralfigur im Augenblick nicht wissen kann. Gedanken werden häufig durch die Formel »... dachte sie« in die 1. Person Präsens gesetzt, also wie beim inneren Monolog in die Ich-Form. Diese wirkt direkter als die erlebte Rede und ist auch für den Leser leichter zuzuordnen.

Diese Art des Erzählens läuft Gefahr, nicht konsistent, um nicht zu sagen: schlampig zu wirken. Auch wenn viele Leser, die handlungsorientiert lesen, die perspektivischen Zitterschwenks nicht wahrnehmen oder sich nicht an ihnen stoßen, so wirken sie doch auf erfahrene Leser unbeholfen und zeugen gleichzeitig von einer mangelnden Kontrolle des Erzählvorgangs.

Die beste Perspektive für meine Geschichte

Welche Erzählperspektive Sie verwenden, müssen Sie je nach Erzählabsicht, Inhalt der Geschichte, Charakter der Hauptpersonen und Ihrer Fähigkeit, mit Sprache umzugehen, entscheiden. Empfehlungen zu geben ist nur begrenzt möglich.

Doch sollten Sie einige Ratschläge beherzigen:

☞ Wenn Sie eher an der Geschichte interessiert sind und Ihnen eine starke, handlungsgesättigte Story unter den Fingern brennt, wenn Ihnen dabei die sprachliche Gestaltung sekundär erscheint oder Sie sich nicht immer stilsicher fühlen, dann sollten Sie die Er-Form wählen und weitgehend personal erzählen. Auf diese Weise lenken Sie die Aufmerksamkeit auf den Ablauf der Ereignisse, auf den »fiktionalen Traum«, und lassen den Erzähler unauffällig im Hintergrund. Wählen Sie die einfachste, klarste, am wenigsten auffällige Technik, die erreicht, was die Geschichte erfordert.

☞ Die Ich-Perspektive begrenzt zwar die Sicht des Erzählers, aber sie ermöglicht Offenheit und Wahrhaftigkeit bis zur schonungslosen Beichte. Ein erzählendes Ich wirkt direkt und authentisch. Aber denken Sie daran, dieses Ich interessant und sympathisch zu gestalten, und vermeiden Sie jegliche Larmoyanz und Sentimentalität, sonst erreichen Sie nur eine kleine Zahl an Lesern, nämlich die, die genauso fühlen und denken wie Sie.

☞ Die personale Erzählform mit der Verwendung der erlebten Rede ist ein vorzügliches Mittel, authentische Direktheit mit distanzierter Objektivität zu verbinden. Sie ist variantenreich und erlaubt eine optimale Ansprache des Lesers. Mit ihrer Hilfe können Sie eine emotionale Nähe zwischen den Lesern und den Protagonisten ohne Aufdringlichkeit herstellen.

☞ Bei großen Stoffmassen, die übersichtsartiges Erzählen erfordern, kann eine eingeschränkte Form der auktorialen Perspektive sinnvoll sein. Erzähler und Leser müssen räumliche und zeitliche Entfernungen überwinden, ein Heer von Statisten ist zu beherrschen, viele Figuren spielen mit und wollen effektvoll eingesetzt werden, und eine Menge an Informationen – ›Welthaltigkeit‹ – ist nötig, damit der Leser das Milieu und seinen Hintergrund versteht. In einem solchen Fall sollten Sie als ›allwissender‹ Erzähler Ordnung schaffen, sollten sich jedoch der einmischenden Kommentare enthalten. Der heutige Leser schätzt überhaupt nicht – wie man nicht oft genug betonen kann – den voreingenommenen Erzähler, der ihn belehrt und ihm vorschreibt, was er zu denken und zu fühlen hat.

☞ Haben Sie eine eher schwache Story, sind aber sprachlich gewandt, dann wählen Sie die Darstellung durch ein ›Ich‹.

Die Ich-Form stellt die erzählende Figur (und mit ihr auch die Art ihres Erzählens) in den Vordergrund, distanziert oder aus intimer Nähe. Sie können in Rollenprosa schreiben oder im spielerischen Umgang mit der Perspektive alle Sprachregister ziehen.

Am besten ist, Sie probieren aus, welche Form Ihnen liegt und welche die Geschichte am ehesten ›rüberbringt‹. Testen Sie durch eine Ich- und eine Er-Fassung, was Sie ausdrücken können und was nicht. Lassen Sie verschiedene Personen die Geschichte aus ihrer Perspektive (an-)erzählen. Mit der Zeit werden Sie merken, welche Form die (für Sie) beste ist.

Komposition und Handlungsmuster

Plotpunkte und narrative Haken. Zur Dramaturgie der Handlung

Eine Geschichte, die immer bewegt und bewegend sein muß, wird, wie wir gesehen haben, von den Konflikten ihrer handelnden Figuren vorangetrieben. Auf die Exposition mit der Einführung des Protagonisten und unter Umständen noch mit einer einleitenden Situation folgt daher sofort der Angriffs- und erste Wendepunkt: eine Krise, ein Widerstand oder eine drohende Gefahr. Vom Protagonisten wird eine Entscheidung gefordert, die ihn zum Handeln treibt. Dabei wird der dramatische Knoten geknüpft. Man könnte auch sagen: der ›narrative Haken‹ eingeschlagen, ein Problem, das zu Komplikationen führen wird. Als Leser wissen wir nun, worum es geht, was auf dem Spiel steht, in welche Richtung sich die Geschichte bewegen wird, und wir ahnen, worin ihre Konflikte kulminieren könnten und welche Lösungen möglich sind.

Nach dem Anstoß der Handlung kommt es zu einer unaufhörlichen, in sich stimmigen Steigerung der Konflikte, die sich gliedert in abwechselnd beschleunigende und verlangsamende Phasen, in überraschende Wendungen und zusätzliche Komplikationen. ›Stimmig‹ bedeutet hier: Das Verhalten der Charaktere und die Abfolge der Handlungselemente sind ursächlich miteinander verbunden und leuchten dem Leser ein. Selbst wenn er nicht alles versteht und auch nicht, wie in Detektivgeschichten, verstehen kann, weil ihm noch entscheidende Informationen fehlen, so muß er doch die Überzeugung gewinnen, die

Gesetze der Geschichte seien prinzipiell durchschaubar und in sich geordnet. Diese Überzeugung sollte sich verstärken zu einem Gefühl der Unausweichlichkeit, das durch spezifische Mittel erzeugt wird: durch Andeutungen, vorzeitige Enthüllungen, Quer- und Rückverweise, Spiegelungen aller Art. Der finale Konflikt, also der Höhepunkt der Handlung, muß lange Schatten vorauswerfen. Ich betone noch einmal, daß ›Gefühl der Unausweichlichkeit‹ nicht bedeutet, vom ersten Absatz oder vom zweiten Kapitel an müßten der Verlauf der Handlung und sein Ende vorhersehbar sein. Dies wäre ein Fehler, den fast alle Leser dem Autor übelnähmen, weil sie sich um die Vergnügungen des Rätselns, Entdeckens und der Überraschung gebracht sähen. Die Kunst besteht darin, das Geschehen so voranzutreiben, die Charaktere so zu entfalten, daß Überraschungen jederzeit möglich sind und insgesamt genügend Geheimnisse bleiben, ohne daß das Gefühl der Stimmigkeit verlorengeht. Im nachhinein sollte sich der Leser sagen können: Ja, genauso mußte es kommen, warum habe ich es nicht vorher begriffen? Dies gilt natürlich besonders bei Aufklärungsgeschichten.

Vor dem Höhepunkt erscheint dann der Konflikt unlösbar, die Lage aussichtlos, die Entscheidung quälend. William Styrons Sophie zum Beispiel steht vor der Wahl: Kann und darf die Mutter ein Kind opfern, um das andere zu retten? Oder: Die Gegner stehen sich kampfbereit gegenüber, die Uhr zeigt zwölf Uhr mittags, eine Entscheidung um Leben und Tod muß fallen, der Ausgang ist ungewiß. Die Aufmerksamkeit des Lesers wird bis aufs äußerste gespannt.

Der Höhepunkt zeigt dann die Auseinandersetzung und mit ihr die Entscheidung, die zu einer Lösung führt, die, wenn nicht unausweichlich, so doch plausibel und logisch erscheinen muß. Es folgt der Ausklang, nach Möglichkeit schnell, aber nicht abrupt, ohne Abschweifungen und lose Enden.

Die Architektur der dramatischen Geschichte ähnelt so einer verschobenen Pyramide bzw. einem gleichschenkligen Dreieck. Da sie allerdings etwas Dynamisches ist, sollte man eher von ihrem Verlauf sprechen, der einer ›Kippschwingung‹ (mit langsamem Anstieg und steilem Abfall) ähnelt.

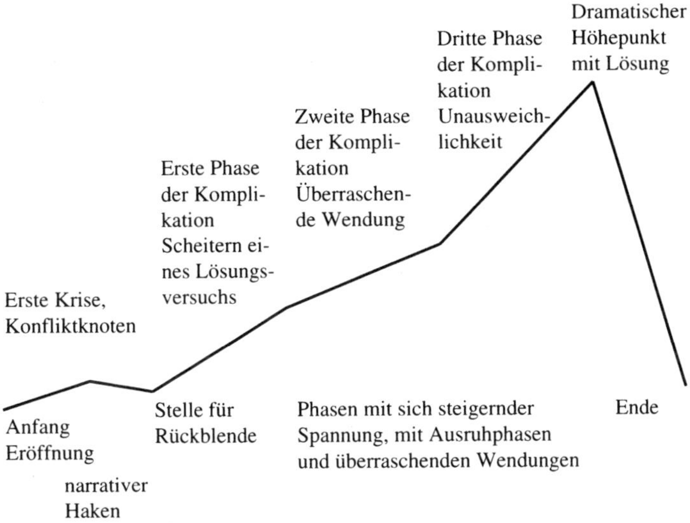

Teilt man die Geschichte nun in Segmente, kann man drei Phasen unterscheiden (= Struktur des dreiaktigen Dramas):

Den Anfang bzw. die Eröffnung oder Exposition bis zum ›Angriffspunkt‹ und dramatischen Knoten (die Drehbuchautoren sprechen meist vom ›ersten Plotpunkt‹).

Die Mitte mit ihrer Steigerung der Konflikte bis zum Höhepunkt (dem ›zweiten Plotpunkt‹) und der Lösung. Der Mittelteil ist logischerweise am weitaus umfangreichsten und läßt sich noch einmal untergliedern, häufig in drei Teile (in diesem Fall gelangen wir zum fünfaktigen Drama): Ein erster vorläufiger Lösungsversuch scheitert und vergrößert den Konflikt, ein zweiter gibt der Handlung eine neue Wendung, und erst der dritte treibt dann zur finalen Entscheidung, die in einer großen Szene ausgeschrieben wird.

Das Ende der Geschichte, den Abschluß der Krise. Die Lösung sollte, sogar beim tragischen Ausgang, versöhnen. Die Wellen glätten sich nach dem Sturm, die Welt kommt wieder in Ordnung, der Leser schließt das Buch mit einem fröhlichen oder traurigen »Anders kann es nicht sein«. Nicht alle Schlußkapitel müssen die Geschichte auf diese Weise runden. Man kann auch mit einem Ausblick enden, mit einer Überraschung, sogar mit einer Frage. Bleibt sie nicht rhetorisch und beantwortet sich selbst, muß der Leser für sich eine Antwort finden.

Verlockung, Versprechen, Verträge. Der Anfang

Der Anfang einer Erzählung ist so wichtig, daß man sich ihm im einzelnen widmen muß. Der Anfang führt in die epische Welt ein, mit ihm wird, wenn man so will, ein neues Kapitel der Schöpfung aufgeschlagen. Auch bescheidene Erzähler sollten sich im klaren sein: Er fordert eine große, zumindest deutliche Geste. Der Anfang muß den Leser neugierig machen und in die Geschichte hineinziehen, er muß ihn fassen und festhalten. Man kann auch sagen: Er muß das imaginative Engagement des Lesers wecken. Dieser Aufgabe hat sich letztlich alles unterzuordnen, denn wenn die ersten Sätze den Leser nicht an den Haken nehmen, dann ist der Fischzug verloren.

Verlockung also und Verheißung. Dieter Wellershoff sagt: »Jeder originäre Anfang ist ein Versprechen, auch wenn das Versprochene noch verschleiert ist.« Und da das Versprechen abgenommen werden muß, kann man auch von einem Vertrag sprechen, den der Roman mit dem Leser nach den ersten Minuten ihrer Begegnung abschließt.

Schauen wir uns die einzelnen Paragraphen an:

✍ Der Beginn einer Geschichte führt meist die Hauptfigur ein und charakterisiert sie in ihren Grundzügen. Er weckt Interesse und Sympathie für sie, kann sie unter Umständen auch in Gefahr zeigen und somit gleich *in medias res* führen.

✍ Auf den ersten Seiten werden dem Leser die dramaturgischen Spielregeln, wie sie im vorherigen Kapitel genannt wurden (›narrativer Haken‹), eröffnet.

✍ Erzählperspektive und Erzählweise, Sprachton des Erzählers und Stillage werden erkennbar.

✍ Der Leser sollte den Typus der Geschichte erahnen können. Bei Genres wie Science-fiction und Fantasy oder auch bei anderen Abweichungen vom ›Realismus‹ unserer Weltsicht gilt es, die Gesetze der fiktionalen Welt deutlich zu machen, so wie es im ersten Satz von Franz Kafkas »Verwandlung« geschieht: »Als Gregor Samsa eines Morgens aus unruhigen Träumen erwachte, fand er sich in seinem Bett zu einem ungeheuren Ungeziefer verwandelt.«

✍ Die Exposition macht den Hintergrund der Geschichte klar, seinen historischen Rahmen, das Milieu, dem die Protagonisten entstammen und ihre individuelle Vorgeschichte. Erst aus diesen Faktoren ergeben sich die Konflikte, und ohne ihre Kenntnis bleibt das Handeln der Personen unverständlich und unmotiviert. Da es sich hierbei meist um eine große Menge Informationen handelt, muß man sich gut überlegen, ob man mit ihrer Präsentation die Geschichte einleiten will. Die Geduld des Lesers könnte arg auf die Probe gestellt werden. Anfänge, die schnell zum Kern der Sache, also zum ersten narrativen Haken kommen, sind allemal besser. Man könnte die nötigen Informationen zum Beispiel szenisch einblenden (wie in Len Deightons Roman oder in Stephen Kings »Misery«) oder in einer längeren Rückblende (wie im »Tod in Venedig«) nachtragen. Sinnvoll ist auch, sie in Handlung und Dialog einfließen zu lassen, ohne den Fluß der Erzählung zu unterbrechen.

✍ Mit dem Milieu werden der Ort der Handlung und die Atmosphäre klar. Dabei lassen sich zwei Möglichkeiten unterscheiden: Entweder zeigt der Erzähler die Norm, von der abgewichen werden soll, eine Art heile Welt, die überschattet ist von einer drohenden Gefahr; oder er beginnt sofort mit der Gefahr, mit der Enthüllung der anstehenden, noch verborgenen Probleme, Konflikte, Entscheidungen oder Konfrontationen. Möglich ist auch der Hinweis auf etwas Wichtiges, das den Protagonisten (und mit ihm den Leser) erwartet. Denken sie an den Beginn des »Parfum« oder an Marquez' »Hundert Jahre Einsamkeit«: »Viele Jahre später sollte der Oberst Aureliano Buendía sich vor dem Erschießungskommando an jenen fernen Nachmittag erinnern, an dem sein Vater ihn mitnahm, um das Eis kennenzulernen.«

✍ Häufig wird sofort schon (mit dem Protagonisten) das Thema der Geschichte genannt. »Das Parfum. Die Geschichte eines Mörders« trägt Thema und Unterthema bereits im Titel und dann noch einmal im ersten Absatz. Wenn ein Roman mit dem Satz »Ich bin nicht Stiller!« beginnt, wissen wir, daß es um die Negation einer Identität geht. Leo Tolstoi eröffnet in »Anna Karenina« seine epische Welt mit der Feststellung: »Alle glücklichen Familien gleichen einander, jede unglückliche Familie ist auf ihre eigene Weise unglücklich.« Eine ähnliche Technik verwendet auch Jane Austen in »Stolz und Vorurteil«: »Es ist eine anerkannte Wahrheit, daß ein Junggeselle, der ein beachtliches Vermögen besitzt, zu seinem Glück nur noch einer Frau bedarf.« Knut Hamsun beginnt seinen autobiographischen Roman »Hunger« so: »Es war in jener Zeit, als ich in Kristiania umherging und hungerte, in dieser seltsamen Stadt, die keiner verläßt, ehe er von ihr gezeichnet worden ist.« In manchen Romanen erscheint das Thema indirekt in der Schilderung der Landschaft oder der Hauptperson, in anderen ist es noch verborgen.

✍ »Der Eintritt in einen Roman ist wie der Aufbruch zu einer Bergtour: Man muß sich an einen Atem gewöhnen, an eine bestimmte Gangart, sonst kommt man bald aus der Puste und bleibt zurück«, schreibt Umberto Eco in seiner »Nachschrift zum ›Namen der Rose‹«. Der Leser lernt zu Beginn nicht nur den Erzähler kennen (oder bemerkt, daß er sich verbirgt), sondern auch Tempo und Rhythmus seines Erzählens. Auch dies ist ein wichtiges Versprechen, das unbedingt eingehalten werden sollte. Schauen Sie sich die Anfänge des »Zauberberg«, Hermann Brochs »Tod des Vergil«, Margaret Mitchells »Vom Winde verweht« oder auch John Irvings »Owen Meany« an, alles umfangreiche Romane, die gemächlich, langatmend, detailliert, auf jeden Fall ohne jede Eile beginnen, und halten Sie andere Romane oder Erzählungen dagegen: Joseph von Eichendorffs »Taugenichts« zum Beispiel (mittelschnell), das schon zitierte »Gesetz« von Thomas Mann (schnell), »Homo Faber« (ohne Umschweife).

Natürlich müssen nicht in jeder Eröffnung alle Inhalte dieser Vertragsparagraphen ›abgehakt‹ werden. Doch gelingt dies vielen Autoren ohne weiteres, so zum Beispiel Patrick Süskind in »Das Parfum« oder auch Max Frisch in »Stiller«, ohne daß nun die ersten Seiten überfrachtet wirkten. Andere Erzähler scheinen sich bei Milieuschilderungen aufzuhalten, teilen dem Leser jedoch verschlüsselt entscheidende Informationen über das Kommende mit, so Stendhal in »Rot und Schwarz«. Wieder andere berichten vom Anlaß der Geschichte, lassen den Protagonisten sich vorstellen oder stürzen gleich in eine Szene und holen wichtige Informationen später nach.

Entscheidend ist auf jeden Fall, den Leser nicht lange hinzuhalten und ihm, zumindest verschlüsselt, die zentralen Punkte des Spiels mitzuteilen. Er möchte wissen, worauf er sich einläßt, damit er sich entscheiden kann, ob er nun weiterliest oder nicht.

Natürlich sind Überraschungen und unvorhergesehene Wendungen möglich (wie schon betont: jede Mechanik und eindeutige Vorhersehbarkeit muß vermieden werden), auch gewisse Abschweifungen. Längere epische Werke können sich Subplots erlauben und weitere Themen, die zu Beginn noch nicht anklingen. Aber im allgemeinen sollten die Versprechungen eingehalten werden. Wer geködert wird durch einen Krimibeginn und plötzlich feststellen muß, er liest eine Selbstfindungsgeschichte, fühlt sich hintergangen und kann leicht die Lektüre abbrechen.

Die Möglichkeiten, Romane und Erzählungen zu beginnen, sind mit den genannten Modellen nicht ausgeschöpft. Zwischen der ausführlichen Einführung in die fiktionale Welt und dem aktionsgesättigten ›Vulkanausbruch‹ liegen weitere, teilweise historisch gewordene Möglichkeiten: die Anrufung der Musen (Homer), die Rahmenerzählung (»Dekameron«, »Das Herz der Finsternis«), die Vorstellung des Erzählers mit Angabe der Erzählabsicht (»Der Zauberberg«), Beglaubigungen, die das zu Erzählende als authentisch, »wirklich geschehen« darzustellen versuchen (der Autor findet angeblich ein altes Manuskript oder nachgelassene Papiere, die er dann herausgibt; siehe »Der Name der Rose«, »Der Tod eines Bienenzüchters«), Leseranreden (Rabelais' »Gargantua und Pantagruel«, ein Beispiel aus den letzten Jahren: der Katzenkrimi »Felidae« von Akif Pirinçci), aber auch der einleitungslose Einstieg in einen Dialog (»Buddenbrooks«). Man kann mit typischen Romananfängen spielen (Salman Rushdie in seinen »Mitternachtskindern«) – im übrigen keine (post-)moderne Erscheinung, wie man an dem unten zitierten »Sandmann« von E. T. A. Hoffmann oder auch an Choderlos de Laclos' »Gefährlichen Liebschaften« sehen kann. Der Franzose verkehrt den damals typischen Einstieg, den Roman als ein Dokument erscheinen zu lassen, in sein Gegenteil: Die unglaublich authentisch wirkenden Briefe seien, vermutet der herausgebende Autor, wahrscheinlich nur Romanerfindungen.

Einige weitere Beispiele:

Musenanruf, gleich zur Sache:

»Den Zorn des Peliden Achilleus besinge, Göttin, den verfluchten Zorn! Er brachte den Achaiern eine Unzahl von Qualen, viele tapfere Heldenseelen warf er dem Hades vor, ihre Leiber machte er den Hunden zur Beute und den Raubvögeln zum Fraße ...« (Homer: »Ilias«)

Mythischer Atem:

»Am Anfang schuf Gott Himmel und Erde. Und die Erde war wüst und leer, und es war finster auf der Tiefe; und der Geist Gottes schwebte auf dem Wasser.« (»Altes Testament«)

Beiläufig im Dialog:

»In Frankreich, sagte ich, verstehen sie das Ding besser ...

Sind Sie denn in Frankreich gewesen? fragte der Herr, und wendete sich plötzlich und mit dem höflichsten Triumphe von der Welt zu mir ... Wunderbar! sagte ich, ...« (Lawrence Sterne: »Empfindsame Reise«)

Suggestiver erster Satz:

»Nennt mich meinethalben Ismael. Vor einigen Jahren – gleichviel, wie lange es her ist – als eines Tages mein

Beutel leer war und an Land mich nichts mehr hielt, kam mir der Gedanke, mich ein wenig auf See umzutun und den nassen Teil der Welt zu besehen.« (Herman Melville: »Moby Dick«)

Gedrängt:

»In St. Jago, der Hauptstadt des Königsreichs Chili, stand gerade in dem Augenblicke der großen Erderschütterung vom Jahre 1647, bei welcher viele tausend Menschen ihren Untergang fanden, ein junger, auf ein Verbrechen angeklagter Spanier, namens Jeronimo Rugera, an einem Pfeiler des Gefängnisses, in welches man ihn eingesperrt hatte, und wollte sich erhenken.« (Heinrich von Kleist: »Das Erdbeben in Chili«)

Ohne Umstände:

»Als der sechzehnjährige Karl Roßmann, der von seinen armen Eltern nach Amerika geschickt worden war, weil ihn ein Dienstmädchen verführt und ein Kind von ihm bekommen hatte, in dem schon langsam gewordenen Schiff in den Hafen von New York einfuhr, erblickte er die schon längst beobachtete Statue der Freiheitsgöttin wie in einem plötzlich stärker gewordenen Sonnenlicht.« (Franz Kafka: »Amerika«)

Alptraumhafte Unausweichlichkeit:

»Jemand mußte Josef K. verleumdet haben, denn ohne daß er etwas Böses getan hätte, wurde er eines Morgens verhaftet.« (Franz Kafka: »Der Prozeß«)

Suggestive Stimmung:

»Verbraucht alle Kohle; leer der Kübel; sinnlos die Schaufel; Kälte atmend der Ofen; das Zimmer vollgeblasen von Frost; vor dem Fenster Bäume starr im Reif; der Himmel, ein silberner Schild gegen den, der von ihm Hilfe will. Ich muß Kohle haben; ich darf doch nicht erfrieren ...« (Franz Kafka: »Der Kübelreiter«)

Satire (der ›Held‹ ist schon nach einem Satz gerichtet):

»Diederich Heßling war ein weiches Kind, das am liebsten träumte, sich vor allem fürchtete und viel an den Ohren litt.« (Heinrich Mann: »Der Untertan«)

Schlüsselsatz:

»Ich bin nicht Stiller! – Tag für Tag, seit meiner Einlieferung in dieses Gefängnis, das noch zu beschreiben sein wird, sage ich es, schwöre ich es und fordere Whisky, ansonst ich jede weitere Aussage verweigere.« (Max Frisch: »Stiller«)

Autobiographische Betroffenheit ohne Sentimentalität:

»Ich habe oft versucht, mich mit der Gestalt meiner Mutter und der Gestalt meines Vaters auseinanderzusetzen, peilend zwischen Aufruhr und Unterwerfung. Nie habe ich das Wesen dieser beiden Portalfiguren meines Lebens fassen und deuten können. Bei ihrem fast gleichzeitigen Tod sah ich, wie tief entfremdet ich ihnen war.« (Peter Weiss: »Abschied von den Eltern«)

Lyrisch, distanzlos suggestiv:

»Die arge Spur, in der die Zeit von uns wegläuft.

Vorgänger ihr, Blut im Schuh. Blicke aus keinem Auge, Worte aus keinem Mund. Gestalten, körperlos. Niedergefahren gen Himmel, getrennt in entfernten Gräbern, wiederauferstanden von den Toten, immer noch vergebend unsern Schuldigern, traurige Engelsgeduld.

Und wir, immer noch gierig auf den Aschegeschmack der Worte.

Immer noch nicht, was uns anstünde, stumm.« (Christa Wolf: »Kein Ort. Nirgends«)

E. T. A. Hoffmann beginnt seine Erzählung »Der Sandmann« mit dem »Zitat« dreier Briefe und erläutert anschließend, wie er zu dieser angeblichen Notlösung gekommen sei.

»So trieb es mich denn gar gewaltig, von Nathanaels verhängnisvollem Leben zu dir zu sprechen. Das Wunderbare, Seltsame davon erfüllte meine ganze Seele, aber eben deshalb und weil ich dich, o mein Leser! gleich geneigt machen mußte, Wunderliches zu ertragen, welches nichts Geringes ist, quälte ich mich ab, Nathanaels Geschichte, bedeutend – originell, ergreifend, anzufangen:

›Es war einmal‹ – der schönste Anfang jeder Erzählung, zu nüchtern! – ›In der kleinen Provinzstadt S. lebte‹ – etwas besser, wenigstens ausholend zum Klimax. – Oder gleich medias in res: ›'Scher er sich zum Teufel', rief, Wut und Entsetzen im wilden Blick, der Student Nathanael, als der Wetterglashändler Giuseppe Coppola‹ –

Das hatte ich in der Tat schon aufgeschrieben, als ich in dem wilden Blick des Studenten Nathanael etwas Possierliches zu verspüren glaubte; die Geschichte ist aber gar nicht spaßhaft. Mir kam keine Rede in den Sinn, die nur im mindesten etwas von dem Farbenglanz des innern Bildes abzuspiegeln schien. Ich beschloß, gar nicht anzufangen.

Nimm, geneigter Leser! die drei Briefe, welche Freund Lothar mir gütigst mitteilte, für den Umriß des Gebildes, in das ich nun erzählend immer mehr und mehr Farbe hineinzutragen mich bemühen werde.«

»Originell, ergreifend«, sagt E. T. A. Hoffmann, sollten Anfänge sein. Stellen Sie sich Ihre eigene Sammlung an überzeugenden Eröffnungen zusammen und bedenken Sie immer William Faulkners Rat: »Schreib den ersten Satz so, daß der Leser unbedingt auch den zweiten Satz lesen will. Und dann immer so weiter.«

Der Titel

Der Titel ist der Anfang des Anfangs: erster Informationsträger und gleichzeitig Werbeslogan; er soll dem Leser ein Licht aufstecken und ihn hineinlocken in die Lesehöhle. Ein Titel sollte also neugierig machen und etwas Interessantes suggerieren. Da lange Titel umständlich wirken, sind Umfang und Mittel begrenzt. Entscheidend für die suggestive Kraft ist weniger der Informationsgehalt als die sprachliche Realisierung. Generell kann man sagen, daß auf Lautstrukturen zu achten ist, das heißt auf Gleichklänge (Alliterationen, Vokalwiederholungen) und Klangfärbung (dunkle oder helle Vokale, weiche Konsonanten usw.), darüber hinaus, ganz wichtig, auf die rhythmische Gestalt. Was den Inhalt des Titels betrifft, kann man Wert legen auf eine möglichst weitreichende Information oder hoffen auf die Faszinationskraft ungewöhnlicher Formulierungen.

Wenn Sie nach einem Titel suchen, lassen Sie sich anregen von dem, was Ihre Schriftstellerkollegen bisher gefunden haben. Legen Sie sich nicht frühzeitig fest, sondern listen Sie alle möglichen Einfälle auf, gehen Sie sie gelegentlich durch, überlegen Sie sich neue Varianten. Vielleicht führt gerade eine bizarre oder ›unmögliche‹ Formulierung zum treffenden Einfall. Bedenken Sie auch, daß die Suche nach einem Titel häufig verbunden ist mit der Suche nach der Formulierung des Themas.

Nennung der Hauptfigur(en):

»König Ödipus«, »Antigone«, »Don Quijote«, »Emma«, »Anna Karenina«, »Effi Briest«, »Lady Chatterly«, »Lolita«, »Doktor Schiwago«, »Stiller«;
Doppelnamen: »Gargantua und Pantagruel«, »Romeo und Julia«, »Bouvard und Pécuchet«;
Familiennamen: »Buddenbrooks«, »Die Forsyte-Saga«.

Anschlagen des Themas:

»Metamorphosen«, »Glanz und Elend der Kurtisanen«, »Jahrmarkt der Eitelkeit«, »Krieg und Frieden«, »Das Geld«, »Der Prozeß«, »Sexus«, »Der Fall«, »Ohne einander«.

Andeutung des Themas:

»Die Wahlverwandtschaften«, »Spur der Steine«, »Seelenarbeit«.

Verbindung von Figur und Thema:

»Gullivers Reisen«, »Die Leiden des jungen Werthers«, »Wilhelm Meisters Lehrjahre«, »Der Tod des Vergil«, »Homo Faber«, »Die verlorene Ehre der Katharina Blum«.

Verbindung von Figur und Thema durch eine deutende Bezeichnung, Berufsangabe oder Funktion:

»Die Nonne«, »Die Präsidentin«, »Der Spieler«, »Landstreicher«, »Die Mutter«, »Der Untertan«, »Der Mann ohne Eigenschaften«, »Die Schlafwandler«, »Der Fremde«, »Der Stellvertreter«, »Der Medicus«.

Ein wichtiger Handlungsaspekt als Hinweis auf dramatische und/oder bewegende Ereignisse:

»Gefährliche Liebschaften«, »Die Fahrt zum Leuchtturm«, »Der Tod in Venedig«, »Der Sturz«, »Jagd«.

Zentrale Gefühle:

»Schuld und Sühne«, »Hunger«, »Der Ekel«, »Bonjour, Tristesse«, »Die Liebe einer Tochter«, »Liebe in Zeiten der Cholera«.

Zentrale (Symbol-)Orte:

»Notre-Dame von Paris«, »Die Judenbuche«, »Das Schloß«, »Der Zauberberg«, »Manhattan Transfer«, »Berlin Alexanderplatz«, »Schloß Gripsholm«, »Die Mauer«, »Wendekreis des Krebses«, »Die steinerne Welt«, »Das Geisterhaus«, »Das Schwanenhaus«.

Zentrale Natur- und Dingsymbole:

»Der scharlachrote Buchstabe«, »Die Wellen«, »Das siebte Kreuz«, »Die Blechtrommel«, »Das Parfum«.

Tiere, meist in symbolischer Verwendung:

»Lebensansichten des Katers Murr«, »Der Leopard«, »Der schwarze Esel«, »Das Einhorn«, »Der Butt«, »Die Rättin«.

Zeitangaben:

»November«, »Lehrjahre des Gefühls«, »Die Jahre«, »Der achte Schöpfungstag«, »Die Iden des März«, »In einem Monat, in einem Jahr«, »Kindheitsmuster«, »Hundert Jahre Einsamkeit«, »Ragtime«.

Art und Aufgabe des Schreibprozesses und damit des Romans:

»Bekenntnisse«, »Aufzeichnungen aus einem Totenhaus«, »Auf der Suche nach der verlorenen Zeit«, »Requiem für eine Nonne«, »Nachdenken über Christa T.«, »Der kurze Brief zum langen Abschied«.

Rätselhafte Formulierungen (häufig Metaphern):

»Das Herz der Finsternis«, »Licht im August«, »Der Name der Rose«, »Der Fänger im Roggen«, »Der Fürst der Phantome«.

Einbettung in eine mythische oder literarische Tradition und Anspielungen:

»Ulysses«, »Absalom! Absalom!«, »Dr. Faustus«, »Die Sirene«, »Kassandra«.

Sprichwörter, Zitate, typische Wendungen, lyrische Formulierungen (häufig aus Bibel und Mythos):

»Soll und Haben«, »Schall und Wahn« (Zitat aus »Macbeth«), »Schau heimwärts, Engel« (Zitat aus »Lycidas« von John Milton), »Wem die Stunde schlägt« (Zitat aus »Meditations« von John Donne), »Weh dem, der aus der Reihe tanzt«, »Im Westen nichts Neues« (Zitat aus dem Heeresbericht). Gelegentlich werden Titel selbst zum geflügelten Wort: »Vom Winde verweht«.

Eine Anmerkung noch zum Titel: Häufig vermittelt er uns, zumal in Verbindung mit der Gestaltung des Titelblatts, den Anspruch des Romans. Mit Titeln wie »Doch mit den Clowns kamen die Tränen« zielt man auf ein Publikum, das leichte Unterhaltung bevorzugt. Johannes Mario Simmel und seinem Verlag ist es perfekt gelungen, aus der (auch graphischen) Gestaltung der jeweiligen Romantitel ein unverkennbares Markenzeichen zu machen, und sie haben damit den Markt geprägt. Abwechselnd blaue und rote, auch grüne Farbe, Schreibschrift, aphoristische Kurzsätze, meist in Jamben, gefühlsgeladene Worte, klangvolle Lyrismen, appellativer Ton – und fertig ist ein neuer Simmeltitel: »Der Stoff, aus dem die Träume sind« – »Im Frühling singt zum letzten Mal die Lerche« – »Die Erde bleibt noch lange jung« – »Und Jimmy ging zum Regenbogen« – »Bitte laßt die Blumen leben«.

Ein Motto?

Ob man seinem Roman ein Motto (meist ein Zitat) voranstellt, ist Geschmackssache. Manche Autoren geben durch die vorangestellten Texte thematische Hinweise, gleichzeitig Kommentare, deuten an, wie der Roman zu lesen sei (so Max Frisch in seinem »Stiller«). Auf jeden Fall sollte das Motto kurz und prägnant sein, unbedingt jede Form von Gemeinplatz vermeiden, eher rätselhaft wirken und zum Nachdenken anregen. Anleihen von herbeizitierten Autoritäten braucht kein Buch, das selbst Autorität besitzt.

Das Ende

Das Ende eines Werks löst endgültig die Versprechungen des Anfangs ein. Mit ihm legt der Leser das Buch zur Seite, und der letzte Eindruck bleibt als Nachhall in seinem Gedächtnis, ist häufig entscheidend für sein Urteil. Ein schlechtes Ende kann die Wirkung einer Geschichte, auch einer guten, zerstören, und sollte unter allen Umständen vermieden werden. Nach dem Anfang ist das Ende eines Romans die zweitwichtigste Stelle.

Generell gilt, daß der Schluß sich nicht lange hinziehen darf und daß er ›logisch‹ sein muß, also die Entwicklung der Protagonisten, die Gesetze der Geschichte (zum Beispiel der epischen Gerechtigkeit) und die Komposition ihrer Elemente sinnfällig abschließen sollte.

Anhängende Moralpredigten, die dem Protagonisten in den Mund geschoben werden, oder sentimentale Ausrutscher sind zu vermeiden, auch wenn es berühmte Vorbilder gibt. Leo Tolstoi liebte es, vielen seiner Werke eine aufdringliche Schlußmoral beizugeben, und Goethes Roman »Die Wahlverwandtschaften« endet mit einem sentimentalen Salto mortale. Viel schlimmer noch Heinrich Böll, der in seinem Roman »Fürsorgliche Belagerung« den Zeitungsverleger Fritz Tolm und seine Käthe kurz vor dem endgültig letzten Wort folgenden Dialog führen läßt:

> »Käthe«, sagte er, »ich muß dir etwas sagen.«
> »Ja?«
> »Du weißt, daß ich dich immer geliebt habe. Und noch etwas mußt du wissen.«
> »Ja, und was?«
> »Daß ein Sozialismus kommen muß, siegen muß ...«

So bitte auf keinen Fall!

Der Vielfalt der Romananfänge steht keine Vielfalt der Romanenden entgegen. Bei aller Individualität der jeweiligen Gestaltung gibt es nur wenige Grundmodelle.

Die Geschichte endet linear:

Die letzte Szene ist die Summe des Bisherigen, Ausklang nach der Entscheidung, sie zieht einen endgültigen Schlußstrich. Kein neuer Plot wird begonnen, nirgendwo lose Endstücke oder Überraschungen. Der Leser schließt das Buch mit einem klaren, zufriedenen Gefühl. Dabei sind folgende Möglichkeiten vorstellbar:

– Das sogenannte Happy End: Der Bösewicht erhält seine gerechte Strafe, die Heldin ihre Belohnung, das Verbrechen ist aufgeklärt, es wird geheiratet, die Ordnung ist wiederhergestellt. Und wenn sie nicht gestorben sind ... Dieses Märchen-Muster ist im Hollywood-Film die vorherrschende Form, im ›realistischen‹ Roman wurde es lange als verlogen und ›unrealistisch‹ abgelehnt.

- Die Katastrophe, das tragische Ende mit dem Untergang auch der Sympathieträger. Hamlet liegt im Blut, Laertes tot, der König erstochen, die Königin vergiftet, der Rest ist Schweigen. Doch nun tritt Fortinbras auf und stellt eine neue Ordnung her. Oder: Romeo und Julia sind tot, aber im Tode vereint. Oder: Iwan Iljitsch stirbt, hat aber im Sterben eine neue ›tiefere‹ Weltsicht gefunden. Auch wenn der Leser solche Schlüsse traurig findet, schließen sie die dramatische Geschichte sinnfällig ab, weil eine höhere Ordnung als die der Konfliktparteien gesiegt hat oder bestätigt wurde oder weil im Sterben ein höheres Maß seelischer Integration erreicht wurde.
- Kombinierbar sind diese zwei Möglichkeiten mit einer dritten, in der sich die lineare Struktur am deutlichsten zeigt. Wenn die Geschichte selbst die Suche eines Ziels zum Inhalt hat (Pfeilstruktur), kann sie mit Erfüllung der Suche und Erreichen des Ziels schließen. Die »Suche nach der verlorenen Zeit« endet mit der »wiedergefundenen Zeit« und schließt mit den Worten: »... einnehmen in der ZEIT.« Der »Ulysses«, der einen vielfach verschlungenen Weg durch einen Tag schildert und damit eine symbolische Lebensreise durch ein Labyrinth, endet mit einem lebensbejahenden »Ja«. Martin Walsers »Ohne einander« stößt auf der letzten Seite sprachlich auf sein Thema und erreicht mit den Worten »Und es stand da: ohne einander« sein Ziel. Ebenso Joseph Conrads »Herz der Finsternis«.

Die Geschichte endet nach einer Kreisbewegung:
Der Anfangspunkt ist auch sein Endpunkt. Viele Geschichten, bei denen eine Person aufbricht, um ein Ziel in der Fremde zu erreichen, um Abenteuer zu erleben und sich zu bewähren, enden mit der Rückkehr und Heimkehr (im wörtlichen wie im übertragenen Sinn). Auch hierbei ist wieder die ›glückliche‹ und die ›tragische‹ Lösung möglich. Eine neue Norm ist entstanden, oder die alte Norm wurde bestätigt; die Reise war erfolgreich oder vergeblich. Stiller, der auszog, ein anderer zu werden, ist zurückgekehrt, ohne sein Ziel gefunden zu haben.

Der Medicus erreicht Bagdad, kehrt im Alter wieder auf die englische Insel zurück und bringt sein neues Wissen mit. Jean-Baptiste Grenouille erscheint am Ende seines Lebens am Ort seiner Geburt und verschwindet dort, auf einem Friedhof, umgeben von Auswurf und Exkrementen, in einer mystisch-kannibalischen Vereinigung im menschlichen Leib, der ihn ja auch geboren hatte. Der Lebenskreis hat sich geschlossen.

Die geschilderten Modelle symbolisieren eine sich rundende oder ans Ziel kommende Ordnung:

Ein Werk, das seine Fragen beantwortet. Natürlich widerspricht diese Ordnung, auch wenn sie der Kunst inhärent ist, unserer Lebenserfahrung, und sie läuft zu leicht Gefahr, eine falsche Versöhnung zu postulieren. Speziell das Happy End wirkt schnell wie verlogener Kitsch.

Um einer allzu gerundeten Geschichten zu entgehen, gibt es mehrere Möglichkeiten:

- Den offenen Schluß: Der Leser soll die Lösung finden, die in der Logik der Geschichte liegt.
- Den ambivalenten Schluß, der weder glücklich noch unglücklich ist, aber auch nicht vage sein darf.
- Die (ironische) Überraschung, die Extrawendung, eine ungewöhnliche oder gar verblüffende Pointe.

Diese Formen des Romanendes sind am schwierigsten zu meistern, und sie werden auch von vielen Lesern nicht sehr freundlich aufgenommen, weil sie gegen Sinnstruktur und Ganzheitsprinzip des Werks zu verstoßen scheinen. Viele Leser fühlen sich regelrecht um eine klare Antwort betrogen und verweigern die ›Mitarbeit‹. Auch aus diesem Grunde muß es dem Autor gelingen, den offenen, ambivalenten oder ironischen Schluß absolut einsichtig und stimmig erscheinen zu lassen. Anton Tschechow zum Beispiel gelingt in seiner Erzählung »Die Dame mit dem Hündchen« ein solcher Schluß. Die Liebesgeschichte bricht vor ihrem Ende ab, jeder Leser kann seine Vorzugsgestalt einbringen, ein glückliches Ende phantasieren, eine Katastrophe, ein Verrinnen der Leidenschaft oder womöglich etwas Unerwartetes. Alles macht Sinn, sogar das offene Ende selbst, das der Autor vorgibt: Es ist eigentlich keine Alternative vorstellbar.

Auch am Ende des »Zauberberg« bleiben einige Fragezeichen stehen. Der Beginn des großen Krieges läßt die todgeweihte Welt auseinanderbrechen, den reifer gewordenen Hans Castorp sehen wir in einer der großen Schlachten verschwinden. Wird er sterben? Wird er überleben, und wenn, was wird aus ihm? Und die Welt des Zauberbergs, kann sie den Erschütterungen standhalten? Der Leser weiß insgeheim eine Antwort, und wie sie auch ausfällt, sie ergibt sich schlüssig aus der Ordnung des epischen Kosmos, in dem er heimisch wurde.

Der Körper der Erzählung und sein Höhepunkt

Zwischen Anfang und Ende erstreckt sich der eigentliche ›Körper der Erzählung‹, der weitaus umfangreichste Teil, der die eigentliche Entwicklung der Protagonisten und die Abfolge der Ereignisse umfaßt. In ihm werden neue Figuren eingeführt (z. B. Helfer und Gegner), das Milieu nimmt Gestalt an, die Schauplätze formen sich zu gefühlsbesetzten Landschaften, und die gedankliche Struktur der Geschichte entfaltet sich in Dialogen, erlebter Rede und unter Umständen auch in Erzählerkommentaren. Gleichzeitig werden die Ereignisfolgen der Handlung szenisch aufbereitet, beschrieben oder berichtend zusammengefaßt, und zwar nach Gesetzen der Proportion und der rhythmischen Bewegung. Aktionsgesättigte und ruhige Phasen lösen sich ab, dem Dialog folgt die Beschreibung, offene Fragen, Verrätselung der Abläufe erzeugen *suspense* und Spannung, das Gewebe der Motive gibt dem Ganzen eine Einheit. Aber all dies bleibt nicht statisch, sondern bewegt sich zielgerichtet auf einen Höhepunkt zu, der durch vielfältige Vorausdeutungen und Hinweise vorbereitet wird.

Die große Szene – Show-down, Entscheidung, Erleuchtung – ist neben Anfang und Ende der drittwichtigste Punkt der Geschichte und muß beim Schreiben immer im Auge behalten werden. Sie ist implizit im Vertrag mit dem Leser angelegt oder wird sogar schon explizit angekündigt. Der Angriffspunkt, der die Handlung in Gang setzt, ist der erste Schritt auf der Leiter, die zum Höhepunkt führt. Durch Vorläufer-Szenen vorbereitet und kontrastiert, zieht die große Szene den Leser immer mehr in ihren Bann. Ist sie abgeschlossen, bleibt nur noch Raum für ein Nachspiel, ein Ausatmen, Zurücklehnen und Abschiednehmen.

Das geradlinige, zielgerichtete Modell gilt in erster Linie für straff erzählte, an der Dramaturgie der klassischen Tragödie ausgerichtete Geschichten und ist am deutlichsten in Hollywoodfilmen zu beobachten (natürlich mit einem ins Positive veränderten Schluß). In der erzählenden Literatur kommen ihm kurze Geschichten und Novellen am nächsten, aber auch die Literatur, die auf Spannung und Aktion setzt (wie Krimis, Thriller usw.). Je umfangreicher Romane werden, je mehr sie das Schema von Konflikt, Komplikation und Lösung erweitern oder gar in den Hintergrund drängen, desto mehr überlagern sich die Strukturelemente, machen mehrere Plots die Handlung komplexer und lassen das dramatische Grundmodell nicht mehr so deutlich durchscheinen. Aber als basales Modell bleibt es meistens vorhanden und sollte auch – in großen und kleinen Einheiten – immer dann konstituierend bleiben, wenn es gilt, Leser anzusprechen, zu fesseln und zu unterhalten.

Wie erzeugt man Spannung?

Das zentrale Ziel des dramatischen Grundmodells besteht darin, den Leser in Spannung zu versetzen. Spannung ist neben Interesse das stärkste Band, mit dem eine Geschichte den Leser binden kann. Sie ist die eigentliche Wirkungsmacht, eine Aufmerksamkeitsfixierung, die mit innerer Alarmierung verbunden ist. Sie wird dann am angenehmsten empfunden, wenn sie, erstens, ein mittleres Maß an Aktivierung erzielt und, zweitens, rhythmisch erfolgt.

Dies bedeutet, daß zu geringe Aktivierung Langeweile und Monotonie nach sich zieht, zu hohe jedoch Überanspannung und Streß. Und dementsprechend zielt der ›Rhythmus‹ auf Abwechslung, auf eine Wellenbewegung von Anspannung und

Abspannung, von Bewegung und Ausruhpause. Dabei ist zu bedenken, daß der Aktivierungszirkel dieser rhythmischen Bewegung dem schon entworfenen Strukturmuster der gesamten dramatischen Geschichte entspricht, also nicht gleichtaktig, sondern nach dem Bewegungsmuster der Kippschwingung verläuft.

Eine entscheidende Technik des Schreibens besteht darin, Spannung angemessen zu dosieren, sie in richtigem Maße zu steigern und dabei gleichzeitig die Aufmerksamkeit dorthin zu lenken, wohin man sie will. Nur wenige Autoren können dies ›von Natur aus‹, haben die entsprechenden Erzählbewegungen so verinnerlicht, daß sie automatisch wissen, wann sie zu beschleunigen und zu verlangsamen haben. Daher halte ich es für wichtig, sich schon in der Planungsphase die dramaturgische Struktur der Gesamtgeschichte, der Szenenfolge und auch der narrativen Elemente (Beschreibung, Dialog, Rückblende usw.) genau zu überlegen.

Einen Hinweis noch: Unseren Affekthaushalt überschwemmen immer mehr Filme, in denen ein Aktionshöhepunkt den anderen jagt, die immer stärkere Mittel einsetzen, um uns innerlich zu beteiligen. Auf diese Weise entsteht ein Gewöhnungsprozeß (der insbesondere bei Kindern und Jugendlichen schon deutlich zu beobachten ist) und mit ihm eine Veränderung der Reaktionsmuster. Das *zapping* vor dem Fernsehschirm ist eine seiner (unausweichlichen?) Folgen. Wieweit dieser Gewöhnungsprozeß auch auf die Rezeption des geschriebenen Wortes abfärbt, muß man abwarten. Aber ich bin überzeugt, daß in Zukunft noch weniger als früher grobe Verstöße gegen die Gesetze der Spannungsdramaturgie von Lesern toleriert werden.

Wie erzeugt man nun Spannung? Es gibt unterschiedliche Methoden, die miteinander verwoben sind. Ich liste sie stichwortartig auf:

Orientierung am Geheimnis

Im Zurückhalten von Informationen, Verrätseln und Erzeugen von *suspense* (= schwebende Ungewißheit) besteht die klassische Methode, wie sie Detektivromane, Krimis, Thriller und verwandte Genres verwenden. Dabei lassen sich folgende Möglichkeiten unterscheiden:

- das Geheimnis des Grundes (Warum geschieht dies? Warum tut er oder sie das?);
- das Geheimnis des Objekts (Was hat es mit diesem Ding, Gegenstand auf sich?);
- das Geheimnis der Person (Was hat es mit dieser Person auf sich? Um wen handelt es sich? Welche Rolle spielt sie?);
- das Geheimnis der Handlung (Was ist eigentlich geschehen?);
- das Geheimnis der Gefahr (Welche Gefahr droht?);
- das Geheimnisse der Zeit (Wann ist oder wird dies oder jenes geschehen?);
- das Geheimnis des Verlaufs (Was wird weiter geschehen, wann geht es weiter?);
- das Geheimnisse des Orts (Wo befinden wir uns?).

Orientierung am Verlauf

Sie entsteht durch Aktion und Bewegung, mit anderen Worten durch viele Geschehnisse in kurzer Zeit. Dabei muß natürlich etwas auf dem Spiele stehen (in erster Linie Ereignisse und Objekte, die an sich schon emotionsgeladen sind).

Orientierung am Ziel

Ihre Frage lautet: Wird ein wichtiges Ziel erreicht? Wichtig ist es,

- weil ein starker Wille es anstrebt;
- weil zwei miteinander um dieses Ziel kämpfen (Wer wird siegen? Wettlaufsituation);
- weil sonst Gefahren oder eine Katastrophe drohen (Ist eine Rettung noch möglich? Kann die Katastrophe abgewendet werden? Diese Art von Spannung läßt sich verstärken durch zusätzliche Geheimnisse: Der Held sieht die Gefahr nicht, der Leser aber wohl);
- weil der Bösewicht bestraft werden muß (Bekommt er seine Strafe?).

Orientierung am Gefühl

Es gibt eine Reihe von ›Objekten‹ und Ereignissen, die automatisch stark gefühlsappellativ wirken und somit Aufmerksamkeit, Anteilnahme und Spannung erzeugen: Kinder, Tiere, Sexualität mit all ihren Attributen, Leiden und Schmerzen, Gewalt und Tod, aber auch Leidenschaft und selbstlose Opfertat, Demütigung und Erniedrigung.

Orientierung an der Sensation

Das Außergewöhnliche, Bizarre, Unerwartete und Überraschende zieht in aller Regel unsere Neugier und Aufmerksamkeit auf sich.

Orientierung am Normbruch

Die Abweichung vom Gewöhnlichen – Verbrechen, Wahnsinn, Krieg – verbindet häufig die Sensation mit dem Gefühlsappell. Außerdem lassen sich in die Darstellung eines Normbruchs leicht die anderen Techniken, Spannung zu erzeugen, integrieren, wie man unschwer erkennen kann. Nicht zufällig ist das Verbrechen, häufig verbunden mit Sex und Liebe, vorrangig das nur noch wenig obskure Objekt unserer Phantasiebegierde (*sex & crime*). Verkaufszahlen von Krimis, tägliche TV-Morde sowie Einschaltquoten sprechen eine deutliche Sprache.

Welche Techniken sind nun zu verwenden?

Spannungsbögen und Erzählrhythmen

Versuchen Sie, nach den Rhythmen der Kippschwingung Ihren Spannungsbogen aufzubauen. Überraschen Sie den Leser durch unerwartete Wendepunkte. Beschleunigen Sie durch kurze, aktionsgeladene Szenen, Ökonomie der Darstellung, erzeugen Sie hohes Erzähltempo durch hektische Sprache, arbeiten Sie dabei auf einen Höhepunkt hin und verlangsamen Sie anschließend wieder durch einen höheren Anteil deskriptiver Elemente, durch Rückblenden, längeren Sprachatem usw.

Ziele und Zeitgestaltung

Orientieren Sie den Leser an Zielen. Lenken Sie dabei seine Aufmerksamkeit auf zukünftige Ereignisse. Er muß daran interessiert werden, ob, wann und wie sie eintreten. Dies geschieht, indem man als Autor vom Ende her arbeitet, während der Leser auf ein Ende hin denkt. Andeutungen, Antizipationen, versteckte Signale, die Erwartungen wecken, auch vorzeitige (Teil-)Enthüllungen erfüllen diesen Zweck. Stellen Sie Ereignisse dar, die Folgen nach sich ziehen müßten, lassen Sie aber im unklaren, wann diese Folgen und in welcher Weise sie eintreten.

Erzeugung von Geheimnissen

Ein guter Handwerker der *suspense* weiß stets, wieviel an Informationen er verraten darf und wieviel er zurückhalten muß. Wer sofort alles verrät, erzeugt Langeweile, wer zuviel zurückhält, hinterläßt Verwirrung. Ein Meister dagegen verrät zudem etwas, ohne daß es der Leser bemerkt, obwohl er es bemerken könnte; er drückt etwas zweideutig aus; er spielt auf Kommendes an und legt geschickt falsche Fährten, ohne die richtigen gänzlich zu verschweigen. Überall verstreut er seine kleinen Schnitzel, nach denen der Leser jagt, der Weg ist klar und einsichtig, aber der Leser steht trotzdem im Wald. Außerden weiß ein Meister auch, wieviel Komplexität er dem Leser zutrauen darf. Eine zu hohe Komplexität, das heißt zu viele Rätsel auf einmal, entmutigen und frustrieren ihn und zeugen von einem mangelhaften Organisationstalent des Autors.

Organisation des Erzählmaterials

Schlagen Sie mehrere Spannungsbögen und verflechten Sie sie miteinander. Das gleiche kann mit Geheimnissen geschehen. Aber Vorsicht: nicht zu kompliziert werden! Eine beliebte, weil wirkungsvolle Methode ist der sogenannte *cliff-hanger*: Der Erzählfaden wird unterbrochen, wenn der Held an der Klippe hängt und abzustürzen droht, kurz vor einem Höhepunkt also. Auf diese Weise kann man abwechslungsreiche Erzählrhythmen erzeugen und gleichzeitig die Spannung hoch halten. Sie erinnern sich: Scheherazade entging auf diese Weise 1001mal dem sicheren Tod. Aber tun Sie des Guten nicht zuviel: Es handelt sich um einen allzu bekannten und häufig benutzten Trick.

Normbrüche und Durchkreuzen der Lesererwartungen
Erzählen Sie, wenn Sie die Linie beherrschen, gegen den Strich: Lassen Sie Ihre Figuren nicht so reagieren, wie jeder erwarten würde, sondern finden Sie überraschende, aber in sich stimmige Lösungen. Durchbrechen Sie immer wieder die Handlungsklischees. Doch nichts darf dem Zufall überlassen bleiben. Erzeugen Sie auch durch die ungewöhnliche Sprachgestaltung einen Aufmerksamkeit erheischenden Effekt, ohne allerdings in Manierismen zu verfallen oder den Leser zu überfordern. Normbrüche und Durchkreuzen von Lesererwartungen müssen sich auf die souveräne Beherrschung der Norm gründen, sonst wirken sie leicht wie amateurhafte Fehler. Werden sie zum Selbstzweck, geraten sie leicht artifiziell, steril und langweilig.

Grundformen des Erzählens: Szene versus Beschreibung

Wir können ein Ereignis wiedergeben, indem wir es zusammenfassend und meist aus einer Distanz heraus berichten, mehr oder weniger genau beschreiben oder schildern, wir können es aber auch in einer dramatischen Szene ›zeigen‹.

Das szenische Darstellen löst den (scheinbar) kontinuierlichen Geschehensstrom in einzelne Segmente auf und überspringt den Zwischenraum, weil er entweder unwichtig ist oder weil er, um die Ungewißheit und damit die Spannung zu erhöhen, bewußt ausgespart werden soll. Im szenischen Darstellen wird vergegenwärtigt, nicht nur beschrieben oder ›behauptet‹. Der Autor entwirft einen Orts- und Zeitrahmen, in dem er seine Personen auftreten läßt, die häufig – wie ›in Wirklichkeit‹ – miteinander reden. Durch die Visualisierung des Raums und der handelnden Figuren sowie durch die wörtliche Wiedergabe des Dialogs entsteht vor den Augen des Lesers eine Art Filmszene, eine Wirklichkeitsillusion oder zumindest ein lebendiges Phantasiebild, das den Leser – im Idealfall – ins Geschehen hineinzieht und teilnehmen läßt. Gerade das szenische Darstellen zeigt das faszinierende Paradox allen Erzählens besonders deutlich: Es wird in der Zeitform der Vergangenheit Gegenwart fingiert, und zwar in einem Phantasieraum, in dem wir Zuschauer und Handelnde zugleich sein können.

Die deskriptiven und reflektierenden Formen des Erzählens (Bericht, Beschreibung, Kommentar usw.) halten dagegen immer eine gewisse Distanz zwischen Leser und erzählter Welt. Im Gegensatz zum ›sprunghaften‹ szenischen Darstellen kanalisieren sie den Strom des Geschehens in einem eher kontinuierlichen Sprachbett. Dialoge werden weitgehend vermieden. Berichte fassen Ereignisfolgen zusammen, Beschreibungen erzeugen im günstigsten Fall ›Bilder‹, Schilderungen malen Vorgänge und Gegenstände aus, und Kommentare gewichten und beurteilen Figuren und deren Verhalten sowie Ereignisse und Gedanken. Der Leser bleibt meist außerhalb des Geschehens und dadurch auch weniger beteiligt. Selten wird die emotionale Faszinationskraft erreicht, die eine dichte Szene auslösen kann.

Doch hat auch das szenische Darstellen Nachteile: Es braucht, insbesondere durch die wörtliche Wiedergabe der Dialoge, viel Erzähl- bzw. Lesezeit.

Beide Grundformen des Erzählens ergänzen und vermischen sich häufig. In Szenen werden beschreibende Passagen eingeblendet, in Berichte lassen sich zur Auflockerung wörtliche Reden einflechten. Der Dialog kann Berichte und Beschreibungen enthalten, und die Schilderung eines Ereignisses kann ohne weiteres in die szenische Darstellung überwechseln.

Beim Schreiben längerer epischer Texte kommt es auf die richtige Mischung an. Vor allem handlungsstarke Prosa sollte weitgehend szenisch ausgerichtet sein. Versuchen Sie, so viele Informationen wie möglich in Szenen unterzubringen. Was Sie sonst noch vermitteln müssen, um Ihre Geschichte verständlich, rund und farbig zu machen, erzählen Sie in nichtszenischen Formen: in Natur- und Personenbeschreibungen, in Rückblenden, die die Vorgeschichte rekapitulieren, und in zusammenfassenden Berichten. Ein Verhältnis von 70:30 (oder 80:20) ist wirkungsvoll. Prosa, in der sich der Erzähler deutlich präsentiert oder die ihre Distanz zum Geschehen hervorheben will, wird ein anderes Verhältnis anstreben. Doch für all diejenigen, die möglichst viele Leser erreichen und auch fesseln wollen, bleibt die Szene der narrative Königsweg.

Wie gestalte ich eine Szene?

Zur Gestaltung einer Szene können folgende Leitlinien dienen:

✍ Es muß im Verlauf der Szene klar werden, wer wo und wann agiert (und reagiert). Daraus ergeben sich ihre Hauptbestandteile: handelnde Personen, Dialoge, Setting und Stimmung.

✍ Ihre grundlegende Funktion besteht darin, die Handlung voranzutreiben und die Figuren zu charakterisieren.

✍ Ihr Inhalt sollte dementsprechend ein wichtiges Ereignis sein, das emotional aufgeladen ist, einen Konflikt vorantreibt, eine dramatische Aktion ablaufen läßt. Aber ebenso kann sie für die Figuren (wie auch für den Leser) eine Erleuchtung oder eine Überraschung bringen.

✍ Gestalten Sie insbesondere Handlungssegmente, in denen sich Ereignisstränge zu Höhepunkten verdichten, zu Szenen. Geben Sie dem Leser dabei so viele visuelle Hinweise, daß in ihm ein Bild entsteht.

✍ Achten Sie aber darauf, daß Sie nur die wirklich dramatischen (oder auch ›lyrischen‹) Momente und die emotional packenden Teile szenisch ausbauen. Lassen Sie sich ruhig von dem ökonomisch arbeitenden Film leiten. Er verzichtet in der Regel darauf, Nebensächliches auszuwalzen.

✍ Inbesondere wichtige Szenen sind von ihrer Struktur her ein Mikrokosmos im Makrokosmos: mit einer fesselnden Eröffnung, Entwicklungen und Verwicklungen, Konflikten und Komplikationen, die auf einen Höhepunkt zusteuern.

Für die Szene gilt wie für den gesamten Roman, daß sie nicht statisch sein darf, sondern eine Entwicklung darstellen sollte. Die Bewegung von Anfang = A bis zum Ziel = Z könnte so aussehen, daß Z im Gegensatz zu A steht, daß sich die Beziehungen der Charaktere zum Beispiel in ihr Gegenteil verkehren (Feinde werden zu Freunden, das anfangs weinende Mädchen tröstet schließlich den traurigen Papa, der kaum bewaffnete Knabe hebt den hoch zu Roß thronenden Ritter aus dem Sattel).

✍ Die Ökonomie der Darstellung fordert, daß insbesondere in *action*-Szenen so spät wie möglich eingestiegen wird; unwichtige Hinführungen und Einleitungen können wegfallen. Auch in diesem Punkt kann man sich gut am Film orientieren.

✍ Endet eine Szene nicht mit einem Schnitt direkt nach dem Höhepunkt, kann sie auch in einem kurzen Nachspann zur nächsten Szene überleiten oder auf Kommendes hinweisen. Auch sollte eine Szene nicht alle angeschnittenen Punkte aufklären, sondern immer Fragen hinterlassen und neugierig machen auf das Folgende.

Dialog

Der Dialog ist für die szenische Gestaltung eines Romans oder einer Erzählung unabdingbar. Als zentrales Mittel der Illusionierung erhöht er seine Lesbarkeit wie Lebendigkeit. In verbalen Auseinandersetzungen ist er Träger der Aktion, nichtverbale Handlung lockert er auf, und nicht zuletzt charakterisiert er die jeweiligen Sprecher durch Inhalt und Form der Rede. Nützlich ist er zudem zum Transport von Informationen, wenn auch in diesem Punkt die Gefahr besteht, daß zum Leser hin gesprochen wird und nicht zum jeweiligen Gesprächspartner. Die Natürlichkeit der Gesprächssituation muß also unbedingt gewahrt bleiben.

»Natürlichkeit« bedeutet allerdings nicht, daß man jeden Versprecher, jede grammatikalische Unkorrektheit und jedes »äh« wiedergeben muß. Es ist wichtig, sich immer vor Augen zu halten, daß der Dialog, so lebensecht er wirkt, ebenso fingiert ist und gestaltet werden muß wie andere narrative Formen. Seine Natürlichkeit ist eine künstlich erzeugte, und das bedeutet, daß er nicht abbildet oder gar verdoppelt, sondern auf Wirkung hin angelegt ist.

Weil der Dialog so aussieht, als sei er leicht zu schreiben (man ›zitiert‹ ja nur wörtliche Rede), verführt er gerade Autoren populärer Literatur dazu, ihn als zentrales Gestaltungsmittel einzusetzen. Doch gerade das leicht Wirkende ist bekanntlich schwer nachzustellen.

Bedenken Sie:

☞ Der Dialog sollte bezeichnend und informativ, knapp und prägnant sein. Vermeiden Sie also alles, was ihn unnötig befrachtet, vermeiden Sie lange Monologe und professorale Zeigefinger.

☞ Zu wenig Dialog wirkt distanziert, trocken und unlebendig. Zuviel Dialog jedoch läßt den Roman aufgeblasen erscheinen, zumal wenn der Dialog Leerformeln oder soziales Schulterklopfen enthält (»Guten Morgen, Liebste!« – »Hallo, mein Schatz!« – »Gut geschlafen?« – »Wie immer.«). Jede Rede sollte notwendige Informationen transportieren und/oder die Handlung vorantreiben.

☞ Wer sein ganzes Hintergrundwissen in die Dialoge packen will, wie es Simmel häufig tut, läßt sie schwerfällig werden. Plötzlich sprechen nicht mehr die Figuren miteinander, sondern der Erzähler bzw. der Autor teilt dem Leser durch den Mund seiner Figuren irgend etwas mit, was er für wichtig hält oder wodurch er seine Kenntnisse präsentiert (»Wir sahen ›Amadeus‹, den berühmten Film. *Acht Oscars hat er bekommen. Regie Milos Forman. Nach dem Stück von Peter Shaffer. Sie wissen ja: Mozart, wie er wirklich war.*«). Erzählirrelevante Mitteilungen, wie die kursiv gesetzten, hemmen nur den Lesefluß. Als Leser fällt man dabei leicht aus der szenischen Illusion, und ein nachfolgendes Aufwachen aus dem fiktionalen Traum erhöht kaum die Lust an der Lektüre.

☞ Schlimmer noch als die Anreicherung mit dysfunktionalen Fakten ist das Verbreiten von Allgemeinplätzen und anderen womöglich hochgestochenen Trivialitäten. Der Dialog wirkt allzu leicht *heavy*. Wenn auch noch eine unnatürliche Sprechweise hinzukommt, und dies ist dann meistens der Fall, stelzen und stolpern die Sätze übers Papier und wirken nur arrogant und lächerlich zugleich. Die Stärke des Dialogs, seine Natürlichkeit und Lebendigkeit, ist in ihr Gegenteil verkehrt: in papierenes Geschwätz.

☞ Dialoge müssen spannend sein; die Beziehungen zwischen den Sprechern sollten sich während des Gesprächs verändern (Konflikt → Bewegung).

☞ Bevorzugen Sie bei den Höhepunkten verbaler Auseinandersetzungen die schnelle Folge von Hieb und Stich, Parade und Gegenangriff. (In der Dramentheorie gibt es dafür sogar einen Begriff: Man spricht von »Stichomythie«, wenn Rede und Gegenrede sich jeweils auf einen Vers beschränken.)

☞ Geben Sie, wenn irgend möglich, jedem Sprecher eine eigene unverwechselbare Ausdrucksnote. Vermeiden Sie auf jeden Fall, alle Figuren so sprechen zu lassen, wie Sie selbst sprechen.

☞ Unterbrechungen, Pausen müssen gezeigt werden durch direkte Angaben (»sie hielt inne« – »er fiel ihr ins Wort«) oder durch die Beschreibung mimisch-gestischen Verhaltens.

☞ Zu den Dialogen gehören auch die nonverbalen Signale und alle für die Kommunikation wichtigen Aspekte. Mimik, Gestik und Körperhaltung unterstreichen, relativieren, ironisieren das Gesprochene oder widersprechen ihm.

☞ Gestalten Sie die Dialogteile in den Szenen oder die eingeschobenen Dialoge in Berichten und Beschreibungen mit Gefühl für Rhythmus und Akzentuierung. Lassen Sie die Dialoge weder ausufern noch zerrissen erscheinen.

Ein Sonderproblem liegt im Gebrauch der Äußerungsverben sagen, fragen, erwidern, stammeln usw. Die amerikanischen *creative-writing*-Autoren sind sich nicht einig darin, ob man nun immer »sagte« verwenden (weil es die Ausdruckskraft eines Satzzeichens habe und sowieso überlesen werde) und ob man auf variierende Verben ausweichen sollte (»meinte«, »äußerte« usw.). Schaut man sich die Literatur an, so gibt es große Autoren, die möglichst differenzierte, auch gewählte Äußerungsverben benutzen, und andere, die sie, wenn möglich, weglassen oder fast immer nur das formelhafte »sagte« verwenden.

☞ Lassen Sie, wenn klar ist, wer spricht, »sagte« usw. ganz weg, es sei denn, eine zusätzliche Information, die nicht schon im Satz selbst enthalten ist, soll ausgedrückt werden (»sagte sie mit ironischem Lächeln«).
☞ Dienen Äußerungsverben nicht der Information, sollten sie wenigstens einen Ausdruck variieren. Vorsicht aber bei allzu gewählten Ausdrücken.
☞ Vermeiden Sie alle Formen von reinen Verdopplern oder Selbstkommentaren (»›Hahaha‹, lachte sie« – »..., sagte sie witzig«. Ob eine Äußerung witzig ist, möchte der Leser selbst entscheiden).
☞ Vorsicht bei gekünstelten Ausdrücken und Bedeutungsübertragungen (»..., gluckste sie« – »›Wie interessant‹, gähnte sie langgezogen«).

Nichtszenische Formen

»Schildern willst du den Mord?
So zeig mir den Hund auf dem Hofe:
Zeig mir im Aug von dem Hund
gleichfalls den Schatten der Tat.«

(Hugo von Hofmannsthal: »Kunst des Erzählers«)

Die nichtszenischen Textformen Bericht, Beschreibung, Schilderung, Reflexion, Kommentar, Urteil usw. erreichen zwar nicht die Lebendigkeit und dramatische Zuspitzung einer Szene, bleiben aber dennoch unverzichtbar, ja dominieren gerade in deutscher Literatur nicht eben selten. Generell liefern sie notwendige Hintergrundinformationen, klären Kontexte, stellen Bezüge her, fassen Stoffmassen und Entwicklungen zusammen; oft verdeutlichen sie auch die Perspektive, dienen der Selbstdarstellung des Erzählers und der symbolischen Überhöhung des Geschehens.

Der Bericht ist besonders ökonomisch, meist sachlich, leicht ›trocken‹. Wir finden ihn in Expositionen und Rückblenden und auch in Überleitungen zwischen einzelnen Szenen oder Kapiteln. Seine große Gefahr liegt in der sprachlichen Monotonie. Die beschreibenden und schildernden Formen dagegen können ausschmücken und ausmalen und sind daher viel variantenreicher, subjektiver und farbiger. Sie geben der Szene häufig erst einen Bildhintergrund, und durch ihre Fähigkeit, mehrere Bedeutungsebenen mitsprechen zu lassen (durch Vergleiche, Metaphern und Bilder, Anspielungen, rhetorische Mittel und darstellerische Einfärbungen aller Art), verleihen sie dem Erzählen eine zusätzliche, oft entscheidende Tiefe und Assoziationskraft. Sie ermöglichen auch dem Erzähler, die (psychische) Distanz zu den handelnden Figuren und zum Geschehen zu wechseln und die Aufmerksamkeit des Lesers zu lenken.

Zu bedenken ist allerdings, daß lange Beschreibungen, insbesondere jedoch Kommentare und Urteile, Erzählereinmischungen und abrupte Distanzwechsel den Leser leicht aus dem fiktionalen Traum reißen. Zu bedenken ist ferner, daß viele Schauplätze dem Leser bekannt sind und Beschreibungen mehr andeuten als ein quasiphotographisches Bild übertragen sollten. Ein Beschreibungsstau ist auf jeden Fall zu vermeiden, weil er viele Leser dazu verführt, ihn zu überspringen. Außerdem gilt hier ganz besonders: Abstraktionen sind der Feind allen lebendigen Erzählens.

Sinnvoll erscheint mir, Beschreibungen in Szenen einzublenden oder einem emotional aufgeladenen Szenenteil nachzuordnen, so daß der Leser sich ausruhen kann. Zu empfehlen ist auch, Beschreibungen emotional anzureichern, sie bildkräftig zu gestalten und ihnen eine epische Tiefendimension zu geben (durch Anspielungen, Doppeldeutigkeiten, motivische Querverbindungen). Nie dürfen sie lang und langweilig, gar monoton werden. Wer versucht, eine Szene am Ende zusammenzufassen oder gar zu kommentieren, begeht einen groben Fehler: Er zerstört die womöglich intensive Wirkung der Szene selbst.

Überhaupt sollten Reflexionen Bestandteil der Handlung sein. Die Meinungen des Autors, immer dem Zeitgeschmack verhaftet, gehören nicht in einen Roman, auch wenn sie noch so klug und geschliffen formuliert sind. Was interessiert, sind Gedanken der Figuren als Ausdruck ihres Charakters oder als Bestandteil einer kontroversen Diskussion.

Gefährlich sind auch Urteile und Bewertungen des (auktorialen) Erzählers: Da sie dem Leser häufig die Möglichkeit nehmen, sich selbst einzubringen, Schlüsse zu ziehen, wirken sie bevormundend und außerdem leicht moralisierend. Insbesondere der dozierende Predigerton ist ein probates Mittel, den Leser in die Flucht zu schlagen.

Auch wer personal erzählt, kann, ohne direkt kommentierend aufzutreten, durch Wortwahl, Ironie und sprachliches Karikieren seinen Bewertungen Ausdruck verleihen. Auch hier läßt sich nur sagen: Vorsicht! Wenn ein Autor sich gegenüber seinen Figuren überheblich verhält, ohne ihnen die Chance einzuräumen, sich zu wehren (und wie sollten sie!), bringt er viele Leser dazu, sich mit der Figur gegen ihn zu verbünden. (Parodistische Formen und Satiren funktionieren allerdings nach anderen Regeln.)

Rückblende

Rückblenden unterbrechen den linearen, ›nach vorne‹ verweisenden Zeitverlauf der Erzählung, um Ereignisse und Gegebenheiten der Vergangenheit einzuschieben und auf diese Weise nachzutragen. Sie dienen dazu, den Charakteren eine größere Tiefe zu geben und auch den Hintergrund der Geschichte auszuleuchten. Als eine Art Spiegel im Rücken der Protagonisten berichten sie häufig von der Kindheit und Jugend und ihren zentralen Erlebnissen und Prägungen, vom sozialen und lokalen Milieu, antworten auf die Fragen nach den Motivationen und Zielen und zeigen den Keim, aus dem schließlich die auslösende Krise wuchs und mit ihr die Geschichte.

Es gibt unterschiedliche Techniken, Rückblenden einzusetzen: In kurzen Erinnerungsblitzen der Figuren oder Verweisen des Erzählers, in eingeblendeten Absätzen oder in längeren Passagen und Kapiteln. Eine beliebte Stelle ist die Sequenz nach

Eröffnung und Handlungsanstoß: Die Erzählung schwenkt zurück in die Vergangenheit und entfaltet die Vorgeschichte des Helden. Ein klassisches Beispiel für ein solche Rückblende bietet das schon erwähnte zweite Kapitel des »Tod in Venedig«. Man kann auch – wie Stephen King in »Misery« – die genannten Techniken verbinden.

Die zweite Stelle ist deswegen so beliebt, weil sie sich geschmeidig in die Spannungskurve einfügt: Nach oder in der Eröffnung entwickelt sich die entscheidende Krise, die den Protagonisten zum Handeln zwingt und die Geschichte in Gang setzt. Bevor nun die dramatische Verwicklung beginnt, ist eine kurze Besinnungspause möglich, in der die Fragen nach dem Warum und Woher geklärt werden.

Aber auch an anderen Stellen können Rückblenden dramaturgisch gezielt eingesetzt werden und dabei direkt der Erzeugung von Spannung dienen. Man denke wieder an den *cliff-hanger*: Die Person, um die wir bangen, ist in einer gefährlichen Situation oder steht vor einer wichtigen Entscheidung; aber der Erzähler eilt nicht auf die Lösung zu, sondern unterbricht statt dessen das Geschehen, um die Hintergründe der Situation zu beleuchten. Man kann dieses Muster weiterführen und zur Gestaltung eines zweiten Plots verwenden: Die Rückblenden haben dann nicht nur eine erklärende Funktion, sondern entwickeln sich zu einer eigenständigen Geschichte, die nach ähnlichen dramaturgischen Gesetzen erzählt wird. In diesem Fall läuft neben dem gegenwärtigen noch ein vergangenes Geschehen (wie in dem Film »Wilde Erdbeeren« von Ingmar Bergman).

Je systematischer und häufiger man Rückblenden in den Handlungsverlauf einsetzt, desto strukturbestimmender können sie werden. Beliebt (insbesondere im Film häufig verwendet) sind die Rückblenden, die um traumatische Ereignisse kreisen. Dabei werden immer wieder, meist kurz, die verdrängt-drängenden Ereignisse eingeblendet, weil sie den Protagonisten wie böse Geister verfolgen und auf diese Weise sein Verhalten (oft unberechenbar) steuern. Häufig geschieht dies in undeutlicher Form, also nur andeutungsweise, so daß hier eine doppelte Form von Geheimnis erzeugt wird: Was ist eigentlich geschehen? Was folgt aus diesem Geschehen? Die Rückblenden geben Rätsel auf, zielen also auf Enthüllungen, die noch in der Zukunft liegen, gleichzeitig deuten sie die Lösung der Rätsel an, die sich im Verlauf der Geschichte stellen. Besonders die Psycho-Thriller arbeiten erfolgreich mit dieser Technik. (Denken Sie an Jonathan Demmes Film »Das Schweigen der Lämmer«.)

Bei analytisch-retrospektiven Plots (Vom »König Ödipus« bis zu den Detektivgeschichten) kann die Rückblende zum beherrschenden Strukturmuster werden. Das Gegenwartsgeschehen kreist um ein Ereignis, das in der Vergangenheit liegt und aufgeklärt werden muß. Während die Aufklärungsarbeit voranschreitet (mit allen Begleiterscheinungen und Verwicklungen), wird das Aufzuklärende immer weiter zurückverfolgt – bis zum entscheidenden Erkenntnispunkt und damit bis zum eigentlichen Auslöser der Geschichte. Die Strukturmuster sind unterschiedlich: In der klassischen Detektivgeschichte ist ein unaufgeklärtes Verbrechen (= Rätsel, Geheimnis) geschehen, und die Arbeit des Detektivs besteht darin, mit Hilfe von Indizienketten und logischen Schlußfolgerungen das Verbrechen aufzuklären. Die beiden erfolgreichsten Romane von Max Frisch, »Stiller« und »Homo Faber«, benutzen dieses Strukturmuster in einer eigenständigen und eigenwilligen Weise. Beide lassen sie eine ›nach vorne‹ gerichtete Handlung parallel laufen, und die Aufklärungsarbeit erfolgt nur mäßig motiviert und zielgerichtet, was verständlich ist, denn in beiden Romanen sind die ›Täter‹ und die erzählenden ›Detektive‹ identisch. Im »Homo Faber« macht sich der Protagonist unbewußt, unter dem Diktat des Wiederholungszwangs, auf die Suche; anders ausgedrückt: Er wird von seiner Vergangenheit immer unabweisbarer verfolgt, bis er die Wahrheit seiner Vaterschaft und seiner Lebensverfehlungen nicht mehr leugnen kann und will. Im »Stiller« gewinnt das intellektuelle Spiel der Aufklärung dadurch seinen zusätzlichen Reiz, daß der suchende und gesuchte Ich-Erzähler gleichzeitig verhüllt und aufdeckt. Ein ähnliches Muster finden wir in Agatha Christies Roman »Alibi« (»The Murder of Roger Ackroyd«), in dem der Erzähler Dr. Sheppard sich schließlich als der Mörder entpuppt, und in Heimito von Doderers »Ein Mord, den jeder begeht«.

Übergänge

Insbesondere im szenisch-diskontinuierlichen Erzählen stellt sich das Problem, wie man den Übergang bzw. die Überleitung von einer Szene zur anderen gestalten soll. Zwischen zwei Erzähleinheiten (mit verschiedenen Settings, Personen[gruppen], Ereignissen, auch Zeiten) klafft eine Lücke und verlangt die Bewältigung eines ›Sprungs‹. Diese Sprünge fallen beim Lesen häufig gar nicht auf, weil wir an sie gewöhnt sind. Doch gerade das selbstverständlich Erscheinende ist weniger leicht herzustellen, als man denkt, und dies merken besonders Anfänger, die nicht recht wissen, wie sie die Übergänge unauffällig gestalten sollen.

Zunächst einmal: Überleitungen sind keine bewußten Aussparungen im Text, die der Leser füllen soll, weil in ihnen eigentlich etwas Wichtiges geschieht. Überleitungen entstehen aus dem Zwang zur Erzählökonomie und gleichzeitig aus der Möglichkeit, Selbstverständliches oder Unwichtiges wegzulassen. Daraus läßt sich das entscheidende Postulat ableiten: Sie sind möglichst kurz zu halten.

– Überleitungssätze mit Standardformeln (»Am nächsten Tag ...«, »Währenddessen ...«, »Jahre später ...«) verknüpfen zwei Szenen durch Hinweise auf eine zeitliche oder örtliche Relation.
– Etwas längere Überleitungen oder Hinführungen dienen häufig dazu, ein Zwischengeschehen zusammenzufassen (»Jahre vergingen. Ralf heiratete Susanne, ihre Ehe war glücklich. Bald stellte sich Nachwuchs ein. Doch der Schatten der Vergangenheit war nicht verflogen. Eines Tages schellte es ...«) oder eine Szene stimmungsmäßig durch Naturschilderungen vorzubereiten (»Kahle Zweige ragten in den Himmel. Der Nebel hatte sich wie ein schmutziges Leichentuch über den Boden gelegt. ...«).
– Gelegentlich übernehmen Naturschilderungen als Überleitungen auch eine kompositorische Funktion, insbesondere wenn sie leitmotivisch eingesetzt werden. In aller Regel werden dann zentrale Natursymbole in den Vordergrund gestellt, oder die immer wieder geschilderten Objekte nehmen

Symbolgestalt an. Ein berühmtes Beispiel sind die Wellen in Virginia Woolfs gleichnamigem Roman.

> »Sowie sie sich der Küste näherten, hob sich ein Streifen nach dem anderen, schob sich hoch, brach und wischte einen dünnen Schleier weißen Wassers über den Sand. Die Welle hielt inne und zog sich dann wieder zurück, seufzend wie ein Schlafender, dessen Atem unbewußt kommt und geht. ...« (Aus der Einleitungssequenz)

Häufig reichen Leerzeilen, um zwei Szenen oder Teile zu trennen. Der Film mit seinen harten Schnitten hat uns an diese Sprünge gewöhnt. Wenn die Aufeinanderfolge der Szenen der Handlungslogik entspricht, dann ›überlesen‹ wir mit großer Selbstverständlichkeit die Lücken und stellen automatisch die Verbindung her. Nicht immer sind die Verbindungen jedoch von vornherein klar, und außerdem ist jede Lücke prinzipiell eine mögliche Bruchstelle in der Komposition und ein Spalt, durch den der Leser sich aus der Geschichte stehlen kann. Aus diesem Grunde ist es nützlich und häufig sogar vonnöten, den Übergang zwischen zwei Szenen vorzubereiten und unmerklich zu ›sichern‹. Der Autor regt die Leserphantasie an und lenkt sie gleichzeitig, eine Fähigkeit, die den Könner auszeichnet. Außerdem verdichtet er das kompositorische Netz des Textes.

Folgende Techniken sind möglich:

✍ In der Ausgangsszene findet sich ein Hinweis auf den zu erwartenden Schnitt und die nächste Szene, zum Beispiel durch eine Verabredung kurz vor einem Abschied.

✍ Elemente am Ende der einen und zu Beginn der anderen Szene sind miteinander verbunden und sichern so den Sprung. Diese Elemente können unterschiedlicher Art sein:

- gleiche oder ähnliche Worte (»Laßt uns hoffen!« Schnitt. »Ich sehe keine Hoffnung mehr.«),
- Ereignisse, die zusammengehören (Ein Schneesturm hüllt

den Berg ein. Schnitt. Am Fuße dieses Berges wird eine erfrorene Frau gefunden.),

– Dinge oder Teile des Settings, die sich wandeln und die auf diese Weise eine Zeitverschiebung anzeigen (Ein Baum im Herbstlaub. Schnitt. Derselbe Baum kahl.),
– Gefühle, die miteinander verbunden sind (Ein Kind schmust mit einer Katze. Schnitt. Ein Mann streicht einer jungen Frau über den Kopf.),
– Verhalten und (nach vorne wie zurück weisende) Deutung (Ein Mann läßt seinen Tränen freien Lauf. Schnitt. »Du bist ein sentimentaler Narr!«).
– Alle diese Elemente können auch in einer Kontrastbeziehung zueinander stehen (Sexszene. Schnitt. Ehestreit).

Weitere Beispiele aus J. M. Simmels Roman »Doch mit den Clowns kamen die Tränen«:

✍ Norma Desmonds Sohn Pierre wird an ihrer Seite erschossen, die Szene endet mit den Sätzen: »Neue Sirenen heulen auf. Es kommen noch immer Ambulanzen und Polizeiwagen. Wir sind in Hamburg. Es ist 17 Uhr 54, am Montag, dem 25. August 1986.« Schnitt, neues Kapitel. »Das war der schlimmste Augenblick von allen: als sie nach dem Begräbnis ihre Wohnung betrat.« Zwei Ereignisse sind ursächlich miteinander verbunden. Die Vagheit der Gefühlsangaben verstärkt ihre suggestive Wirkung.

✍ Das nächste Beispiel ist simpler, aber gleichzeitig ein kompositorisches Echo zur gerade zitierten Überleitung: »›Nie mehr‹, sagte der Rotgesichtige, ›hörst du, Johnny, nie mehr will ich seine Musik hören. Nie mehr, nie mehr, nie mehr!‹« Leerzeile. »Nie mehr, dachte Norma, als Barski diese Szene schilderte. Nie mehr, nie mehr, nie mehr wird Pierre dasein, wenn ich heimkomme ...«

✍ Ein letztes Beispiel: »... und sein Gesicht verwandelte sich wieder in eine fürchterliche Grimasse der hoffnungslosen Verzweiflung.« Schnitt, neues Kapitel. »Sandra war tot.«

Kompositorische Techniken. Gestalt und Einheit

Alle bisher genannten Erzähltechniken reichen in der Regel nicht aus, eine Geschichte so kohärent zu gestalten, daß ihre Elemente eine Einheit bilden, die zwingend erscheint, weil sie mehr ist als nur die Summe der Einzelteile. Aneinandergereihte Abenteuer oder wundersame Erlebnisse, die umgestellt werden können und daher auswechselbar erscheinen und in denen sich der Held nicht nachdrücklich verändert, waren zwar lange Zeit durchaus beliebt in der epischen Literatur (man denke nur an den Ritter- und Schelmen-Roman), aber sie erfüllen kaum das Postulat kompositorischer Einheit.

Worin besteht nun diese kompositorische Einheit, wie ist sie herzustellen, und wie wirkt sie? Die Fragen sind leichter gestellt als beantwortet. Man muß sich eins vor Augen führen: Rezepte helfen zwar, ein eßbares Mahl zu bereiten und auch ein lesbares Buch zu schreiben, aber die eigentliche Kunst besteht darin, aus der Hausmannskost ein Schlemmermahl zu machen. Hinzu kommt, daß ein Roman, wenn er gut und gleichzeitig durchsichtig konstruiert ist, leicht zu mechanisch und vorhersehbar wirkt. Entscheidend für den Leser ist aber ein Gefühl des organischen Zusammenhangs, ein eher vages Gefühl der Stimmigkeit und Einheit. Und noch etwas kommt hinzu: Die Komposition eines Romans läßt sich immer besser im nachhinein, das heißt: am fertigen Werk, aufzeigen als im Prozeß des Entstehens kontrollieren. Dies hat auch etwas damit zu tun, daß Zusammenhänge, die sich beim Schreiben unbewußt einstellen und durch unbewußte Antriebe erzeugt werden, weder zu steuern sind noch gesteuert werden sollten. Erst das Mischungsverhältnis von formaler Kontrolle und geheimnisvoller Evidenz erzeugt die aufscheinende und einleuchtende Qualität eines Werks.

Worin bestehen nun die kompositorischen Techniken, die ein Werk einheitlich erscheinen lassen? Man kann eine Analogie herstellen zu dem, was ›Komposition‹ und ›Kontrapunkt‹ in der Musik bedeuten. Hiermit sind formale Techniken des Zusammenführens und Variierens eines oder mehrerer Themen gemeint: Wiederholung auf einer anderen Ebene, seitenverkehrte Spiegelung und nachhallendes Echo, Umsetzen in eine andere Tonart und weitere Variationen. Man kann auch an die Stilfiguren der Rhetorik denken: Parallelismus und Chiasmus, Klimax und Amplifikation usw. Hinzu kommen rhythmische Figuren und die Art der Orchestrierung. Insgesamt geht es also um Gestaltungsmuster von Elementen, die sich zu einem Ganzen fügen und im Leser Wohlgefallen auslösen sollen.

Wie sind diese kompositorischen Techniken im einzelnen Werk zu realisieren?

Handlungsfolgen, auch ganze Plots können parallel, gegenläufig oder spiegelbildlich gesetzt werden. Denken Sie an die beliebte Methode des klassischen Dramas, auf der Dienerebene einen Parallelplot laufen zu lassen (z. B. in Lessings »Minna von Barnhelm«), oder auch an »Anna Karenina«, wo die Plots um Anna und Lewin in unterschiedlichen Mustern aufeinander bezogen sind. Eine weitere typische Form ist der Dreierschritt, wie wir ihn aus dem Märchen kennen: Erstes Ereignis (Kinder werden zum Verhungern ausgesetzt, finden aber wieder nach Hause zurück); zweites Ereignis (Kinder werden erneut ausgesetzt, diesmal tiefer im Wald, finden aber trotzdem wieder zurück) → die Parallelität erzeugt ein Muster; drittes Ereignis (Kinder werden zum dritten Mal ausgesetzt und kehren nicht wieder zurück, finden aber das Hexenhaus, an dem sie sich sattessen können) → Wiederholung des Musters und kontrastierende Abweichung.

Die Struktur der Charaktere bietet mannigfache Möglichkeiten der Opposition (Protagonist/Antagonist, stark/schwach, groß/klein, männlich/weiblich), der Parallelisierung (Held und Helfer), der Spiegelung (Parzival und Gawain), der Wiederholung, Variation und Steigerung (mehrere Gegner, die nacheinander auftreten und immer stärker werden). Da eine Figur lebendig wird durch ihr Äußeres, durch ihre Charakterzüge, Vorlieben und Abneigungen, läßt sich eine schier unendliche Zahl an Variationsmöglichkeiten vorstellen.

Literatur entfaltet sich (wie Musik) in der Zeit. Wie wir schon gesehen haben, besteht auch eine Geschichte nicht aus der Aneinanderreihung statischer, sondern in der Entfaltung sich verändernder Elemente. Dementsprechend können die Entwicklungsmuster der Charaktere im Verlauf einer Geschichte variiert werden. Das einfachste Muster besteht in einer chiastischen, also überkreuz verlaufenden Anordnung: Der schwache Protagonist wird mit zunehmender Geschwindigkeit stark und siegreich; sein zuerst überlegener Gegner wird im Verlauf der Entwicklung schwächer und geht zum Schluß unter. Mit den Charakteren kann man auch die Gefühle in Bezug zueinander setzen. A und B hassen sich am Anfang und lieben sich zum Schluß. Kommt noch eine dritte Figur hinzu, lassen sich die Strukturmuster entsprechend ausweiten und variieren. Je mehr Figuren auftreten, um so komplexere Gebilde entstehen nach den Regeln des Kontrapunkts.

Im Zusammenhang mit den Strukturmustern von Charakteren und Handlungsfolgen erinnere ich an die Plotstrukturen, die nichts anderes sind als besonders erfolgreiche (und aussagekräftige) kompositorische Modelle, die sich fest im Kopf der Rezipienten verankert haben. Diese Modelle nun kann man nach allen Regeln der Handwerks variieren.

Natürlich lassen sich nicht nur die großen Einheiten (Handlung und Charaktere) nach den genannten Gesetzen strukturieren. Auch Situationen, Ereignisse und Szenen können Variationsreihen bilden (denken Sie an Abenteuerromane), sich spiegeln, kontrastiv gesetzt werden, wie Echos nachhallen. Sie können in bestimmten Rhythmen auftreten oder aus einem Keim heraus wachsen, sich also erweitern und steigern.

Das gleiche gilt für Bilder, Metaphern, Worte, für Objekte und Symbole und schließlich für Ideen (denken Sie an die Leitmotivtechnik, wie sie Thomas Mann zur Perfektion getrieben hat). Dabei sind über die bisher genannten Muster der Variation vielfältige Formen möglich: Verschmelzung, Implikation, Anspielung und Andeutung, Antizipation und Nachspiel, Rück- und Querverweis, Verschiebung auf einen anderen Bereich (Handlungen werden symbolisch gespiegelt oder kontrastiert).

Es ist möglich, schon in der Planungsphase Strukturmuster zu entwerfen, aber gerade bei den ›kleineren‹ Einheiten stellen sich kompositorische Verbindungen auch ›naturwüchsig‹ her, insbesondere dann, wenn man beim Entwerfen und Schreiben mit den Elementen der Geschichte und den Formen ihrer Darstellung spielerisch umgeht. Wichtig ist, im Verlauf des Schreibens und der Überarbeitung die sich ergebenden Muster zu erkennen, sie zu verstärken und miteinander zu verbinden und die störenden bzw. funktionslosen Teile zu entfernen. Auf diese Weise macht man Unbewußtes bewußt, erkennt die Eigengesetzlichkeit des Werks und die Logik seiner Zusammenhänge und schafft schließlich eine Einheit, die über die bloße Intention des Autors hinausgeht.

Erzählrhythmus

»In der Prosaerzählung wird der Atem nicht den
Satzgliedern anvertraut, sondern größeren Einheiten,
Szenen oder Ereignissequenzen. Manche Romane atmen
wie Gazellen, andere wie Wale oder Elefanten.
Die Harmonie liegt nicht in der Länge der Atemzüge,
sondern in ihrem Gleichmaß; …
Ein großer Roman ist einer, in dem der Autor stets weiß,
wann er beschleunigen und wann er bremsen muß
und wie er diese Pedaltritte bei konstantem
Grundrhythmus zu dosieren hat.«

(Umberto Eco: »Nachschrift zum ›Namen der Rose‹«)

Fügt die Komposition die Elemente eines Werks in einer ›statischen‹ Struktur (›Architektur‹) zusammen, so zielt die rhythmische Gestaltung der Elemente auf die Dynamik des Lesevorgangs. Wie schon bei der Diskussion der Spannungsbögen gezeigt, sollte der Autor einen Erzählrhythmus vorgeben, in den der Leser sich einschwingen kann. Einige Elemente, die er dabei verwendet, sind schon genannt worden, auf andere möchte ich an dieser Stelle hinweisen.

Rhythmische Variationen sind unter anderem möglich zwischen

- knapper, berichtender Zusammenfassung und ausführlicher Beschreibung,
- beschreibenden Passagen und szenischen Darstellungen,
- aktionsgesättigten und verweilenden Sequenzen (z. B. ein

Kampf, der von einer Naturstimmung abgelöst wird → Ansteigen und Abnahme der Spannung),

- Dialogen und Wiedergabe von Gedanken (auch in erlebter Rede oder innerem Monolog),
- gefühlsdichten und gefühlsneutralen Situationen,
- Liebesszenen und konfliktgeladenen Auseinandersetzungen,
- komischen und ernsten Szenen,
- Haupt- und Nebenplot,
- fortschreitender Erzählung und Rückblenden,
- rätselhaften Stellen und Enthüllungen.

Zwei übergreifende Aspekte des Erzählrhythmus sind noch hervorzuheben. Wir sprechen von ›langatmigen‹ (meist weitschweifigen = langweiligen) Romanen, aber auch vom langen Atem des Erzählers. Wer genaue Schilderungen, ausführliche Dialoge, minutiöse Beschreibung von Kleidung und Setting liebt, erzählt in langen Sequenzen. Wer jedoch abwechselt zwischen ausmalenden und raffenden Passagen, weist durch dieses Mittel darauf hin, was er für wichtig und was für weniger wichtig hält. Ausführliche Darstellungen bündeln die Aufmerksamkeit auf ein Ereignis oder einen Gegenstand und heben es bzw. ihn hervor. Dabei ist nicht die Länge an sich entscheidend, sondern das Verhältnis von Erzählzeit und erzählter Zeit. Wir können in einem Halbsatz über Jahre hinwegfliegen, aber auch einen einzigen Moment über mehrere Seiten hin in all seinen Verästelungen ausmalen. In diesem Fall gewinnt das gründlich ausgeleuchtete Ereignis oder Objekt Gewicht.

Das Gegenteil gilt allerdings nicht uneinschränkt: Wer ausführlich um ein Ereignis herum schreibt und es selbst in der Schilderung ausspart, hebt es genau dadurch hervor. Die Leerstelle zeigt dann an, daß hier ein Geheimnis bleiben und der Leser dieses Geheimnis selbst durch seine Phantasie ausfüllen soll. Ernst H. Gombrich spricht in diesem Zusammenhang von »suggestivem Verschleiern« und meint:

> »Je wichtiger ein Merkmal ist, das dem Zusammenhang nach da sein sollte, aber nicht dargestellt ist, desto inten-

siver scheint der psychologische Prozeß zu sein, der dadurch ausgelöst wird.« (»Meditationen über ein Steckenpferd«)

Der Wechsel von präziser Ausleuchtung und szenisch umfangreicher Darstellung auf der einen und demonstrativer Leerstelle und raffendem Bericht auf der anderen Seite kann ein vorzügliches Mittel sein, abwechslungsreich und dynamisch zu erzählen.

In Goethes »Wahlverwandtschaften« läßt sich diese Technik gut studieren. Goethe gelingt es, durch den Wechsel der Sprachrhythmen, durch die scheinbar beiläufige und knappe Schilderung gerade wichtiger Ereignisse und die Ausführlichkeit in Naturbeschreibungen und reflektierenden Passagen eine für die damalige Zeit ungewöhnliche narrative Dynamik zu erzielen.

Thomas Mann vollbringt in seinem »Zauberberg« ein anderes Kunststück. Jeder hat schon einmal die Erfahrung gemacht, daß in einer neuen Lebenssituation, auf einer Reise mit großer Erlebnisdichte zum Beispiel, die Zeit in der Rückbesinnung sehr langsam zu fließen scheint, während sie nach langer Gewöhnung sich beschleunigt und schließlich dahinfliegt. Durch die Anpassung der Erzählzeit und -genauigkeit an das sich beschleunigende Zeiterleben schafft Thomas Mann ein narratives Accelerando, dem auch der Leser unmerklich, aber im wirksamen Gefühl der Stimmigkeit folgt.

Ökonomie des Erzählens und Reichtum der Erfindung

Wie wir wissen, gibt es viele berühmte, mehr oder weniger erfolgreiche Romane, die im Atemrhythmus eines Marathonläufers eine lange, komplizierte Geschichte erzählen und dabei eine ganze Welt entwerfen. Schon die homerischen Epen waren alles andere als Anekdoten, die man sich am Lagerfeuer kurz vor dem Einschlafen anhören konnte, Scheherazade sprach viele, viele Nächte lang, die Ritterromane (wie »Amadís«) erschienen in immer neuen Fortsetzungen, und unter den bedeutenden Romanen des 19. und 20. Jahrhunderts finden sich demiurgische

Großtaten: »Krieg und Frieden«, »Anna Karenina«, »Die Brüder Karamasow«, »Auf der Suche nach der verlorenen Zeit«, »Ulysses«, »Der Zauberberg«, um nur einige zu nennen. Wenn Sie an Erfolgsbücher der letzten Jahrzehnte denken, an Margaret Mitchells »Vom Winde verweht« oder an J. R. R. Tolkiens »Der Herr der Ringe«, aber auch an Boris Pasternaks »Dr. Schiwago«, Umberto Ecos »Namen der Rose«, Tom Wolfes »Fegefeuer der Eitelkeiten« – alles dickleibige Romane.

Viele Leser lieben offensichtlich umfangreiche Wortschöpfungen, möchten in Phantasiewelten eintauchen, sich am Reichtum der Erfindung erfreuen oder am verspielten Umgang mit der Sprache. Außerdem erwarten sie vom Roman »Welthaltigkeit«: Er solle die Totalität des Lebens spiegeln. Um dies zu können, braucht man Raum.

Ist es also ratsam, den Großmeistern oder den populären Schmökerlieferanten nachzueifern und gleich Bücher mit mindestens 500 Seiten zu schreiben? Ich meine: nein. Und zwar aus verschiedenen Gründen. Neben den Liebhabern großvolumiger Bände gibt es mindestens ebenso viele Anhänger knappen, ökonomischen Erzählens. Solche Leser wollen das straffe Voranschreiben und reagieren allergisch auf jede Form von Geschwätzigkeit, Erzählschnörkel und betuliche Bekenntnisse des Autors.

Jeder Romanschreiber muß letztlich für sich entscheiden, wie weit sein Stoff ihn trägt und für welchen Lesertypus er schreiben will. Der Anfänger sollte zusätzlich bedenken, daß mit der Länge des Werks die formalen Anforderungen wachsen, will er nicht bloß episodisch erzählen. Nicht ganz zu übergehen ist die Tatsache, daß er mit seinem Produkt einen Verlag gewinnen muß, für den er ein finanzielles Risiko darstellt. Je umfangreicher das Manuskript, desto teurer seine Herstellung.

Für Autoren, die ihre ersten Romane schreiben und noch keinen Markt gefunden haben, lautet die Schlußfolgerung: Schreiben Sie ökonomisch! Jedes Element Ihrer Erzählung muß seine Funktion haben, vermeiden Sie Ornamente und selbstverliebtes Phantasieren. Fragen Sie sich immer: Habe ich etwas zu sagen, was andere interessieren kann? Setzen Sie Ihre sprachlichen Mittel bewußt ein und lassen Sie sie nicht zum Selbstzweck werden. Vermeiden Sie überflüssige Beschreibungen und Kommentare und verzichten Sie auf Bekenntnisse. Halten Sie Ihren Stoff unter Kontrolle. Beschränken Sie sich auf ein Thema und eine überschaubere Zahl an Figuren. Denken Sie immer daran: Die Leser und Leserinnen haben vielleicht Zeit zum Träumen, aber keine Zeit zum Verschwenden von Träumen, und das Fernsehen und andere Freizeitvergnügungen sind starke Konkurrenten.

Klarheit und Komplexität

»Klarheit ist die Höflichkeit des Schriftstellers.«
(Jules Renard)

Der Roman und seine epischen Vorläufer sind komplexe Gebilde. Wer sich mit seiner Geschichte auseinandersetzt, begreift, daß diese Gattung in den letzten hundert Jahren ihre Entwicklungsmöglichkeiten ausgenutzt und die Komplexität ihrer Formen noch gesteigert hat. Dabei sind häufig die traditionellen Gesetze der Darstellung bis an ihre Grenzen ausgereizt worden. Die Folge waren nicht nur großartige Schöpfungen, sondern gleichzeitig auch Werke, die nicht mehr den Weg zu einem breiteren Publikum finden konnten. Jenseits der Überlegung, wie innovativ Sie schreiben wollen, stellt sich die Frage, wieviel Komplexität Sie beherrschen und gleichzeitig Ihren Lesern zumuten können. Und damit stellt sich natürlich auch die Frage, welche Lesergruppe Sie ansprechen wollen.

Als Regel möchte ich mit den Gestaltpsychologen formulieren: Je komplizierter ein Formelement oder Teil des Ganzen gestaltet ist, desto einfacher und klarer sollte der Rest sein. Man kann auch sagen: Schreiben Sie so differenziert wie nötig, aber so einfach wie möglich! Ein Roman sollte transparent bleiben. Der Leser muß immer das Gefühl haben, der Autor beherrsche seinen Stoff und kontrolliere seine darstellerischen Möglichkeiten. Je klarer die Komposition, desto höher das Maß möglicher Komplexität, je deutlicher seine Variabilität, desto geringer die Gefahr der Monotonie auch bei großem Umfang.

Um dem Leser die Transparenz und Überschaubarkeit zu erleichtern, ist eine Kapitelgliederung zu empfehlen. Ob man nun Kapitelüberschriften setzt (sie sind heute etwas außer Mode gekommen), ist eine Sache des Geschmacks. Sie sollten auf jeden Fall nicht, wie es im Frühstadium des Romans geschah, den Inhalt vorwegnehmen, sondern Ihren Kapiteln Reizwörter voranstellen, Anspielungen, verlockende, auch rätselhafte Formulierungen, dem Leser also einen Appetizer anbieten.

Widerspruchsfreiheit. Ambivalenz. Geheimnis

»Kunstwerke, die der Betrachtung und dem Gedanken ohne Rest aufgehen, sind keine. ...
Alle Kunstwerke, und Kunst insgesamt, sind Rätsel.«
(Theodor W. Adorno: »Ästhetische Theorie«)

Daß ein Werk widerspruchsfrei zu sein hat, scheint selbstverständlich (auch wenn man gelegentlich bei berühmten Autoren wie Balzac oder Faulkner kleine Schnitzer findet). Zu achten ist auf jeden Fall nicht nur auf Widersprüche in physischen Details (ein Haus ist einmal aus Holz gebaut, dann aus Stein), sondern auf die Logik der Handlung und auf innere Stimmigkeit.

Widerspruchsfreiheit darf man jedoch nicht mit fehlender Ambivalenz verwechseln. Ambivalenz ist typisch für alles Lebendige, insbesondere alles Menschliche: Sie betont zwei Seiten einer Sache, Vermischung der Gefühle und häufig auch der moralischen Bewertung. Ohne Ambivalenz gelingt keine Darstellung überzeugender Charaktere, und ohne Ambivalenz gibt es auch kein Geheimnis.

Jeder wirklich gute Text braucht nicht nur faszinierende Figuren, eine interessante, spannende, bewegende und neue Geschichte, eine sichere Komposition und natürlich eine überzeugende Sprache, er braucht noch einen Schuß mehr, ein Geheimnis, das nicht aufzulösen ist, obwohl es eigentlich offensichtlich erscheint. Das Geheimnis eines Werks entsteht aus Andeutungs- und Suggestionstechniken und darüber hinaus aus dem weiten Bereich unbewußter Antriebe und Konflikte, die – unkontrolliert zwar, aber ohne Brüche zu erzeugen – ins Werk eingeschrieben sind. Seine Einheit, die auf dem Untergrund einer wenig einheitlichen Welt entstanden ist, wirkt erst dann überzeugend, wenn sie nicht den Eindruck des Hermetischen oder Monolithischen macht. Novalis drückt es so aus: »Das Chaos muß in jeder Dichtung durch den regelmäßigen Flor der Ordnung schimmern.« Durch die Vieldeutigkeit der kompositorischen und sprachlichen Bezüge und durch die kaum auflösbare Verdichtung einzelner Passagen und Szenen entstehen immer neue Lesarten desselben Textes, die sich nie ganz verbrauchen. Aber spätestens an diesem Punkt wird Handwerk zur Kunst und Kunst zum Geheimnis.

Orakel, Echo, Mitspieler: Räume

Daß der ›Raum‹ in der Literatur eine wichtige Rolle spielt, dürfte einleuchten. Selten ist er nur dekorative Kulisse, sondern Orakel, Mitspieler und Echo. Er zeigt etwas an, weist auf ein Geschehen hin oder zurück, er verdeutlicht die Stimmung, auch die der Figuren, und schließlich kann er als physische Gewalt oder auch Hindernis aktiv ins Geschehen eingreifen.

Hinzu kommt noch etwas anderes: Es scheint, als würden Schriftsteller vor dem Papier wieder zu Animisten – und die Leser mit ihnen: Wir beleben unsere Umwelt, besetzen sie mit Gefühlen, betrachten sie als unser Gegenüber und laden sie symbolisch auf.

Ist das Thema der verborgene Bauplan und Organisator des Werks, so ist der Raum sein sichtbarer (Hinter-)Grund und Rahmen. Ohne ihn kann keine Geschichte erzählt werden, können sich keine Charaktere entfalten. Er gibt ihnen Bewegungsmöglichkeit und Tiefe und trägt maßgeblich zur unendlichen Mannigfaltigkeit der literarischen Werke bei.

Was ist unter ›Raum‹ im einzelnen zu verstehen?

- Das Setting als geographisch-physikalischer Schauplatz (Landschaft, Stadt, Innenräume) mit Tageszeit, Wetter und Stimmung.
- Das Milieu als sozialer Ort (Familie, soziales Netz), meist konkretisiert über die Nebenfiguren. Es ist der menschliche

Raum, in dem die Hauptfiguren sich bewegen, und damit einer der Bedingungsfaktoren der Handlung.

- Die (bekannte) Gesellschaft und Epoche als soziale Umwelt, Kultur und historischer Ort. Sie bestimmt, über ihre Normen und Verhaltensweisen, ihre physischen Erscheinungen und typischen Probleme, das Verhalten der Figuren. Auch sie ist, zumindest als Folie, unumgänglich, und wenn sie durch den Autor ausgeklammert wird, stellt sie sich indirekt (über die Phantasie der Leser) wieder ein.
- Die Fremde als der unbekannte Ort, als Verheißung und Bedrohung zugleich. Um sie zu erkunden, müssen wir Raum durchqueren: reisen. Anlaß genug, auch unsere Phantasie auf die Reise zu schicken.

Jeder dieser vier Aspekte kann selbst im Vordergrund eines Romans stehen oder zumindest eine wichtige Rolle spielen. Häufig tritt dann der Strukturfaktor der dramatischen Geschichte in den Hintergrund. Je mehr im übrigen die vier Faktoren eine Rolle spielen, desto mehr ›Welthaltigkeit‹ nimmt der Roman in sich auf. (In einem Grundkurs wie diesem muß ich allerdings die Aspekte ›Milieu‹ und ›Gesellschaft‹ ausklammern.)

Um die unterschiedlichen Ausprägungen des Raums im Roman zu konkretisieren, schauen wir uns einzelne Modelle an, die, typischen Plots vergleichbar, auch in den Köpfen der Leser verankert sind. Wegen der unendlichen Vielfalt der Erscheinungen muß ich hier wieder sehr kursorisch verfahren.

Der Garten Eden

Da gibt es die ›amöne‹ Landschaft als Idylle, Garten Eden und bedrohtes Paradies. Schäferstündchen in lieblicher, beruhigender, aber auch berauschender Natur begegnen uns in vielen Romanen. Die ›Helden‹, wie Goethes Werther, laben sich am Busen von »Mutter Natur« oder lecken in ihren Armen die Wunden. Der Garten Eden ist unberührt wie eine unschuldige Jungfrau oder auch gepflegt wie eine umschwärmte Geliebte. Denken Sie an Henry David Thoreaus »Walden« oder auch an Werner Kochs »Seeleben«. Hier wird »unberührte«, aber immer bedrohte Natur zum Rückzugsort, zum Gegenspieler von städtischer Zivilisation und hektischer Welt. Als Garten- und damit Kulturlandschaft ist sie häufig Spiegel menschlicher Leidenschaften und Schicksale. In den »Wahlverwandtschaften« hat sie eine solche Funktion.

Natur als Widerstand und Gefahr

Natur ist nicht nur verklärte Idylle, Ort der Einheit, sondern auch Widerstand und Gefahr; nicht nur Garten, sondern auch Dschungel, Wüste und Eis; nicht nur tragende Erde, sondern verschlingendes Wasser. Die Natur mit ihren undurchschaubaren Gesetzen ist ebenso ambivalent wie das menschliche Leben und eignet sich daher auch so gut zur symbolischen Gestaltung. Von ihrer gefährlichen, zumindest schwankenden Seite lebt die Seefahrerliteratur. Manchmal schafft sie nur den Rahmen, das isolierende und herausfordernde Milieu des Schiffes, um eine handlungsbetonte Geschichte von Menschen und ihren Kämpfen zu erzählen (Jack London: »Der Seewolf«), manchmal jedoch wird die Natur selber zum Antagonisten: so z. B. in Joseph Conrads »Taifun«, in Poes allesverschlingendem »Malstrom« oder durch Kapitän Ahabs Wal. Hundert Jahre später läßt Ernest Hemingway einen alten Mann erneut gegen einen Fisch kämpfen. Ebenso unwirtlich wie das Meer sind Wüste und ewiges Eis. Gerade in den letzten Jahren sind eine Reihe von Romanen erschienen, die den Kampf gegen Kälte und Eis thematisieren: so z. B. Sten Nadolnys »Die Entdeckung der Langsamkeit« und »Die Schrecken des Eises und der Finsternis« von Christoph Ransmayr.

Natur als aggressive Macht

Sind Wüste und Eis, Wasser und Dschungel als unwirtliche Orte des Durchquerens und Überwindens hauptsächlich Weite und Widerstand, können Feuer und Überschwemmungen, Stürme und Erdbeben zur aggressiven Mächten werden, die in ihrer Unabweisbarkeit direkt in die Katastrophe führen. Zum Stoff für Geschichten werden sie nicht durch ihre todbringende Botschaft, sondern als Bewährungsprobe, als Geburtsstunde des

Helden. Der populäre (Hollywood-)Film führt uns dieses Muster immer wieder vor Augen. Er weckt mit »flammenden Infernos« unsere archaischen Ängste, beruhigt uns aber gleich wieder: »Wo Gefahr ist, wächst das Rettende auch.«

Schiffbruch und Insel

Die Schiffbruchs- und Inselgeschichten verweisen auf eine weitere Variante der menschlichen Bewährung in der ambivalenten Natur. Verunglückt, gestrandet, aber noch mit dem Leben davongekommen, ohne die Hilfe menschlicher Zivilisation, ist der Einzelne oder die kleine Gruppe auf sich selbst angewiesen. In dieser Krise entscheidet sich, was der Mensch *in natura* ist: Überlebenskünstler, Erfinder, Sozialwesen, Kannibale und enthemmtes Raubtier. Von Homers »Odyssee« über Defoes »Robinson Crusoe« und J. G. Schnabels »Die Insel Felsenburg« bis zu William Goldings »Herr der Fliegen« können wir, häufig sehr eindringlich und wenig optimistisch stimmend, die literarischen Experimente in Exilierung und Isolation nacherleben.

Orte der Isolation

Während Inseln immerhin noch der Rettung dienen und gelegentlich sogar an die befreiende Natur Arkadiens erinnern, gibt es andere Orte der Abgeschlossenheit, in denen die Welt des Leids allesbeherrschend wird. Aus der Insel wird die unterirdische Höhle (man denke an den Überlebenskampf der beiden Jims in Max Frischs »Stiller«), das Zimmer (Jean-Paul Sartre: »Die Eingeschlossenen von Altona«, Stephen Kings »Misery«), die »Strafkolonie« (Franz Kafka), die besetzte Stadt (Andrej Szczypiorski: »Die schöne Frau Seidenman«), das Ghetto (Jurek Becker: »Jakob der Lügner«), das KZ (Tadeusz Borowski: »Die steinerne Welt«) und schließlich der »Archipel Gulag« (Alexander Solschenizyn). Entscheidend in diesen Modellen ist die Ausgrenzung eines menschlichen Milieus, in dem die Gesetze des zivilisierten Zusammenlebens nicht mehr gelten. Getestet wird, in einer Hochdruckkammer sozusagen, was die Natur des Menschen ist oder, anders ausgedrückt, was der Mensch dem Menschen antun kann.

Die hermetische Welt des Wissens und Glaubens

Der Schauplatz der hermetischen Welt erstreckt sich noch weiter, bis hin zu Internaten (Robert Musil: »Törleß«) und Klöstern (Umberto Eco: »Der Name der Rose«). Werden Menschen zusammengepreßt und nach außen abgeschirmt, reagieren sie, so die Botschaft dieser Romane, selten friedfertig. Auch in der Welt des Wissens und des Glaubens quälen und zerstören sie sich gegenseitig. Offensichtlich sollen all diese ausgrenzenden und einschließenden Orte das Verborgene im Menschen freilegen.

Beengte Reisen in die Weiten

Der menschlichen Phantasie genügt es nicht, die Weite der Meere oder (Eis-)Wüsten zu durchqueren und zu bezwingen; es locken die Räume, die den Menschen normalerweise ausschließen: die Tiefsee, die Stratosphäre, der Weltraum. Damit dies gelingt, braucht man künstliche Fahrzeuge, die nach außen hermetisch abgeschlossen sind: U-Boote, Flugzeuge, Raumschiffe. Wer sich über den menschlichen Lebensraum hinauswagt, setzt sich einer doppelten Gefahr aus: dem Vakuum und dem Überdruck, dem Absturz und dem Verschlungenwerden. Er erkundet aber auch in einem starken Schutzmantel das Niegesehene. Appell also an unsere klaustro- und agoraphobische Lustangst. Schon Jules Verne ließ 1870 seine Nautilus »20 000 Meilen unter dem Meere« kreuzen und kompilierte in dem Buch viele Erzählelemente (Südseereise, Kampf gegen Ungeheuer, Mythisierung der Natur wie der Technik usw.), die zum eisernen Bestand des Abenteuerromans gehören. Er ließ auch schon eine Mannschaft »Von der Erde zum Mond« und »Um den Mond herum« reisen und wurde damit einer der Väter der modernen Science-fiction-Literatur. Diese Art von Raum-Literatur greift viele der bereits genannten Elemente auf: die Suche nach dem Fremden, Faszination und Fluch der Technik, Natur als Weite und Leere (der Weltraum), das U-Boot-Syndrom, der finale Kampf zwischen Mensch und fremdem Wesen (aus dem Tier wird das Außermenschliche), zwischen Mensch und Mensch (verantwortungsvolle Wissenschaftler gegen Kriminelle und Größenwahnsinnige), der Kampf gegen Katastrophen.

Stadtdschungel und Labyrinth

Neben der gefährlichen Weite und der nicht minder gefährlichen Enge (beide sind, nicht zu vergessen, ambivalent: Die Weite kann befreien, die Enge schützen) gibt es als drittes Grundmodell das Labyrinth, das beide Gefahren vereint. In seiner Unüberschaubarkeit und Unsicherheit appelliert es an unsere (kindlichen) Verlassenheits- und Verlorenheitsängste. Eingeschlossen in eine Welt ohne die Möglichkeit der Übersicht, herumirrend auf Wegen ohne Ziel, bedroht durch unbekannte, häufig unmenschliche Gefahren, sucht der Einzelne nach einem Ausgang, der ihn befreit, oder er tappt dem Ungeheuren, dem Ungeheuer entgegen, das ihn entweder verschlingt oder das er besiegen kann.

Das Modell des Labyrinths finden wir in unterschiedlichen Ausprägungen. Zum einen in Orten, die uns das Fürchten und Gruseln lehren: alte Schlösser und verwinkelte Häuser mit Kellergewölben, Geheimgängen und dunklen Verliesen, mit herumspukenden Gespenstern und Toten. Eine alte, durchaus populäre Literaturgattung lebt von diesem Modell: der Schauerroman (*gothic novel*), der gelegentlich, wie in Henry James' »The Turn of the Screw« (»Die Drehung der Schraube«, »Die Tortur«), auch auf eine anspruchsvolle Stufe gehoben werden kann.

Zum anderen die Romane, in denen die Stadt entweder handelndes Subjekt ist (wie in John Dos Passos' »Manhattan Transfer«) oder zumindest als labyrinthischer Lebensort Mit- und Gegenspieler der zentralen Figuren (Dublin in James Joyce' »Ulysses« und »Berlin Alexanderplatz« von Alfred Döblin). Das gleiche gilt für Venedig in Thomas Manns Novelle: In der Lagunenstadt, die sich in der Metaphorik mit dem choleraausbrütenden Urwald verbindet, verirrt der heimsuchende, heimgesuchte Künstler sich solange, bis er dem Ungeheuer (halb animalisches Wesen, halb Gott) begegnet, das ihn in den Tod zieht.

Reisen zu Orten der Verheißung und der Verdammnis

Querverbindungen von den bisher genannten Beispielen (z. B. von Seefahrerromanen und Science-fiction) lassen sich auch zur Gruppe der Bücher ziehen, die Reisen und Entdeckungen fremder Kulturen zum Inhalt haben, wie Jonathan Swifts »Gullivers Reisen« oder die mittelalterlichen Berichte von Orientfahrten (»Herzog Ernst«), deren Nachhall bis zu Gordons »Medicus« reicht. Reisen kann man aber nicht nur in die Welt fremder Verheißungen, sondern auch in die Unterwelt (Orpheus) und durch die Hölle, wie uns Dante in seiner »Göttlichen Komödie« zeigt. In glaubensfernen Zeitaltern verschieben sich die Höllenorte: Joseph Conrad erreicht das »Herz der Finsternis« im afrikanischen Dschungel, die in Vietnam spielende Filmadaption »Apocalypse Now« fügt das Bild des modernen Krieges hinzu, der wie kaum ein zweiter Erlebnisbereich der »Hölle« einen realistischen Rahmen gibt. Gerade moderne Romane verbinden Kriegserfahrungen mit der Höllen- und Labyrinthsymbolik: Arnold Zweig: »Erziehung vor Verdun«, Erich Maria Remarque: »Im Westen nichts Neues«, Theodor Plievier: »Stalingrad«, Norman Mailer: »Die Nackten und die Toten«, Kurt Vonnegut: »Schlachthof 5«, Joseph Heller: »Catch 22« und viele weitere Romane bzw. Filme über den Ersten und Zweiten Weltkrieg und Vietnam.

Die genannten Modelle zeigen eins: Der räumliche Rahmen, in dem eine Geschichte sich entfaltet, spielt häufig eine Doppelrolle: als aktiver Mitspieler und als symbolisches Koordinatensystem.

Als Mit-, meist Gegenspieler tritt der Raum uns als Weite und Widerstand (Eis, Meer, Wüste) entgegen, als Geheimnis und Verwirrung (die Labyrinthe Urwald, Stadt, Schloß, Bibliotheksturm), als Verführung (das »buhlerische« Venedig), als Ort der Bewährung (Insel) und Begrenzung (U-Boot, Flugzeug), als Hölle (Höhle, Ghetto, Bunker, Schlachtfeld), aber auch als Ort der Zuneigung, der Liebe (liebliche Landschaft, Garten, See), der Erlösung (Naturparadies, Arkadien), der Neugier, des Interesses und der Verheißung (Weltraum, Orient). In speziellen Räumen bedrohen uns noch menschenähnliche Gegner (Ungeheuer, Tiere), Katastrophen (Feuer, Überschwemmung) und spukende Geister.

Alle diese Orte sind eng miteinander verflochten und weisen immer wieder eine grundlegende Mehrdeutigkeit und Ambivalenz auf (und erinnern damit an die Struktur des menschlichen Charakters). Auf der einen Seite sehen wir das Verheißungsvoll-Fremde, auf der anderen das Abschreckend-Abgewehrte, hier Wunder und Weihen, dort Tod und Verderben. Die Reise ›nach unten‹ läßt sich leicht in ihr Gegenteil verkehren. Jules Verne reiste in seiner Phantasie nicht nur zum Mond, sondern auch zum Mittelpunkt der Erde. Der hochgelegene Zauberberg ist auch ein Unterweltsort (wie sein Minos Hofrat Behrens dem staunenden Besucher Hans Castorp erklärt), und nicht nur das: Er ist Venusberg, Insel der Initiation, Elfenbeinturm, Narrenschiff und nicht zuletzt der Vulkan, auf dem die Todgeweihten tanzen. Manhattan (wie die meisten Großstädte) ist Moloch und Sündenbabel, aber auch pulsierendes Leben und Freiheitsversprechen. Die Insel rettet Menschenleben, stellt sie dann auf die Probe und kann sie verschmachten lassen. Der Wal bietet Nahrung, aber er kann auch Verderben bringen. Die Reise ist immer auch Lebensreise mit ihren Überraschungen, Gefahren, Bewährungen, Begegnungen, mit Untergang wie Heimkehr. Die unterirdischen Räume sind Kerker, bieten aber auch Schutz. Ebenso die Burgen und Türme: Sie schließen ein wie aus. Immer und überall Licht und Schatten. Der Abstieg in die Höhle führt in den Tod, ermöglicht aber auch die Wiederkehr. Das Höhlenkapitel im »Stiller« zeigt unübersehbar diese Mehrdeutigkeit: Die Unterwelt gewinnt die Anziehungskraft des Unbekannten, wird zum todbringenden Labyrinth und erweist sich als Ort eines finalen Kampfes, zeigt sich schließlich aber auch als Ort einer Wiedergeburt und Auferstehung.

Natürlich spielt der Raum nicht immer eine tragende Rolle, und er fungiert auch nur in ausgesuchten Werken als Zentralsymbol. Doch weist er potentiell immer über sich hinaus. Raumkoordinaten (oben/unten, verborgen/offen, außen/innen, weit/nah, wild/gezähmt, durchsichtig/undurchsichtig, dunkel/hell usw.) sind schon vor ihrer jeweiligen Literarisierung symbolisch aufgeladen, und dies muß man beim Schreiben immer in Rechnung stellen. Daher eignen sie sich auch so gut zur Übertragung: Aufstieg und Abstieg, erhoben und erhaben, niedrig und widrig, Nähe und Distanz, links und rechts, Kreis und Linie, geistige Höhe und Unterbewußtsein – unser Sprechen und Denken bewegt sich in Raummetaphern.

Die Schilderung der Schauplätze ›orchestriert‹ in einem Roman die Melodie der Handlung wie der Handelnden. In Naturbildern klingen Geschehen und Seelenzustand der Figuren an, hallen nach, werden relativiert oder kontrastiert. Wenn Sie sich an den Beginn des »Lenz« von Georg Büchner erinnern (S. 79): Die Naturstimmung wirft Licht auf den gestörten Charakter des Protagonisten und einen Schatten voraus auf seinen Lebensweg. Die Technik der Andeutung, Vorwegnahme und Spiegelung kann sogar so weit gehen, daß Handlung und Charaktere praktisch ausgespart werden und Raum- und Wetterangaben sie ersetzen. Dies kann suggestiv geschehen, dann zum Beispiel, wenn Blitz und Donner die leidenschaftliche Vereinigung (oder den ebenso leidenschaftlichen Streit) der Liebenden anzeigen (inzwischen längst ein zu vermeidendes Stereotyp), Regen auf die depressive Stimmung hinweist (ebenfalls abgegriffen), es kann aber auch nüchtern erfolgen, wie in »Madame Bovary«, wo der Ehebruch in der Kutsche hinter zugezogenen Vorhängen erfolgt und der Erzähler sich auf die Beschreibung der Fahrt und die Angabe der Straßennamen beschränkt.

Darstellungsprobleme

☞ Die Schilderung des Settings sollte, schon aus Gründen der Erzählökonomie, keinen Selbstzweck darstellen. Es ist immer verbunden mit dem Geschehen und entfaltet am ehesten seine Erzählfunktion, wenn es die Stimmung bzw. die Gefühle der handelnden Personen unterstreicht, kontrastiert, deutet oder auch evoziert. Der emotionale Anteil des Settings ist also entscheidend, nicht die fotografische Präzision.

☞ Erinnern Sie sich an die ausführlichen Beschreibungen von Walter Scott oder auch an die Naturgemälde, die Adalbert Stifter vor uns entfaltete? Damals, in bildärmeren Zeiten, brauchten Leser mehr als heute die detaillierte Darstellung einer ihnen meist unbekannten Welt. Heute sind wir durch alle Medien mit Informationen zugeschüttet, und die abbildbare Welt ist in unendlich vielen Bildern in unserem Kopf präsent. Sobald wir ein Stichwort hören, schiebt sich eine Landschafts- und Stadtkulisse vor unser geistiges Auge. Dies hat zur Folge, daß sich ein Autor immer fragen muß, wie bekannt der Schauplatz ist, in dem er seine Geschichte ablaufen läßt (dies gilt für alle visuellen Informationen, also auch für Architektur, für Kleidung, technische Abläufe usw.). Je nach Bekanntheitsgrad braucht er nicht zu beschreiben (= abbilden), sondern muß visualisieren und, darüber hinaus, suggerieren. Dies bedeutet: Heben Sie einzelne typische Details heraus, erzeugen Sie durch diese Details und durch die Art der Darstellung eine über sich hinausweisende Stimmung.

☞ Denken Sie daran, daß wir mit allen Sinnen unsere Umgebung aufnehmen (sie nicht nur sehen, sondern auch riechen, fühlen, sogar schmecken).

☞ Lassen Sie Räume unmerklich symbolisch werden: Immer repräsentieren sie etwas für den Erzähler oder den Protagonisten, und genau diese Dimension muß evoziert werden.

☞ Das gleiche gilt für physische Details, die nicht nur kompositorisch ein einigendes Band herstellen können, sondern auch zu Leitmotiven werden und darüber hinaus zu zentralen Dingsymbolen, wie bei der »Judenbuche« von Annette von Droste-Hülshoff oder der roten oder weißen Kamelie der »Kameliendame« von Alexandre Dumas, dem Jüngeren.

☞ Bei Auswahl und Schilderung der Settings gilt, wie anderswo auch, das Gesetz der Variation. Wechseln Sie die Schauplätze, Tageszeiten, Wetterverhältnisse. Lassen Sie eine Szene in einem Innenraum spielen, eine andere auf der Straße, in einem Park, am Meer; eine dritte in einem Café, einer Kneipe, einem Auto – jeweils natürlich nach den Erfordernissen der Geschichte. Gegen Wiederholungen, die die Handlung oder die Komposition erfordern, ist solange nichts einzuwenden, als eine Monotonie des Immergleichen vermieden wird.

☞ Lockern Sie die Dialoge durch kurze, aber immer funktionale Hinweise auf das Setting auf, schießen Sie stimmungs-intensivierende Momentaufnahmen ein, und bereiten Sie die Handlung und/oder die Gefühlslage der Protagonisten durch indirekte und unauffällige Hinweise vor.

☞ Natur- bzw. generell Landschaftsschilderungen sind häufig sprachliche Höhepunkte eines Werks. Ein Autor kann alle Register seines Könnens ziehen. Dies sollte er vor allem dann tun, wenn es um zentrale Symbole geht. Dabei gilt auch hier, daß kalligraphischer Selbstzweck leicht steril wirkt und der symbolische Zeigefinger aufdringlich. Präzision im Konkreten, assoziationsreicher Bildreichtum und faszinierende Rhythmus- und Klangfiguren, vielleicht noch angereichert mit einem Schuß an Überraschung und Irritation, geben einer Landschaftsschildung ihre suggestive Kraft.

Zur Sprache

Die Sprache ist letztlich die entscheidende Oberfläche eines literarischen Werks, seine »tönende Grenze« (Max Frisch); sie ist Träger und Vermittler der Bedeutungen und damit die Nahtstelle zwischen dem, was der Autor ausdrücken will und kann, und dem, was der Leser aufnimmt und in Bilder, Vorstellungen und Gefühle umsetzt. In der Sprache entfaltet sich das künstlerische Potential. Autoren mögen begnadete Geschichtenerfinder sein, wenn sie ihre Geschichten nicht sprachlich ›rüberbringen‹ können, verpufft ihre Begabung. Es ist also entscheidend wichtig, sprachliche Meisterschaft anzustreben.

Wie erweitere ich meine Sprachkompetenz?

Was kann man tun, um seine sprachlichen Fähigkeiten zu verbessern, den Ausdruck präziser, geschmeidiger und variantenreicher zu machen.

☞ Studieren Sie die jeweiligen Techniken Ihrer literarischen Vorbilder, ahmen Sie sie nach, parodieren Sie sie. Achten Sie dabei besonders auf Sprachrhythmus, syntaktische Strukturen, Wort- und Bildwahl, Metaphorik. Versuchen Sie, sich ihre Sprache einzuverleiben. Theoretische Erkenntnisse nützen nicht viel, entscheidend ist das Tun.

☞ Studieren Sie nicht nur Ihre literarischen Lieblinge, sondern auch anerkannte Klassiker oder Autoren, deren Sprache außergewöhnlich und/oder besonders innovativ ist.

☞ Erweitern Sie systematisch Ihr Vokabular durch Lektüre aller Art. Notieren Sie sich unbekannte Wörter und Redewendungen, gelungene Vergleiche und Bilder. In Bereichen, in denen Sie sich nicht sicher fühlen oder in denen immer wieder Ausdrucksvarianten gebraucht werden, listen Sie Synonyme, Antonyme und sinnverwandte Wörter auf. Eignen Sie sich durch ein Bildwörterbuch den präzisen Sachbegriff an. Erweitern Sie auch Ihre Kenntnis von Fachsprachen. Allerdings kommt es nicht auf den Terminus an, den nur Spezialisten verstehen, sondern auf den Begriff, der von sich aus verständlich ist oder inzwischen in die Umgangssprache übergegangen ist. Suchen Sie dabei vor allem nach bildhaften Ausdrücken, nicht nach Abstrahierungen oder Übernahmen aus fremden Sprachen. (Die Astronomie vor allem schwelgt in Metaphern: vom »Urknall« zu den »Schwarzen Löchern« und »zeitlosen Toteninseln im All« geht da die sprachliche Reise, kosmische »Embryos«, »Däumlinge« und »Überriesen« begleiten den Weg, der gesäumt ist von »ausgebrannten Sternleichen« und »Sonnenkadavern«.)

☞ Versuchen Sie, bestimmte Fachsprachen zu kopieren oder parodieren, zum Beispiel die Juristen- und Verwaltungssprache. (Auch um zu begreifen, wie man die elegante Erscheinung unserer Muttersprache entstellen kann: durch Nominalisierungen, Abstraktionen, Wortzusammensetzungsungetüme und Schachtelsätze.)

☞ Lesen Sie Interviews, auch und gerade in Zeitschriften für spezielle Zielgruppen, studieren Sie den jeweiligen Jargon, der dort, lässig oder im aufgeplusterten Imponiergehabe, verwendet wird. Die Werbeleute (»Kommunikationsberater«) und Fotografen reden anders als die Ökonomen, und die Naturfreaks lassen sich von den Computerfreaks leicht unterscheiden. Nützlich sind auch Talkshows und ähnliche Einrichtungen.

☞ Schauen Sie den Leuten aufs Maul, belauschen Sie Kneipen-, U-Bahn und Kaufhausgespräche. Achten Sie auf

Subsprachen und Eigenheiten von Jugendlichen, kulturbeflissenen Intellektuellen, Szenetypen, Bierdimpfeln, Schicki-Micki-Personal, von Kindern, Ausländern und Politikern. Studieren Sie dabei die Dialogführung, ironische Untertöne, Mimik und Gestik usw. Notieren Sie sich unbekannte Wendungen, wenn Sie Ihnen gelungen, farbig und ungewöhnlich erscheinen.

Seinen Stil zu verfeinern ist eine Sache, eine andere ist, die eigenen sprachlichen Schwächen zu erkennen und zu verbessern. Manche Autoren neigen zu schwachen Verben und Nominalisierungen, andere lieben Redundanzen und übersehen Wortwiederholungen. Versuchen Sie also, herauszufinden, wo Ihre typischen Schwächen liegen, und achten Sie beim Schreiben und bei der Überarbeitung besonders auf sie.

Für den Schriftsteller gilt im übrigen ebenso, was bei jedem Klaviervirtuosen oder Tennisprofi für selbstverständlich gehalten wird: Immer wieder trainieren! Täglich schreiben und dabei die Fingerübungen nicht vergessen. (Lassen Sie sich von den Aufgaben auf S. 227 ff. anregen.)

Stil, nicht Stilisierung. Ratschläge zur sprachlichen Gestaltung

»Eine falsche Ausdrucksweise wirkt
wie ein falsches Gebiß.«
(Thomas Bernhard)

Die Sprachgestalt hängt natürlich immer von der Wirkungsabsicht ab. Entscheidend ist, wie es dem Autor gelingt, das, was man sagen möchte und was die Geschichte erfordert, den Lesern zu vermitteln: ohne Informations- und Reibungsverluste, ohne Verrenkungen und falsche Posen. Dabei sollten die Sache und die angestrebte Übertragung im Vordergrund stehen, nicht die sprachliche (Selbst-)Präsentation des Autors.

Es ist mir klar, daß viele anspruchsvolle Autorinnen und Autoren heute geradezu die entgegengesetzte Strategie betreiben:

Sie wollen sprachlich verfremden, auffallend machen, aufrauhen, setzen Sprache als Kunstgriff ein, um – nach der Formulierung von Viktor Šklovski – die Wahrnehmung zu verlängern. Sie mißtrauen gründlich der ›glatten‹ Formulierung und kultivieren eigenwillige, sperrige Darstellungsstrategien.

Aber: Stil, so heißt es, ist der Mensch selbst. Das bedeutet, Stil entsteht von alleine, wenn man eine Aufgabe zu bewältigen versucht und sich sprachlich an einer Sache ›abarbeitet‹; Stil entsteht nicht durch einen absichtlich verfremdeten und angeblich individuellen Sprachgebrauch. Auf diese Weise entsteht nur Masche. Persönlichen Stil sollte man nie mit Stilisierung verwechseln, wie dies häufig Anfänger tun, weder gespreizte Posen noch verrenkte Veitstänze machen den Dichter. Leider fallen manche Profileser wie Lektoren, Kritiker und Juroren auf sprachliche Mätzchen und Manierismen herein und fördern sie sogar. Doch ihre Wirkung verpufft schnell, wenn keine Substanz dahinter steckt. Und nichts ist so schal wie die stilistische Masche von gestern.

Folgende Ratschläge halte ich für beherzigenswert:

☞ Meiden Sie unbeabsichtigte Monotonie durch Wiederholungen von Worten und syntaktischen Konstruktionen.

☞ Schreiben Sie ökonomisch. Streichen Sie alle Redundanzen und Verdoppler. Kumulierende Effekte, übertriebene Begeisterung und Sentimentalität führen oft zu Lyrismus und Kitsch.

☞ Sprachlicher Reichtum und differenzierte Ausdrucksweise sind anzustrebende Ziele. Bemühen Sie sich um den jeweils treffenden Ausdruck. Es gibt, wenn überhaupt, nur sehr wenige wirkliche Synonyme in einer Sprache.

☞ Alles Gestelzte und Geschraubte gehört in die Mottenkiste. Artifizielle Prosa, selbst wenn sie überzeugt, ist Zeitvertreib für Minderheiten.

☞ Schachtelsätze überlassen Sie den Juristen.

☞ Stereotype, Klischees und Trivialitäten sind die Totengräber einer ausdrucksvollen Sprache und eines überzeugenden Stils.

☞ Achten Sie auf die Übereinstimmung von Form und Inhalt. Hohes Erzähltempo braucht eine andere Syntax als eine gemächliche Beschreibung (kürzere Sätze, unter Umständen Abbrüche, Auslassungen). Jeder Sprecher muß sich von dem anderen unterscheiden, Ich-Erzähler benötigen Rollenprosa.

☞ Vorsicht bei zeitgebundener Wortwahl: Sie könnte schnell veralten. Dies gilt vor allem für Slang-Ausdrücke und modische Anspielungen (unter Umständen auch für Preisangaben und ähnliches).

☞ Erzählen Sie bildkräftig und vermeiden Sie Abstraktionen und unspezifische Ausdrücke. Einleuchtende Vergleiche und aufschließende Metaphern geben Ihrer Prosa Tiefendimension und Farbe.

☞ Denken Sie immer an die Devise »Show, don't tell!«. Malen Sie nicht aus, sondern versuchen Sie zu evozieren: Durch den richtigen Appell an die Erinnerungen und Erfahrungen des Lesers entsteht eine ›visuelle‹ Zusammenarbeit zwischen ihm und dem Autor. Sind die Details richtig ausgewählt, sieht der Leser mehr, als geschrieben steht.

☞ Noch stärker als Visualisieren bzw. Evozieren wirkt Suggerieren, also das indirekte Hervorrufen vergessener Bilder und unterschwelliger Gefühle. Wer diese Kunst beherrscht, ist ein Meister. Schauen Sie sich die schon erwähnte Kutschenfahrt der Madame Bovary an oder lesen Sie nach, wie Thomas Mann Hanno Buddenbrook an Typhus sterben läßt: Er ›zitiert‹ einen Lexikonartikel über den Verlauf der Krankheit. Die Wirkung des Indirekten ist intensiver, als es das Vergießen von Tränen auf dem Papier je vermocht hätte.

☞ Ein Erzähler, der sich kommentierend ins Geschehen einmischt, findet heute seltener denn je Anhänger. Auf keinen Fall sollte er sich durch Kundgabe irgendwelcher Meinungen profilieren wollen. Dies gilt in verstärktem Maße für den Autor selbst. (»Ein Romancier hat nach meiner Auffassung nicht das Recht, seine Meinung über die Dinge dieser Welt zu sagen. Er muß bei seiner Schöpfung Gott nachahmen, d. h. schaffen und schweigen.« Gustave Flaubert)

☞ Allerweltsweisheiten sind nichts anderes als gedankliche Klischees. Auch wenn sie ›wahr‹ sind: Ihre Wahrheit hat sich abgenutzt. Es gilt die Gleichung: Abstraktion + Klischee = schwerer Fehler.

☞ Reflexionen, intellektuelle Streitgespräche, Kommentare sollten einen ungewöhnlichen Aspekt einbringen. Extreme Standpunkte, aphoristische Überspitzungen, neuartige gedankliche Kombinationen können aufhorchen lassen, zum Widerspruch reizen und natürlich eine Person kennzeichnen. Aber generell gilt: Eine verkopfte Prosa wirkt auf die meisten Leser abstoßend und langweilig.

☞ Ironische Distanz, insbesondere in der Darstellung der Figuren, ist gerade bei Anfängern beliebt, aber schwerer zu realisieren, als sich die meisten vorstellen. Man sollte sich immer vor Augen halten, daß viele Menschen Ironie überhaupt nicht einordnen können, andere allergisch reagieren; außerdem wirkt sie sehr schnell überheblich. Also Vorsicht!

☞ Sprachliche Übertreibungen und Verzerrungen, bewußt eingesetzte Stilbrüche müssen in ihrer Funktionalität einleuchten und überzeugen. Sie dürfen nicht aufdringlich oder gekünstelt wirken oder gar zum Selbstzweck werden.

☞ Sprachliche Wirkung basiert nicht zuletzt auf Rhythmus und Klang. (»Ich bin überzeugt, daß die geheimste und stärkste Anziehungskraft einer Prosa in ihrem Rhythmus liegt.« Thomas Mann) Lange Sätze und schwingende Rhythmen rufen im Leser ein anderes Gefühl hervor als hektisches Stakkato und atemloses Stolpern. Abgerundete Satzkadenzen verleiten eher zum Weiterlesen als holprige Ausgänge. Auch die Wortklänge, das Vorherrschen dunkler oder heller Vokale, Alliterationen, Assonanzen, unauffällige Reime, also der ›Sprachkörper‹, entfalten eine suggestive, ja magische Kraft, der sich sensible Leser kaum entziehen können.

☞ Die sprachliche Gestaltung darf den Leser nicht dauernd (ungewollt) aus seinem fiktionalen Traum reißen. Wenn sie dies soll, dann muß sie präzise treffen, überraschen und zusätzlich bezaubern. Schiefe Bilder, brüchige Rhythmen und ungeschickte Satzkonstruktionen sind nicht nur technische Fehler, sondern zerstören auch allzu leicht das Band zwischen Text und Leser und damit die Grundlage für eine freiwillig-lustvolle Hingabe an die Phantasien eines Fremden.

☞ Es gibt durchaus noch sprachliche Tugenden. Sie treten nicht marktschreierisch auf, wirken auf manche Autor(inn)en vielleicht altmodisch, aber man kann sich auf sie verlassen. Sie heißen: Klarheit, Präzision, Dynamik, Direktheit, Abwechslungsreichtum, Farbe und Eleganz.

Die Sprache ist häufig der kritische Punkt in einem Werk. Je ›schwächer‹ die Geschichte ist, desto ›stärker‹ muß die Sprache sein. Wer eine gute Geschichte auf Lager hat und sich selbst als Erzähler völlig zurücknimmt, braucht sprachliches Handwerk und nicht mehr; wer aber nur eine schwache Geschichte zu bieten hat und sich selbst – als Erzähler und/oder gar autobiographisch – in den Vordergrund stellt, muß ungewöhnlich gut, geistreich und faszinierend schreiben. Dann wird ihm so mancher Schwachpunkt verziehen und auch Eitelkeit nachgesehen. Wer gar in erster Linie mit seiner Sprache und ungewöhnlichen Erzählstrategien ein Lorbeerblatt erringen will, muß sprachlich brillieren. Aber ihm muß klar sein, daß er letztlich nur Minoritäten anspricht, Kritiker vielleicht und Germanisten, und immer Gefahr läuft, den (normalen) Leser zu verpassen.

Doch jenseits aller Regeln und Ratschläge gilt für die Sprache, was auch für die Geschichte und die Charaktere sich als gültig erwiesen hat: Was funktioniert, das funktioniert, was überzeugt, braucht keine Rechtfertigung.

Eine Anmerkung noch zu den Mitteln sprachlicher Komik. Sie können dabei über folgende Möglichkeiten verfügen:

- uneigentliches Sprechen (Ironie),
- übertreibendes Nachahmen (Parodie) und Verzerren,
- sprachliche Anspielungen und witzige Formulierungen (Wortspiele, überraschende Wendungen, Pointen),
- überraschende Wechsel der Stilebenen,
- sprachliche Kontraste, disparate und inadäquate Ausdrucksweisen,
- Anspielungen auf Tabus, Überschreitung der Tabugrenzen,

– sprachliches ›Augenzwinkern‹ (der Erzähler verbündet sich mit dem Leser hinter dem Rücken der Figuren).

Eine gute Prosakomödie zu schreiben ist eine Kunst, die man Naturtalenten überlassen sollte oder Fortgeschrittenen. Dies hat unter anderem damit etwas zu tun, daß viele der normalerweise geltenden Erzählregeln in komischen Textsorten außer Kraft gesetzt werden.

Andererseits lockern komische Passagen einen Text auf und machen beim Lesen Spaß. Wer glaubt, eine Begabung für witzige Formulierungen und einen Sinn für komische Situationen zu haben, sollte diese Fähigkeiten ausbauen und unverfänglich testen. Aber Komik darf nie erzwungen oder mit billigen Mitteln erzeugt werden. Nichts geht schneller daneben und wirkt so peinlich wie ein offensichtlich beabsichtigter, aber nicht beherrschter Versuch, witzig oder komisch zu sein.

Symbol und Metapher

»Sinne und Leidenschaften reden und verstehen nichts als Bilder. In Bildern besteht der ganze Schatz menschlicher Erkenntnis und Glückseligkeit.«
(Johann Georg Hamann: »Aesthetica in nuce«)

In Symbolen gerinnt die Deutung menschlicher Erfahrung zu konkreten (Sinn-)Bildern, die über sich hinausweisen und eine allgemeine Wahrheit ausdrücken, die von vielen Menschen ohne gedankliche und damit begriffliche Vermittlung verstanden wird. An dem kollektiven Prozeß der symbolischen Selbstdeutung und Selbstdarstellung nimmt der Künstler an hervorragender Stellung teil. Sein Werk zielt in seinen Themen, aber auch in seiner Gestaltung auf die, wie Goethe es ausdrückte, symbolische Transformation der Welt. Höchstes Ziel eines Werks wäre es dann, Gesamtsymbol zu werden: für die Stellung des Menschen in der Welt, für seine eigene Befindlichkeit wie für die seiner Epoche. Die Literatur hat in Anknüpfung und Nachfolge des Mythos in dieser Hinsicht Großes geschaffen: Odysseus bzw. die Odyssee, Ödipus, Parzival, Don Quijote, Hamlet,

Robinson Crusoe, Faust und Mephisto, Anna Karenina, eine »kafkaeske« Welt, die »Suche nach der verlorenen Zeit«, den »Ulysses«, den »Zauberberg«, das »Warten auf Godot« und vieles mehr.

Jenseits eines solchen Fernziels arbeitet jedes Werk im kleinen an der symbolischen Transformation der Welt, und die Frage ist, welche Methoden dabei zu verwenden sind. Dabei möchte ich sofort betonen, daß die Beherrschung der Symbolisierungstechniken ein hohes Maß darstellerischer Fähigkeiten voraussetzt. Grundsätzlich gilt auch hier, daß Symbole nie aufgesetzt, gewollt oder aufdringlich erscheinen dürfen; sie müssen sich wie selbstverständlich und natürlich einstellen und dabei in ihrer wörtlichen wie übertragenen Bedeutung von den Lesern verstanden werden, ohne daß sie sich nun auf eine begriffliche Formel reduzieren ließen.

Welche Techniken sind im einzelnen zu nennen?

Am gebräuchlichsten und am wenigsten wirksam ist die Verwendung tradierter Symbole und ihrer sprachlichen Pendants, der konventionellen Metaphern, die unsere Kultur uns wohlfeil anbietet und die täglich wie Wechselgeld im zwischenmenschlichen Verkehr, in der medialen Öffentlichkeit und in der Politik ausgetauscht werden. Da trägt jemand sein Kreuz, Schwerter werden zu Pflugscharen, ein Brand wird zum Inferno (= Hölle) und eine wirtschaftliche Rezession zur Talsohle, die mühsam durchschritten werden muß, weil in ihr zu viele kollektive Freizeitparks mit ihren Angeboten locken. Ein ganzer Zoo ist dort zu besichtigen: Baulöwen, Immobilienhaie und Pleitegeier, Friedenstauben und Klapperstörche. Wohin wir auch schauen: Wir sind umstellt von Symbolen und sprechen mit Hilfe eines mehr oder weniger verstaubten Metaphernarsenals.

Wer das alte und neue »Symbolgeröll« (Paul Ricoeur) als Bedeutungsträger in seinem Werk benutzt, sollte sich bewußt sein, daß er Gefahr läuft, seinen Figuren, seiner Landschaft oder einem anderen Element nur metaphorische »Kitschetiketts« (Umberto Eco) aufzukleben. Abgenutzte Symbole wirken aufdringlich und gleichzeitig leer wie ausgelutschte und abgeschmackte Phrasen.

Auf der anderen Seite kommt kein Autor ohne die Verwendung tradierter Symbole und Metaphern aus. Selbst wenn er sie zu meiden sucht: Sie sind überall. Und wenn er sie verbergen will: Der Leser sieht sie trotzdem. Die Schlußfolgerung aus diesem Dilemma:

☞ Verwenden Sie bekannte mythologische oder literarische Symbole nicht als direktes Zitat, sondern eher in Anspielung oder Implikation. Überlassen Sie die symbolischen Zeigefinger denjenigen, die ihre innere Leere mit geliehener Bedeutung füllen müssen.
☞ Vermeiden Sie abgedroschene Metaphern und kitschige Vergleiche (»Himmelfahrtskommando«, »ein Mann wie ein Löwe«, »ihre Rehaugen glänzten«, »engelgleiche Erscheinung«, »Balsam für meine Seele«).
☞ Bleiben Sie realistisch. Verlassen Sie sich auf die immanente Symbolik, die vielen Dingen und Vorgängen eigen ist und die auch wirksam wird, wenn man sie richtig darstellt, ohne auf eine tiefere Bedeutung zu schielen. Widmen Sie sich den herausgehobenen Momenten im Leben, stellen Sie dar, was für Sie wichtig erscheint, und überlassen Sie die Erlebnisklischees den Seifenopern.

Die einfache ›realistische‹ Mimesis gibt einem Ding oder einem Ereignis an sich noch keine symbolische Tiefe oder Bedeutung. Aber wie ich im Kapitel über Räume gezeigt habe, lassen sich bestimmte Raumangaben und Orte, aber auch Körperteile o. ä. gar nicht mehr ohne immanente Symbolik denken. Texte stehen in langer literarischer Tradition: Ein Besuch in Venedig zum Beispiel führt direkt in einen Echoraum ›intertextueller‹ Bezüge. Wir assoziieren Schönheit, Verfall, Untergang, Tod, Trauer, Labyrinth, (verbotene) Liebe, Hochzeitsreise, Geschäftsgeist und Buhlerei und darüber hinaus natürlich Gondeln, Touristen, Tauben, Dogen, »O sole mio« usw. Jede Assoziation erweckt wieder neue, auch sehr persönliche: Die Gondel ist nicht nur Sarg und Hadesfahrt, sondern auch die Erinnerung an die schönen Stunden mit der eigenen Ehefrau oder dem Geliebten.

Bedenken Sie bei Ortsbeschreibungen, bei allen ausschmükkenden oder kennzeichnenden Details also immer die immanente symbolische Assoziationskraft und setzen Sie sie gezielt, aber mit *understatement* ein: als Anspielung, Andeutung, Hinweis.

Was nicht über sich hinausweist, aber als Sinn-Bild funktionieren soll, braucht Textstrategien zur Erzeugung einer symbolischen Aura. Wie transformiert man nun ein Textelement aus der ›realistischen‹ in eine symbolische Bedeutungsebene. Umberto Eco nennt zwei Strategien:

- »Überfluß an Signifikation« bzw. »Störung im Textverlauf«
- und »Inhaltsnebel«.

Mit anderen Worten: Textelemente müssen einerseits auffällig gemacht werden und gleichzeitig unbestimmt, vieldeutig ausdeutbar bleiben. Ein Fingerzeig (kein erhobener Zeigefinger!) muß dem Leser signalisieren: Achtung, doppelte Ebene.

Nehmen wir ein Beispiel: Der Protagonist eines Romans, ein erfolgreicher Schriftsteller, unternimmt, nach seinem Tagespensum ein wenig ermüdet, einen Spaziergang. Er schlendert durch einen Park und kehrt schließlich nach Hause zurück. Soweit ganz realistisch und normal, wir denken uns nichts dabei. Spaziert er allerdings über einen in der Nähe liegenden Friedhof, so besagt dies schon etwas mehr. Wir könnten als Leser ›Nähe zum Tod‹ assoziieren und uns fragen, warum er diesen Ort aufsucht. Geschieht nichts weiter, vergessen wir unsere Überlegungen wahrscheinlich wieder, wenigstens so lange, bis der Schriftsteller, einige Seiten später, erneut über den Friedhof schlendert (Wiederholung einer Handlung = Strukturmuster → besondere Bedeutung). Stellen wir uns nun folgende Szene vor: Der Schriftsteller studiert Grabesinschriften (Leserreaktion: ?), sein Blick fällt auf zwei steinerne ›apokalyptische Tiere‹ (!!), er verliert sich darüber in Träumereien und entdeckt plötzlich, als würde er aus dem Traum erwachen, im Eingangsportal einen Mann, der eigenartig aussieht, mager, stumpfnäsig. Der Fremde schaut herrisch herab (!?), der Schriftsteller erschrickt, sieht sich um, ob er allein ist, und als er sich wieder herumdreht, ist der Fremde wie ein Phantom verschwunden (!!!). Der Schriftsteller geht beunruhigt nach Hause, sieht seltsame Bilder vor sich, Urwaldlandschaften (?), die Krankheiten ausbrüten (!), und plötzlich überfällt ihn eine starke, nicht recht deutbare innere Anwandlung, die er schließlich als ›Reiselust‹ verstehen will (!!??).

Wir sehen, was hier durch den Text erzeugt wird: eine alltägliche Begegnung auf einem Friedhof wird auffällig gemacht (= Überfluß an Signifikation) und gleichzeitig unklar gehalten (= Inhaltsnebel).

Welche Mittel hat der Autor eingesetzt? Er läßt den Schriftsteller kurze Zeit auf eine Bewußtseinsebene hinüberwechseln, die wir gewöhnt sind, im übertragenen Sinn zu deuten. In Träumen wird die Welt bizarr, nebulös, unverständlich, und wenn wir C. G. Jung oder Sigmund Freud gelesen haben, machen wir uns an die Deutung, wenn nicht, sagen wir vielleicht: »Blödsinn!« Literarische Träume(reien) aber können wir nicht als Blödsinn abtun, für sie gilt das fiktionale Grundgesetz: Jedes Element eines Textes muß einen Sinn haben, auch wenn er nicht (sofort) einleuchtet (= Störung im Textverlauf). Wir reagieren alarmiert: ein Geheimnis, ein Symbol? Wie sollen wir den so schnell verschwundenen Mann am Friedhof deuten? Je nach Autor und Art der Geschichte werden wir in ihm vielleicht einen flüchtenden Mörder vermuten (Krimi) oder an einen Todesboten denken. Wir kennen ähnliche Modelle aus der literarischen Tradition: Der Tod als befremdlich auftretender Unbekannter, eine erste Warnung (»ich komme wieder«), der Hinweis: »Du hast nicht mehr viel Zeit.«

Man kann die Assoziationen weiter ausspinnen, aber interessanter ist, ihre Technik zu verfolgen: Ein Vorgang wird auffällig gemacht, auf eine besondere Ebene geschoben, assoziativ angereichert und insgesamt in einer vieldeutigen Unklarheit gelassen.

Noch könnten wir, um wieder auf unser Beispiel zurückzukommen, sagen: »Hat doch alles seine natürliche Erklärung, der Schriftsteller war erschöpft vom Arbeiten, in der Nähe seiner Wohnung gibt es einen schattigen Friedhof, er ist ein kunstliebender Mann und betrachtet gerne Steinfiguren, die zufällig apokalyptische Tiere darstellen. Warum sollte er nicht einem Fremden begegnen? Überall laufen Fremde herum.«

Wenn nun aber der Schriftsteller im Laufe der Geschichte mehrfach auffallenden Männern begegnet, die dem ersten in ihrem Äußeren ähneln, wird der symbolunwillige Leser nach gewisser Zeit nicht umhin können, die Wiederholung zu bemerken, darin eine gewollte Struktur zu erkennen und seine Aufmerksamkeit den seltsamen Männern zuzuwenden. Und wenn dann immer wieder Hinweise zu lesen sind, die an Unterwelt, Tod, Teufel, Alter, Sarg usw. denken lassen, wird sich in ihm, wie klar und bewußt auch immer, ein Bild verdichten, das seinen Sinn erhält durch seinen Verweischarakter. Der Schriftsteller begegnet dem Tod, der ihn vermutlich ereilen wird.

Erfolgreiche Symbolisierung arbeitet also

✍ mit Unklarheiten, genauer: Mehrdeutigkeiten im Text (›Inhaltsnebel‹: was soll dieser fremde Mann?),

✍ mit Elementen, die symbolische Assoziationen nahelegen (»apokalyptische Tiere«),

✍ mit Metaphern (»sargschwarze Gondel« = ›Störung im Textverlauf‹, weil ungewöhnlich, und ›Überfluß an Signifikation‹: Gondeln sind immer schwarz),

✍ mit kompositorischen Mustern (›Überfluß an Signifikation‹: durch Wiederholungen oder auch durch eine besondere Stellung, am Anfang eines Textes zum Beispiel oder am Ende; auch durch Querverbindungen im Text: Wenn, wie im »Tod in Venedig«, an den sich das Beispiel anlehnt, Gustav von Aschenbach eine dionysische Rotte mit »gezogenem U-Ruf« zu Tal stürzen sieht und wir zudem aus dem Text wissen, daß »Tadzio«, der Name des begehrten Jungen, im Anruf mit »gedehntem U-Laut« ausklingt, dann ergibt sich eine Querverbindung, die die Deutung nahelegt, der Junge sei das »Werkzeug einer höhnischen Gottheit«),

✍ häufig auch mit irgendeiner Form von ›Derealisierung‹ (in unserem Beispiel die Träumerei des Schriftstellers, eine Technik, die noch immer gern verwendet wird; denken Sie an Stephen King).

Heute, im Zeitalter einer durchinterpretierten Welt, ist eine gelungene, das heißt auch: unaufdringliche Symbolisierung doppelt schwierig. So deutlich und bildungsbefrachtet wie Thomas Mann in seiner Novelle können wir aufgrund der sich türmenden Symbolhalden inzwischen nicht mehr verfahren. Erzeugen Sie Symbole also eher durch Darstellungstechniken und verlassen Sie sich nicht auf das Herbeizitieren bekannter Versatzstücke. Verzichten sollte man auch auf alle Selbstdeutungen im Text.

Zum Schluß noch eine Bemerkung zu einer extremen Form der ›Derealisierung‹. In unserem Beispiel glitt der Schriftsteller aus der ›realen‹ Welt für die kurze Phase der Träumerei in eine ›entrealisierte‹ Welt. Schreiben Sie nun einen Text, der diesen Gegensatz aufhebt und durchgängig nicht ›real‹ ist, haben Sie sich zu entscheiden entweder für spezielle Textsorten, die jenseits unserer Realität spielen (Fantasy, Science-Fiction u. ä.), oder für eine prinzipiell parabelhafte oder symbolische Schreibweise. Im zweiten Fall, und allein dieser interessiert hier, kann der Leser dem Text nur Sinn geben, wenn er ihn ›im übertragenen Sinn‹ liest, das heißt, wenn er ihn in einen symbolischen Modus übersetzt.

Franz Kafka hat uns gezeigt, wie eine solche Art zu schreiben funktionieren kann; erfolgreiche Nachfolger gibt es aus gutem Grund so gut wie keine. Kafkas Werk und Welt ist in der Literatur so einmalig, daß alle, die seiner Methode nacheifern, wie epigonale Nachahmer aussehen. Kafka ist das Kunststück gelungen, einen deutungsfreien Realismus in den Raum des Symbolischen zu versetzen, oder umgekehrt: das Symbolische auswegslos ›realistisch‹ erscheinen zu lassen. Sein Erzählen durchkreuzt immer wieder alle Versuche einer Deutung, und gerade dadurch bleibt es unauflösbar im symbolischen Modus. Er verlangt die deutende Übertragung und verweigert sie zugleich. Es zitiert bekannte Symbole (z. B. das Schloß), aber löst sie weder auf noch ein. Es entfernt sich aus unserer realen Welt (ein Mensch wird zum Ungeziefer) und bleibt doch in ihr, als sei nichts geschehen.

Kafkas Darstellungsformen und Symbolisierungstechniken sind zu einmalig, aber auch zu bekannt, als daß sie als Vorbilder dienen könnten. Meiden Sie also ›kafkaeske‹ Schreibweisen. Entweder sehen die Texte wie platte Nachbildungen aus, oder sie verharren in einer angestrengt allegorisierenden Form, die nichts mit lebendiger Literatur zu tun hat.

Überarbeiten und Korrigieren

»Man muß mit Feuer entwerfen und mit Phlegma ausführen.«
(J. J. Winckelmann)

»Für die Bewährung einer bereits niedergeschriebenen Sache ist Zeit erforderlich.«
(Vladimir Majakowski)

Distanz und Eigenlogik des Werks

»Neuschreiben ist das ganze Geheimnis des Schreibens.« Diese pointierte Formulierung Mario Puzos enthält die wichtige und von den meisten Schriftstellern bestätigte Erkenntnis, daß das Überarbeiten und Korrigieren ganz entscheidend beiträgt zum Gelingen eines Werks.

Wie sollten Sie dabei vorgehen, und welche Aspekte sind besonders zu beachten?

Entscheidend ist, zwischen dem ersten Entwurf und der Überarbeitung eine Distanz zu legen. Man braucht Abstand, um Stärken und Schwächen besser erkennen, um die Proportionen richtig beurteilen, die Zielrichtung sehen und so einen Rollenwechsel vom Autor zum Leser vollziehen zu können. Pausieren Sie also nach den Anstrengungen des ersten Entwurfs, machen Sie einen Urlaub, verreisen Sie, lassen Sie das Werk auf jeden Fall eine Weile liegen.

Anschließend lesen Sie es laut und versuchen Sie, sich dabei selbst zuzuhören und das Werk auf sich wirken zu lassen. Es gibt keinen besseren Test. Wortwiederholungen, Rhythmusbrüche, Schachtelsätze, überlange Nominalkonstruktionen fallen sofort ins Ohr. Gestelzte Dialoge und abstrakte Formulierungen, langatmige Beschreibungen und Durchhänger ebenso. Achten Sie darauf, welche Gefühle sich bei Ihnen einstellen: Langeweile vielleicht oder einfach ein ungutes Gefühl (dann verliert der Text seine innere Spannung und Dichte); vielleicht fühlen Sie sich aber hineingezogen, gefesselt, sehen die Szene plastisch vor sich (dann ist Ihnen womöglich die Passage gelungen).

Fragen Sie sich beim Lesen und überhaupt in der gesamten Überarbeitungsphase immer wieder:

☞ Ist die Erzählperspektive eindeutig und paßt sie?
☞ Sind meine zentralen Charaktere lebendig, glaubwürdig, mehrdimensional?
☞ Ist die Geschichte dynamisch und fesselnd erzählt?
☞ Entfaltet sich eine fiktionale Welt, die in sich stimmig ist und ihrer eigenen Logik folgt?
☞ Gelingt es mir, eine komplexe Einheit zu erzeugen, die durchsichtig ist und doch ein letztes Geheimnis bewahrt?
☞ Erzähle ich *eine* Geschichte oder reiße ich nur mehrere an?

Es geschieht häufig, daß ein Werk im Entstehungsprozeß (s)eine eigene Gesetzlichkeit entwickelt, sich gegen die Absicht des Autors entfaltet und schließlich auch seine eigenen Wege geht. (»Stückeschreiben ist wie Schach: Bei der Eröffnung ist man frei; dann bekommt die Partie ihre eigene Logik.« Friedrich Dürrenmatt) Aus diesem Grunde ist es so wichtig, sich immer wieder zu fragen:

☞ Was wollte ich schreiben? Was ist daraus geworden?
☞ Was ist der Kern des Werks und was sein Ziel? Worum geht es in Wirklichkeit? Mit welcher ›Prämisse‹ würde ich es in Hollywood verkaufen? WAS IST MEIN THEMA?

Je klarer Ihnen das Zentrum wird, um das herum Sie schreiben, desto mehr wird es Ihnen gelingen, Überflüssiges aus dem Werk herauszunehmen und die Szenen, Ereignisse, Naturschilderungen usw. auf dieses Zentrum hin auszurichten und damit auch kompositorisch miteinander zu verschränken.

Die Suche nach dem Zentrum heißt nicht, ich deutete es an, daß Sie Ihr Thema plakativ ausbreiten und den Leser mit dem Zeigestock darauf hinweisen. Im Gegenteil. Das Thema ist wie eine Strategieanleitung und ein geheimes Lebenszentrum, nach dem sich alles entwickeln sollte und auf das alles bezogen werden kann, ohne daß es ausgesprochen werden muß.

Von der Nabelschau zum Plagiat. Eine Checkliste für die Überarbeitung

Sein Werk überarbeiten heißt, es systematisch auf Schwachpunkte abzuklopfen. Seien Sie kritisch, übertreiben Sie aber nicht. Um Ihnen die Suche zu erleichtern, liste ich eine Reihe von Stichworten auf, die typische Fehler anschneiden. Sie ergänzen die gerade genannten Fragen, die Checkliste zum *plotting* (S. 119 ff.) und die Hinweise im Kapitel »Drum prüfe ...« (S. 223). Gehen Sie auch noch einmal die Stichworte zur Personenbeschreibung und zum Charakterbild (S. 71 f.) durch.

Nabelschau: Ist der Roman, als Tagebuch- oder als Psychoanalyseersatz, nur für den Autor selbst geschrieben?
Larmoyanz: Haben Sie alle Stellen, die wehleidig wirken könnten, getilgt?
Steckbriefdetails: Finden sich noch allzu leicht identifizierbare Details aus Ihrem Leben, insbesondere aber aus dem Leben Ihrer ›Vorbilder‹? Wenn ja, verwischen Sie die Spuren.
Moralischer Zeigefinger: Haben sich in Ihre Geschichte persönliche Wertungen eingeschlichen, ohne daß sie Ausdruck der Charaktere sind?
Interesse: Interessieren Sie sich wirklich für Ihre Figuren? Mögen Sie sie?
Gerechtigkeit: Wurden die Grundregeln der ›epischen Gerechtigkeit‹ beachtet?
Leserbezug: Ist der Bezug zwischen der ›Realität‹ der Geschichte und dem Leben der Leser immer einsichtig?

*

Titel: Ist der Titel aussagekräftig und suggestiv? Suchen Sie nach Varianten. Achten Sie auf Rhythmus und Klanggestalt.
Motto: Falls Sie ein Motto voranstellen: Fügt es dem Text einen ungewöhnlichen Aspekt hinzu?
Thema: Ist das Thema von allgemeinem Interesse?

Keim: Was war eigentlich der Keim Ihrer Geschichte? Gibt es eine innere Verbindung mit dem Thema? Wenn nicht, warum? Wie einheitlich ist Ihr Roman?

*

Autor/Erzähler: Mischen Sie sich gelegentlich in die Geschichte ein?
Erzähler: Bleiben Perspektive und Stimme des Erzählers konsistent? Klingt er manchmal überheblich oder angeberisch? Ist er voreingenommen?
Erzähldistanz: Wechseln Sie (zu) häufig die Distanz zu Ihren Figuren?
Personaler Erzähler: Fallen Sie gelegentlich aus der personalen Erzählweise? Kommentieren Sie gar die Figuren und Geschehnisse? Wechseln Sie unsystematisch und zu häufig die Perspektive?
Ich-Erzähler: Spricht der Ich-Erzähler mit unverwechselbarer Stimme? Aus welcher Distanz erzählt er? Weiß er nicht mehr, als ihm sein Blickwinkel erlaubt?

*

Namen: Haben sich die Namen mit den Charakteren untrennbar verbunden?
Sympathieträger: Gibt es genügend sympathische Charaktere? Können die Erlebnisse der Hauptfiguren emotionale Anteilnahme wecken?
Runde Charaktere: Sind Ihnen Ihre Protagonisten ambivalent genug geraten? Können Sie den Leser überraschen? Ist die Charakterisierung konsequent und treffend in den Details?
Charakterisierung: Ist Ihre Personenzeichnung konkret und differenziert genug? Haben Sie die Figuren in ihrem Handeln gezeigt, oder haben Sie sich auf Behauptungen verlassen?
Schwarz-weiß-Malerei: Haben Sie den Antagonisten nicht zu schwarz gemalt? Lassen Sie auch den ›Bösen‹ ihre berechtigten, zumindest verständlichen Motive?
Ausgeglichene Stärke: Sind die Gegner in etwa gleich stark?
Motivation: Kann der Leser sich in die Motive der Charaktere hineinversetzen? Überzeugen sie auch Skeptiker? Sind sie in sich stimmig?

Kontrast: Gibt es genügend Kontraste unter den Charakteren?
Aktivität: Handeln Ihre zentralen Figuren oder bleiben sie Marionetten? Haben sie klare Ziele, die sie ambitioniert verfolgen, oder versinken sie in Passivität?
Charakterwandel: Erfolgt er nicht zu schnell, sondern Stufe für Stufe und nachvollziehbar?
Rätsel: Gibt es noch rätselhafte Momente in der Charakterzeichnung und in der Geschichte selbst? ›Rätsel‹ bedeutet allerdings nicht, absichtlich Informationslücken zu lassen!
Nebenfiguren: Sind Ihre Nebenfiguren einprägsam, lebendig?
Beziehungsstruktur: Ist das Beziehungsgeflecht zu komplex? Gibt es überflüssige Figuren? Sind alle Beziehungsmuster ausgeschrieben oder zumindest angedeutet? Oder ist das Beziehungsmuster zu einfach?

*

Strukturmuster: Nach welchem typischen Strukturmuster ist Ihr Roman angelegt?
Plotmodell: Welchem Plotmodell bzw. Meisterplot kommt er am nächsten? Welche Modelle haben Sie miteinander verbunden? Haben Sie nach neuen Varianten gesucht?
Möglichkeiten der Geschichte: Haben Sie alle Einfälle überdacht und ausprobiert?
Wahrscheinlichkeit: Ist Ihre Geschichte glaubhaft und wahrscheinlich?
Übertreibungen: Gibt es noch zu viele melodramatische und kolportagehafte Elemente?
Gefühle: Steht wirklich etwas auf dem Spiel? Konflikte um Kleinigkeiten machen keine Geschichte!
Krisen und Konflikte: Sind die Krisen durchsichtig, nachvollziehbar und zwangsläufig? Treiben die Konflikte die Geschichte voran? Lassen sich die Konflikte steigern bis hin zur Unausweichlichkeit einer Auseinandersetzung?
Lösung: Ist die Lösung des Konflikts in ihm selbst angelegt oder erfolgt sie durch einen *deus ex machina*?

*

Anfang: Ist die Eröffnung unangreifbar? Ist sie faszinierend, fesselnd, nicht zu langsam, und zieht sie in die Geschichte hinein?

Angriffspunkt: Gibt es eine Szene, aus der heraus die eigentliche Handlung sich entfaltet? Ist ihre Verbindung mit der Eröffnung klar genug?
Aufbau der Handlung: Zeichnen Sie den Handlungsaufbau in einem Schaubild auf. Überprüfen Sie das Ineinandergreifen der Szenen und ihren Rhythmus. Nehmen Sie die statischen Stellen heraus oder schaffen Sie Bewegung.
Spannungsdramaturgie: Verläuft der Spannungsbogen nach dem Muster der Kippschwingung? Baut sich die Spannung rhythmisch bis zum finalen Höhepunkt auf? Gibt es ungewollte Spannungslöcher und Längen, in denen keine Bewegung spürbar ist?
Überraschungen: Gibt es unerwartete Wendungen und Überraschungen, oder ist das Geschehen zu deutlich antizipierbar?
Aufmerksamkeitslenkung: Haben Sie den Blick des Lesers klar und unauffällig dorthin gelenkt, wohin Sie ihn haben wollten? Haben Sie Ihre Erzählakzente richtig gesetzt? Unwichtiges sollte nicht breit ausgeführt und über Wichtiges hinweggehuscht werden.
Suspense: Haben Sie nicht zu früh zu viel verraten? Der Leser muß rätseln können, braucht Geheimnisse, muß in spannungsvoller Schwebe gehalten werden.
Höhepunkt: Kommt der Höhepunkt nicht zu früh? Ist er vorbereitet, aber nicht vorhersehbar?
Ende: Ergibt sich das Ende der Geschichte zwangläufig aus dem Verlauf der Handlung und dem Charakter des bzw. der Protagonisten? Ist es einsichtig, klar und akzeptabel? Haben Sie sich auf keinen vorschnellen Schluß eingelassen? Fehlen alle losen Enden? Bleiben keine noch zu beantwortenden Fragen offen?
Offener Schluß: Haben Sie sich diese Lösung gut überlegt? Ist sie wirklich die einzig mögliche und überzeugende? Ist sie einsichtig? Wird der Leser seine Antwort finden?

*

Darstellungsmodi: Wie ist das Verhältnis von szenischen und nichtszenischen Darstellungsformen? Gibt es nicht zu viele beschreibende Passagen? Zu lange trockene Berichte?

Szenen: Sind die Szenen dicht? Beginnen sie nicht zu früh? Sind sie in sich strukturiert mit einem Höhepunkt? Bewegt sich etwas in ihnen? Geht es um ein konfliktgeladenes Geschehen? Gerät die Handlung irgendwo ins Dahinplätschern? Enden die Szenen mit *cliff-hangers*?
Dialoge: Sind die Dialoge knapp, informativ, lebendig, prägnant? Sprechen die Gesprächspartner wirklich untereinander und nicht zum Leser hin? Werden sie nicht zum Sprachrohr des Erzählers oder gar des Autor oder der Autorin? Sind alle unnötigen »sagte sie/er« getilgt?
Überleitungen: Sind die Szenen überzeugend miteinander verknüpft? Sind die Sprünge gesichert?
Rückblende: Sind die Rückblenden zu lange geraten? Sind sie in sich strukturiert?
Einblendungen: Haben Sie den Text nicht durch zu häufige Einschübe unruhig gemacht und den Lesefluß gestört? Können nicht Informationen, die bisher durch Ein- und Rückblenden eingestreut wurden, durch Handlung und Dialog vermittelt werden?
Reflexionen: Wird zuviel reflektiert? Gar kommentiert und beurteilt? Lassen Sie dem Leser die Möglichkeit, seine eigenen Schlüsse zu ziehen.
Komposition: Haben Sie die einzelnen Erzählelemente und Motive ausreichend miteinander verschränkt? Gibt es genügend Vorausdeutungen, Hinweise, Andeutungen, Querverbindungen, Nachspiele usw.? Gibt es Parallelereignisse, Spiegelungen, gegenläufige und gespiegelte Elemente? Haben Sie die Oppositionen gut akzentuiert?
Erzählrhythmus: Ist der Erzählrhythmus abwechslungsreich und geschmeidig?
Sachliche Fehler: Haben Sie alle Fakten überprüft?
Widerspruchsfreiheit: Haben Sie Ihren Roman auf mögliche Widersprüche in allen seinen Bereichen überprüft? Lassen Sie keine Unklarheiten aukommen. Der Leser muß sich darauf verlassen können, nicht auf Ungereimtheiten zu stoßen.
Ökonomie: Haben Sie alles Überflüssige herausgestrichen? Gehen Sie den Text immer wieder auf Redundanzen durch, und suchen Sie nach blinden Motiven.

Welthaltigkeit: Ist genügend ›Welt‹ in Ihrem Roman?
Komplexität: Ist die Mischung von Klarheit und Komplexität richtig? Ist die Handlung nicht unnötig kompliziert oder gar undurchsichtig, aber auch nicht simpel und vorhersehbar?
Zeit: Ist die Zeit spezifisch genug? Der Zeitablauf logisch?
Setting: Ist es Ihnen gelungen, die Darstellung von Raum und Stimmung knapp, aber einprägsam und suggestiv zu gestalten? Kann der Leser seine Phantasie einbringen? Gibt es genügend Anstöße zu Visualisierung und Imagination? Orchestriert das Setting unaufdringlich das Geschehen? Sind die Symbolräume nicht zu aufdringlich?
Stimmung: Wird die Stimmung manchmal unfreiwillig zerstört?

*

Sprache: Achten Sie dabei auf die allgemeinen Regeln zur sprachlichen Gestaltung (S. 199 ff.). Denken Sie immer daran, daß die Sprache das letzte und entscheidende Qualitätskriterium eines Romans ist.
Komik: Witzige Formulierungen, überraschende Wendungen, komische Situationen, gegebenenfalls auch ironische Pointen lockern einen Text auf und erhöhen die Lust am Lesen. Seien Sie weder bierernst, bedeutungsschwanger noch dröge. Aber erzwingen Sie keinen Witz. Er muß absolut sitzen.
Ironie: Sind Sie gelegentlich unfreiwillig ironisch?
Symbolik: Haben Sie zu viele aufdringliche Symbole verwendet? Streichen Sie Symbolgeröll und Klischees. Wandeln Sie Symbolzitate in Anspielungen um. Erzeugen Sie unter Umständen symbolische Tiefe durch entsprechende Strategien.
Stereotype: Gibt es noch Passagen, in denen Sie auf Versatzstücke zurückgreifen mußten? Tilgen Sie vorhandene Klischees.
Plagiate: Haben Sie aus Versehen irgendwo etwas geklaut? Das haben Sie nicht nötig!

Erstleser und ihre Aufgaben

Sollte man sein Manuskript vor der endgültigen Fertigstellung überhaupt aus den Händen geben, und wenn ja, ab wann sollte man von seinen Plänen erzählen und erste Entwürfe lesen lassen?

Hierüber gibt es unterschiedliche Stimmen. Ernest Hemingway riet: »Reden Sie nie über eine Geschichte, an der Sie arbeiten!« Mario Puzo äußerte sich ähnlich. Beide befürchteten, daß eine kritische oder laue Aufnahme der Pläne und ersten Entwürfe hemmend und destruktiv wirken könnte. Diese Befürchtung ist nicht unbegründet, und nichts kann in der Wachstumsphase einer Geschichte störender sein als mäkelnde Kritik. Auf der anderen Seite ist es auch nicht ratsam, dem Klischee von der Schöpferkraft in Einsamkeit zu verfallen. Ein Roman soll später einmal gelesen werden. Das heißt, daß er von vornherein in einem kommunikativen Kontext steht, und nur wenige Autoren sind so überfließend kreativ und gleichzeitig selbstkritisch, als daß sie nicht konstruktive Diskussionen anregen könnten.

Sind Sie sehr irritierbar, dann arbeiten Sie erst einmal Ihr Manuskript soweit aus, bis Sie sich sicher genug fühlen, es zum erstenmal aus der Hand zu geben. Sind Sie aber überzeugt von Ihrer Geschichte, dann können Sie, ohne sich allerdings aufzudrängen, Ihren Plan wohlwollenden und neugierigen Freunden entwickeln. Schildern Sie ihnen Ihre Erzählabsicht, die Hauptpersonen, den Plot usw. Achten Sie dabei darauf, ob Ihre Ausführungen Sie selbst überzeugen und wie Ihre Freunde reagieren: lau, interessiert, zustimmend oder begeistert. Bleiben Sie flexibel und nehmen Sie Anregungen auf, werfen Sie aber nicht bei jedem Einwand den ganzen Plot um. Häufig hilft Ihnen ein solches Gespräch, Klischees oder allzu konstruierte Lösungen aufzudecken, und läßt Sie neue Ideen finden.

Steht ein Werk kurz vor seiner Vollendung, das heißt, vor der letzten Korrekturphase, dann sollten Sie es von einem oder mehreren Erstleser(inne)n, die Sie gut kennen und denen Sie vertrauen, gegenlesen lassen. Es sollten erfahrene Leser(innen) sein, aber nicht unbedingt Literaturprofis. Gut wäre es auch, wenn ihnen klar ist, daß manchmal kleine Veränderungen und Striche eine scheinbar mißlungene Passage wesentlich verbessern können.

Wieweit man den eigenen Lebenspartner heranzieht, ist umstritten. Er steht dem Autor sehr nahe, und es besteht die Gefahr, daß er nicht unvoreingenommen an das Manuskript herangeht. Vielleicht will er Sie nicht kränken und sagt nicht, was er wirklich denkt, vielleicht sieht er auch Sie persönlich zu deutlich hinter der Hauptfigur, als daß eine neutrale Betrachtung möglich wäre. Ich meine, man sollte ihm das entstandene Werk zu lesen geben und auch mit ihm darüber sprechen, sich aber nicht auf ihn als alleinigen Erstleser verlassen. In der Regel merkt man nach einiger Zeit, wie hilfreich und treffsicher seine Urteile sind.

Welche Aufgaben haben nun die Erstleser :

☞ Zuerst einmal sollten sie Ihr fast fertiges Werk loben. Ich glaube, fast alle Autoren, vor allem die noch nicht erfolgreichen, schwanken nach Fertigstellung eines Manuskripts zwischen Größenwahn und Selbstzweifel. Diese Zweifel können sehr destruktiv sein und müssen besänftigt werden. Außerdem braucht man nach so langer Zeit einsamer Arbeit an einer Sache ›positive Rückmeldung‹. Selbst wenn dieser Zuspruch halb bestellt ist und man weiß, daß er einer wohlwollenden Sicht entspringt, so baut er dennoch auf.

☞ Erstleser sollten die guten Seiten eines Werks herausheben. Dies scheint mir ebenfalls wichtig zu sein. Wahrscheinlich gibt es noch eine Menge Halbfertiges in Ihrem Manuskript, aber es gibt auch gute Stellen. Wenn andere sie Ihnen bestätigen und zurückspiegeln, erfahren Sie, wo Ihre Stärken liegen.

☞ Erstleser sollten sachliche Fehler finden und Unklarheiten, Widersprüche, sprachliche Ungeschicklichkeiten und Redundanzen aufzuspüren helfen. Der Autor steht häufig seinem Werk so nahe, daß ihm bestimmte Ungereimtheiten gar nicht auffallen. Genau hinschauende Erstleser können hier wichtige Hilfe leisten. Ihre Hinweise brauchen Sie nicht zu betrüben, denn kleine Fehler unterlaufen jedem.

☞ Erstleser sollten Fragen an das Werk stellen, sich überlegen, was sie als sein Thema ansehen und dann mit dem Autor darüber sprechen. Solche Gespräche spiegeln Ihnen erst einmal zurück, ob das, was Sie sagen wollten, auch wirklich angekommen ist. Sie zeigen Ihnen unterschiedliche Reaktionen, und in der Diskussion entdecken Sie häufig selbst neue Seiten Ihres Werks. Auch die thematische Grundstruktur wird Ihnen meist klarer.

☞ Erstleser sollten, wenn der Autor es will, das Werk auf bestimmte Problempunkte hin lesen. Hat man ein Manuskript vorläufig abgeschlossen, verspürt man bei manchen Stellen oder Lösungen häufig eine vage Unzufriedenheit. Man ist sich nicht sicher, ob sie gelungen sind. Setzen Sie Ihre Erstleser genau auf diese Punkte an. Meist können sie Ihnen bestätigen, daß Ihr vages Gefühl zu recht besteht.
Die Gefahr einer solchen Aufgabe soll allerdings nicht verschwiegen werden. Es kann sein, daß Sie Ihre Leser auf diese Weise vorprogrammieren und sie voreingenommen an das Werk herangehen. Sie lesen es auf mögliche Schwächen hin, nicht auf seine Stärken, und dies ist immer ein Problem.

☞ Erstleser sollten, wenn nötig, konstruktive Kritik und Änderungswünsche äußern. Manuskripte, insbesondere die von unerfahrenen Autoren, sind vor der Überarbeitung nie fehlerfrei. Häufig finden sich sogar gravierende Mängel. Erstleser sollten nun konstruktive Kritik äußern, das heißt konkrete Punkte (immer mit Beispielen) ansprechen, Änderungswünsche äußern und womöglich Verbesserungen vorschlagen. Pauschale Kritik wie »die Sprache ist altmodisch« oder »die Charaktere überzeugen mich nicht« oder »dies ist ein kraftloses Buch« oder »reine Wunschphantasien!« nützt niemandem, sie trifft letztlich nur unter die Gürtellinie. Als Autor oder Autorin müssen Sie sich solche Äußerungen vor der Veröffentlichung vom Leibe halten, denn sie entfalten leicht eine destruktive Wirkung. Wenn die Erstleser genau zeigen, an welchen Stellen und warum sie die Sprache für altmodisch halten, erklären, warum sie diese Stilebene für nicht angemessen betrachten und gegebenenfalls Verbesserungen vorschlagen, dann können Sie sich mit einer solchen Kritik auseinandersetzen, sie einsehen (und etwas verbessern) oder sie nicht einsehen und zur Tagesordnung übergehen.

Ein Sonderproblem entsteht dann, wenn mehrere Erstleser glauben, das Manuskript sei schlichtweg mißlungen. Wie ehrlich sollen sie sein? Wieviel Ehrlichkeit vertragen Sie? Im Prinzip bin ich der Meinung, konkret begründete Kritik an der Sache, das heißt am Manuskript, muß jeder Autor und jede Autorin aushalten. Auf destruktive Kritik kann man verzichten. Aber ein entschiedenes Wort, bevor ein Manuskript an den Verlag geht und von dort zurückgewiesen wird, wirkt womöglich heilsam und setzt einen entscheidenden Lernprozeß in Gang.

Es gibt ein literaturgeschichtlich folgenreiches Beispiel eines solchen Totalverrisses. Gustave Flaubert las seine »Versuchung des heiligen Antonius« zweien seiner engsten Freunde vor, und nach Beendigung dieser über zwei Tage andauernden Session waren sich die Freunde einig: Gustaves Manuskript sei schwülstig, vage, spannungslos, kurz: völlig mißlungen, er solle es ins Feuer werfen. Sie können sich vorstellen, daß Flaubert nach drei Jahren Arbeit nicht gerade erfreut war. Immerhin nahm er sich die Kritik derart zu Herzen, daß er Thema und Stil völlig umstellte. Die Folge: »Madame Bovary«. Er schrieb nun – allerdings auch nur in einem Teil seiner späteren Werke – eine schmucklose, aber ungemein präzise Prosa, enthielt sich aller Autoreinmischungen und revolutionierte auf diese Weise den Roman. Massive Kritik kann also, wenn der Kritisierte stark und begabt genug ist, Wunder wirken.

Generell gilt: Bedenken Sie die kritischen Äußerungen, aber gehen Sie nur auf diejenigen Punkte ein, die Ihnen einleuchten. Womöglich gehen die Stimmen der Erstleser völlig auseinander, und Sie wissen nicht, auf wen Sie hören sollen. Letztlich schreiben Sie das Buch, und daher sollten Sie auch die letzte Beurteilungsinstanz bleiben.

Drum prüfe, ob sich Beßres findet

»Vernachlässigen Sie nichts, arbeiten Sie, schreiben Sie neu und lassen Sie das Werk erst aus der Hand, wenn Sie die Überzeugung haben, daß Sie es zu dem Grad von Vollkommenheit gebracht haben, den ihm zu geben Ihnen möglich war.«

(Gustave Flaubert an Louise Colet)

Inzwischen haben Sie genügend Distanz zu Ihrem eigenen Werk. Längere Gespräche mit Ihren Erstlesern haben Sie dazu veranlaßt, Teile umzuschreiben, Passagen herauszunehmen, Ungereimtheiten zu klären und einige Details hinzuzufügen. Bruchstellen wurden gelötet, Lücken ausgefüllt und bewußt eingebaut, neu auftauchende Widersprüche entfernt. Inzwischen ist Ihnen auch das eigentliche Thema Ihres Werks klar(er) geworden.

Schauen Sie sich nun noch einmal den Beginn an.

☞ Zieht er in die Geschichte hinein?
☞ Schlägt er die entscheidenden Themen schon an, stellt er den zentralen Charakter vor oder wählt es bewußt einen kleinen Umweg, um dann um so effektvoller aufs Ziel zuzusteuern?
☞ Hält Ihr Roman das anfängliche Versprechen wirklich ein, oder sind Sie nur auf Leserfang gegangen?
☞ Sind alle wichtigen Vertragsparagraphen angesprochen?
☞ Setzt der Roman nicht zu früh ein?
☞ Finden Sie zu Beginn des Romans eine lange Exposition, in der nichts geschieht? Schneiden Sie diesen ›Fischkopf‹ ab, und fügen Sie die benötigten Informationen später ein.

Sie wissen: Der Beginn eines Romans muß über alle Kritik erhaben sein. Haben Sie ein ungutes Gefühl, überarbeiten Sie ihn!

Gehen Sie das ganze Manuskript noch einmal auf Redundanzen und unnötige Wörter durch. Meist findet man bei jedem neuen Durchgang eine ganze Menge. Die meisten der kleinen ›Abtönungspartikel‹ (ja, doch, ungefähr, fast usw.) sind entbehrlich. Achten Sie darauf, welche Passagen Sie selbst langweilen oder Ihnen mißlungen erscheinen. Falls sie entbehrlich sind: raus! Was gestrichen ist, kann bekanntlich nicht durchfallen. Aber natürlich dürfen Sie keine sinnentstellenden Lücken entstehen lassen. Wenn dies der Fall ist: Versuchen Sie, die Szene umzuschreiben. Aber achten Sie darauf, daß Sie sie in den Gesamtkontext nahtlos einfügen, sonst ergibt sich ein ganzer Rattenschwanz an Korrekturen.

Und nun sind Sie fertig. Nein, fast fertig. Lesen Sie sich Ihr Manuskript *noch einmal* durch, und zwar von der ersten bis zur letzten Seite. Prüfen Sie ein letztes Mal den Lesefluß, kontrollieren Sie, ob nicht die Korrekturen neue Unstimmigkeiten erzeugt haben, streichen Sie die letzten unnötigen Wörter, und geben Sie dem Werk seinen allerletzten Schliff. Polieren Sie! Es muß makellos glänzen.

Dies alles mag mühsam erscheinen, aber insbesondere (noch) unbekannte Autoren dürfen sich keine Nachlässigkeiten erlauben, sondern müssen, soweit ihnen dies irgend möglich ist, professionelle Perfektion anstreben. Wenn ein Lektor einmal heftig über eine Schwachstelle stolpert, ist das Manuskript schnell zurückgeschickt.

Das Werk ist geboren

Ihr Manuskript ist nun wirklich fertig, schön ausgedruckt, kopiert und versandbereit. Wenn es Ihr erstes ist und Sie noch keinen Verleger haben, beginnt ein dorniger Weg. Machen Sie sich nichts vor: Ein problemloser und schneller Erfolg ist selbst für begabte Autoren und Autorinnen unwahrscheinlich. Und es gibt bekanntlich viele Begabungen.

Wie man einen Verleger findet, kann ich hier nicht im Schnellverfahren beantworten. Es gibt auch keine sicheren Methoden. Im Literaturverzeichnis finden Sie einige Titel, die Ihnen weiterhelfen. Auf jeden Fall sollten Sie sich auf einen langen und frustrierenden Weg einstellen. Eine große Menge Absagen ist normal und sagt über die Qualität Ihres Werks nicht viel aus.

Ein paar letzte Worte möchte ich Ihnen mit auf den Weg geben: Häufig fällt man nach Abschluß eines Manuskripts in ein depressives Loch. Sie sind tief unzufrieden mit sich und Ihrem Schreiben. Dann packt Sie plötzlich die Vorstellung, ein grandioses Werk verfaßt zu haben. Das ist die normale Berg- und Talfahrt.

Versuchen Sie sich erst einmal von Ihrem ›Kind‹ zu lösen. Auch nach der endgültigen Fertigstellung sollten Sie wandern, radfahren, ein Reise unternehmen. Lesen Sie Bücher, und laden Sie sich neu auf. Lassen Sie Ihren Gedanken und Phantasien freien Lauf, seien Sie offen für neue Ideen und Pläne.

Denken Sie immer daran: Ein Manuskript hat dann erst sein Ziel erreicht, wenn es veröffentlicht ist. Aber keineswegs jedes gute Manuskript findet einen Verleger. Die Liste der ›verkannten Genies‹ ist lang, die der verkannten Werke noch länger. Wie viele verkannte Genies es heute gibt, weiß ich nicht, aber mit Sicherheit gibt es eine große Zahl verkannter Werke. Auf der anderen Seite ist nicht alles, was auf dem Markt erscheint, auch nur das Papier wert, auf dem es gedruckt ist.

Geben Sie nicht auf. Schicken Sie Ihr Manuskript an die richtigen Verlage, an Literaturagenten, suchen Sie im Medienbereich nach Kontakten. Sie werden es häufig mit Vordrucken und nichtssagenden Äußerungen zurückerhalten. Nehmen Sie diese Absagen nicht persönlich. Anderen geht und ging es genauso wie Ihnen. Bleiben Sie am Ball. Ohne Durchhaltevermögen werden Sie früher oder später scheitern. Vergessen Sie nicht, wie zäh Langstreckenläufer sind!

Seien Sie aber auch nicht stur. Wenn Ihr Manuskript nicht ankommt und Sie Hinweise auf Schwächen erhalten, überarbeiten Sie es. Oder lassen Sie es längere Zeit liegen, und wenn dann das Interesse am Stoff immer noch vorhanden ist, schreiben Sie eine neue, bessere Fassung. Und wenn auch diese keinen Durchbruch bringt, dann schreiben Sie eine dritte.

Trotz aller guten Ratschläge und Vorsätze bleiben Depressionen nicht aus. Man zweifelt an sich selbst, möchte nie mehr schreiben. Aus diesem Grund ist es nützlich, schon mit einer neuen Arbeit begonnen zu haben, wenn die Absagen eintreffen. Man ist dann meistens gewappneter. Wer hoffend wartet und wartet und dann schließlich nur abweisende Leerformeln einsammelt, geht leicht zu Boden.

Und wenn Ihr Buch schließlich auf dem Markt ist? Wahrscheinlich sind Sie mitten im nächsten. Lassen Sie sich trotzdem durch den Kopf gehen, was zwei kluge Herren zu sagen wußten:

> »Der Autor hat den Mund zu halten, wenn sein Werk den Mund auftut.« (Friedrich Nietzsche)

»Wenn die Kritiken mit sich auseinandergehen, ist der Künstler mit sich im Einklang.« (Oscar Wilde)

»Das Publikum verwechselt leicht den, welcher im Trüben fischt, mit dem, welcher aus der Tiefe schöpft.« (Friedrich Nietzsche)

Und nun weiterhin viel Glück!

Übung macht den Meister: Anregungen und Aufgaben

Die folgenden Anregungen und Aufgaben (einen Teil verdanke ich dem Buch von John Gardner) sollen helfen, Schreiben zu üben, Technik zu lernen und Sicherheit und Meisterschaft zu erlangen. Man kann sich die Aufgaben alleine vornehmen, aber sie sind auch für Schreibseminare und Workshops gedacht. Manche sind am besten in Gruppen zu erledigen. Wichtig ist, sich von ihnen anregen zu lassen und seine Schreibwerkzeuge geschmiert zu halten. Übung macht ohne Zweifel den Meister. Und ohne Handwerk keine Kunst!

Aufgaben zum Aufwärmen

☞ »Ein Tag in meiner Kindheit«

☞ (Er-)Finden Sie mehrere Namen, und notieren Sie Ihre jeweiligen Assoziationsbündel.

☞ Verwenden Sie den ersten Satz irgendeines Zeitschriften- oder Illustriertenartikels für eine Kurzgeschichte. Lassen Sie mit dem letzten Satz eines Artikels eine Geschichte enden.

☞ Schauen Sie in ein Lexikon oder irgendein Buch hinein und schreiben Sie über das erstbeste Wort, auf das Sie stoßen.

☞ Schreiben Sie einen abgeschlossenen Text in 30 Wörtern (Thema gleichgültig, nicht abstrakt).

☞ Suchen Sie einen Geruch (im Garten, im Gewürz-

oder Medizinschrank oder sonstwo), der Ihnen eine Erinnerung entlockt, ohne daß Sie nun den Geruch benennen müssen. Schreiben Sie die Erinnerung nieder, lassen Sie das damalige Gefühl aufleben, ohne es zu etikettieren.

☞ Schreiben Sie in der Ich-Form über irgendein Ding, als wäre es lebendig (also aus der Innensicht eines Schreibtischs, eines Ohrrings, eines Gartensteins, einer Fensterscheibe, eines Dragees, einer Feder, einer Uhr, einer Birne usw.).

☞ Suchen Sie in Büchern oder Illustrierten nach einem Gesicht, das Ihnen etwas sagt, und schreiben Sie alles auf, was dieses Gesicht und mit ihm die Person für einen Leser lebendig machen könnte: die Lebensgeschichte, Dialoge, Empfindungen, Träume und Ängste. Entwerfen Sie auf diese Weise ein Charakterporträt.

Eröffnung, Ende, Höhepunkt

☞ Schreiben Sie die Eröffnung eines Romans, einer Kurzgeschichte (erster Satz – erster Absatz – erste Seite – erster Abschnitt/Szene).

☞ Lassen Sie – als Eröffnung – eine Ich-Figur sich vorstellen.

☞ Schreiben Sie eine Eröffnung: ein (allwissender) Erzähler stellt sich vor und führt den Protagonisten seines Romans ein (z. B. bei einer Reise oder Ankunft eines Fremden).

☞ Schreiben Sie den Beginn einer Geschichte, in der Sie die Realitätsnorm durchbrechen und/oder in eine unbekannte Welt einführen. Konstituieren Sie dabei neue Gesetze (auch Fantasy oder Science-fiction).

☞ Beginnen Sie einen Roman aus personaler Perspektive (auch: Kamera-Auge). Schreiben Sie den gleichen Anfang, aber diesmal für eine Kurzgeschichte.

☞ Schreiben Sie den letzten Absatz einer Kurzgeschichte, eines Romans. Schreiben Sie einen letzten Absatz mit einer überraschenden Pointe.

☞ Zeigen Sie einen Protagonisten auf dem Höhepunkt seiner Krise (aus verschiedenen Perspektiven, in unterschiedlicher Erzählhaltung).

☞ Schreiben Sie eine kurze Sequenz über eine Reise, Landschaft, sexuelle Begegnung im Rhythmus eines langen Romans und einer knappen Kurzgeschichte.

Charakterisierung

☞ Charakterisieren Sie eine Figur auf ca. einer Seite.

☞ Charakterisieren Sie eine Figur mit ambivalenten Zügen.

☞ Skizzieren Sie einen Charakter auf mehreren Seiten. Benutzen Sie dabei Landschaft, Wetter, Gegenstände usw., um das Gefühl des Lesers für seine Eigenschaften zu verstärken. (Keine Vergleiche wie »Sie stand starr wie die Zypressen des Friedhofs« benutzen.)

☞ Entwerfen bzw. schreiben Sie ein Fragment einer konfliktgeladenen Szene, in der zwei Figuren und ihre Beziehung zueinander charakterisiert werden durch den szenischen Hintergrund (Gegenstände, Landschaft, Wetter). Vermeiden Sie melodramatische Klischees (ein Gewitter z. B.), nehmen Sie lieber alltägliche Vorgänge wie eine Mahlzeit als Situation.

Entwicklung von Geschichten (auch in Gruppen)

☞ Suchen Sie typische Elemente und Motive spezifischer Genre-Literatur (Geister-Erzählungen, ›Horror‹, Detektiv-Romane, Science-Fiction, Abenteuer-Romane usw.).

☞ Entwickeln Sie in Ergänzung und Variation der zwanzig ›Meisterplots‹ typische Handlungsmuster.

☞ Gehen Sie von dem Einfall eines Höhepunkts aus. Entwickeln Sie Beginn und Ende der Geschichte.

☞ Suchen Sie in *brainstorming* typische ›Themen‹. Entwickeln Sie aus ihnen Geschichten.

☞ Entwickeln Sie, von tradierten Symbolen (z. B. Meer, Vulkan, Axt, alter Baum usw.) ausgehend, Geschichten (realistisch und ›phantastisch‹).

☞ Entwerfen Sie eine Geschichte, indem Sie nach dem folgenden Muster vorgehen:

– Ersteinfälle sammeln (*brainstorming*).
– Worum soll es gehen?
– Protagonist und Antagonist.
– Konflikte, Krisen.
– Handlungsverläufe.

– Milieu, Setting.
– Titel.

☞ Wandeln Sie eine schon bestehende Geschichte ab (z. B. nach dem Muster: Der schlimmstmögliche Fall).

☞ Schreiben Sie eine Kurzgeschichte
– über ein Tier,
– über eine Figur aus Bibel, Mythos, Märchen oder Sage,
– über eine Ihnen persönlich bekannte Person.

Beschreibung

☞ Beschreiben Sie
– Ihre eigenen Eltern,
– ein mythologisches Tier,
– eine Märchenfigur.

☞ Beschreiben Sie ohne geschmackliche Ausrutscher eine Figur,
– die auf die Toilette geht,
– die sich übergibt,
– die ein Kind ermordet.

☞ Schildern Sie eine Stimmung (emotionale Färbung wichtig).

☞ Beschreiben Sie eine beliebige Landschaft in mehreren Varianten.

☞ Beschreiben Sie eine einfache Handlung (z. B. einen Bleistift spitzen, eine Blume einpflanzen, im Keller eine Ratte erschlagen).

☞ Schreiben Sie eine Sequenz, die der Entdeckung einer Leiche vorangeht. Dabei sollte gleichzeitig das Interesse auf die kommende Entdeckung und auf das aktuelle Geschehen gelenkt werden. Halten Sie den Leser dabei in *suspense*.

Stimmungsübertragungen

☞ Beschreiben Sie eine Landschaft aus der Sicht einer alten Frau, deren verabscheuenswürdiger Ehemann gerade gestorben ist (Ehemann und Tod dürfen nicht erwähnt werden).

☞ Beschreiben Sie einen See aus der Sicht eines jungen Mannes, der gerade einen Mord begangen hat (ohne daß der Mord erwähnt werden darf).

☞ Beschreiben Sie eine Landschaft aus der Sicht eines Vogels (der Vogel darf nicht erwähnt werden).
☞ Beschreiben Sie ein Gebäude aus der Sicht eines Mannes, dessen Sohn gerade in einem Krieg gefallen ist, und dasselbe Gebäude bei unverändertem Wetter und gleicher Tageszeit aus der Sicht eines glücklichen Liebhabers (nur die Beschreibung des Gebäudes).

Monolog und Dialog
☞ Schreiben Sie einen langen Monolog von mindestens drei Seiten. Die Unterbrechungen (Pausen, Gestik, Aussehen, andeutende Beschreibung des Settings durch einen Blick, eine Berührung usw.) sollen den Sprechenden charakterisieren und im richtigen Rhythmus erfolgen. Vermeiden Sie Langeweile.
☞ Schreiben Sie einen ausführlichen Monolog, in dem eine philosophische Position des Autors vertreten wird. Entwickeln Sie diese Position aber durch einen Charakter, der sie relativiert, und in einem Kontext, der sie untergräbt.
☞ Lassen Sie eine Figur sich emotional anrührend selbst verteidigen. Vermeiden Sie dabei Ironie.
☞ Schreiben Sie einen Dialog, bei dem jeder der beiden Dialogpartner ein Geheimnis hat; das Geheimnis soll nicht enthüllt werden, aber der Leser sollte es erahnen (z. B. Eine leitende Angestellte hat ihren Job verloren; ihr Mann, ein arbeitsloser Lehrer, hat ihren Porsche zu Schrott gefahren). Lassen Sie beide unterschiedlich sprechen. Der Dialog muß Gefühle ausdrücken, die nicht direkt gesagt werden.

Thema und Variation
☞ Schildern Sie ein alltägliches Ereignis (z. B. Ein Mann steigt aus der Bahn, stolpert, schaut sich, peinlich berührt, um und sieht eine Frau lächeln), und variieren Sie dann – ähnlich wie Raymond Queneau in seinen »Stilübungen« – die Darstellung, ohne die Charaktere und die Elemente des Settings zu verändern. Variieren Sie die Sprachebene, den Erzählton, die Erzähldistanz, die Perspektive, die Satzstrukturen usw.

Sprache und Rhythmus

☞ Versuchen Sie, hochgestochene und artifizielle Prosa zu schreiben: als Parodie, dann aber auch durch den Gegenstand gerechtfertigt.

☞ Versuchen Sie, Charaktere mit Hilfe unterschiedlicher Klangakzente (zum einen lange Vokale und weiche Konsonanten, zum anderen kurze Vokale und harte Konsonanten) zu beschreiben.

☞ Schreiben Sie eine Sequenz mit spürbarem Prosa-Rhythmus.

☞ Schreiben Sie mehrere lange Sätze von mindestens einer Seite. Jeder Satz soll ein Gefühl ausdrücken bzw. zum Thema haben.

☞ Wählen Sie eine Stelle aus der Literatur und variieren Sie sie nach Perspektive, Sprachebene, Darstellungsmodi usw.

☞ Suchen Sie typische Beispiele trivialer Darstellung und schreiben Sie sie um. Nehmen Sie dabei Klischees usw. heraus.

Literaturhinweise

Empfehlungen zum Lesen und Wiederlesen:

Um Romantechnik, sprachliche Fertigkeiten und Stil zu studieren und einen gewissen Überblick über die Literaturgeschichte zu gewinnen, empfehle ich, bei allem Vorbehalt der Subjektivität, folgende Werke zu lesen:

Die Bibel (Luther-Übersetzung)
Giovanni Boccaccio: »Dekameron«
Miguel S. Cervantes: »Don Quijote«
Hans Jacob Christoph von Grimmelshausen: »Der abenteuerliche Simplicissimus«
Lawrence Sterne: »Tristram Shandy«
Karl Philipp Moritz: »Anton Reiser«
Christoph Martin Wieland: »Die Geschichte des Agathon«
Johann Wolfgang von Goethe: »Die Leiden des jungen Werthers«; »Die Wahlverwandtschaften«
Jean Paul: »Titan« (oder einen anderen Roman)
Friedrich Hölderlin: »Hyperion«
Heinrich von Kleist: Erzählungen
Novalis: »Heinrich von Ofterdingen«
Ludwig Tieck: Die Märchen aus dem Phantasus
Ernst Theodor Amadeus Hoffmann: »Der Sandmann«; »Der goldene Topf«; »Die Lebensansichten des Katers Murr«
Georg Büchner: »Lenz«
Heinrich Heine: Reisebilder

Alessandro Manzoni: »Die Verlobten«
Edgar Allan Poe: Erzählungen
Stendhal: »Rot und Schwarz«; »Die Kartause von Parma«
Lewis Carroll: »Alice im Wunderland«
Honoré de Balzac: »Vater Goriot«
Charles Dickens: »David Copperfield«
Gustave Flaubert: »Madame Bovary«; »Lehrjahre des Gefühls«
Leo Tolstoi: »Anna Karenina«; »Krieg und Frieden«
Fjodor Dostojewski: »Die Brüder Karamasow«
Friedrich Nietzsche: »Also sprach Zarathustra« (Sprache und Rhythmus!)
Anton Tschechow: Erzählungen
Theodor Fontane: »Effi Briest«
Rainer Maria Rilke: »Malte Laurids Brigge«
Thomas Mann: »Buddenbrooks«; Erzählungen, insbesondere »Der Tod in Venedig«; »Der Zauberberg; »Dr. Faustus«; »Felix Krull«
Franz Kafka: Erzählungen; »Der Prozeß«
Heinrich Mann: »Der Untertan«
Marcel Proust: »Auf der Suche nach der verlorenen Zeit«
James Joyce: »Ulysses«
Robert Musil: »Der Mann ohne Eigenschaften«
John Dos Passos: »Manhattan Transfer«
Alfred Döblin: »Berlin Alexanderplatz«
Virginia Woolf: »Fahrt zum Leuchtturm«; »Die Wellen«
William Faulkner: »Schall und Wahn«
Jean-Paul Sartre: »Der Ekel«
Gottfried Benn: Prosa
Hermann Broch: »Die Schlafwandler«; »Der Tod des Vergil«
Ernest Hemingway: »Wem die Stunde schlägt«; »Der alte Mann und das Meer«
Vladimir Nabokov: »Lolita«
Albert Camus: Literarische Essays; »Der Fremde«
Max Frisch: »Stiller«; »Homo Faber«; »Mein Name sei Gantenbein«; »Montauk«;
Alfred Andersch: »Sansibar oder Der letzte Grund«

Günter Grass: »Die Blechtrommel«; »Katz und Maus«
Martin Walser: »Halbzeit«; »Das Schwanenhaus«
Stanislaw Lem: »Solaris«
Gabriel García Marquez: »Hundert Jahre Einsamkeit«
Wolfgang Hildesheimer: »Masante«; »Tynset«
Italo Calvino: »Wenn ein Reisender in einer Winternacht«
Salman Rushdie: »Mitternachtskinder«
Milan Kundera: »Die unerträgliche Leichtigkeit des Seins«
Lars Gustafsson: »Trauermusik«
Patrick Süskind: »Das Parfum«
Umberto Eco: »Der Name der Rose«
Harold Brodkey: »Unschuld«; »Engel«
Andrzej Szczypiorski: »Die schöne Frau Seidenman«
Imre Kertész: »Roman eines Schicksallosen«
Ian McEwan: »Abbitte«
Jonathan Franzen: »Die Korrekturen«

Dazu noch folgende Bestseller (nach persönlichem Geschmack zu ergänzen):

Erich Maria Remarque: »Im Westen nichts Neues«
Margaret Mitchell: »Vom Winde verweht«
Norman Mailer: »Die Nackten und die Toten«
Boris Pasternak: »Dr. Schiwago«
Truman Capote: »Kaltblütig«
John Ronald Reuel Tolkien: »Der Herr der Ringe«
Mario Puzo: »Der Pate«
William Styron: »Sophies Wahl«
Michael Ende: »Die unendliche Geschichte«
Isabel Allende: »Das Geisterhaus«
Tom Wolfe: »Fegefeuer der Eitelkeiten«
Noah Gordon: »Der Medicus«
Dietrich Schwanitz: »Der Campus«
Nick Hornby: »About a Boy«
Joanne K. Rowling: »Harry Potter und der Stein der Weisen«
Dan Brown: »Sakrileg«

Schauen Sie in das eine oder andere Buch folgender Erfolgsautoren hinein und studieren Sie ihre Schreibtechniken:

Arthur Conan Doyle, Agatha Christie, Georges Simenon, Ian Fleming, Utta Danella, Johannes Mario Simmel, Ephraim Kishon, John Le Carré, Marion Zimmer Bradley, Stephen King, Donna Leon, Minette Walters, P. D. James, Henning Mankell.

Suchen Sie auch im augenblicklichen Angebot der Bestseller und Genre-Literatur nach Büchern, die Sie interessieren. Testen Sie dabei immer, ob Ihnen Themen und Schreibweisen liegen, und untersuchen Sie die Techniken, die Ihrer Meinung nach zum Erfolg führen.

Im laufenden Text wurden weitere Romane und Erzählungen genannt. Schauen Sie in das eine oder andere Buch hinein, stellen Sie sich Ihren eigenen Lektürekanon zusammen. Ihre Lieblingsbücher sollten Sie nicht nur einmal lesen.

Für nützlich und nötig halte ich die Kenntnis des griechischen Mythos, der beiden homerischen Epen, der mittelalterlichen Epen »Das Nibelungenlied«, »Parzival« (Wolfram von Eschenbach) und »Tristan und Isolde« (Gottfried von Straßberg) und der großen dramatischen Werke der europäischen Literatur (Aischylos, Sophokles, Euripides, William Shakespeare, Molière, Johann Wolfgang von Goethe, Friedrich Schiller, Georg Büchner, Anton Tschechow, Henrik Ibsen, August Strindberg, George Bernard Shaw, Gerhart Hauptmann, Arthur Schnitzler, Bertolt Brecht, Federico García Lorca, Max Frisch, Friedrich Dürrenmatt, Arthur Miller u. a.).

Der beste und lebendigste Schauspielführer ist Georg Hensels »Spielplan«.

Falls Sie an Künstlerromanen, -erzählungen und -dramen interessiert sind, hier eine Auswahl:

Deutsche Künstlernovellen des 19. Jahrhunderts, hrsg. von Jochen Schmidt, Frankfurt 1982 (Insel Taschenbuch 656)
Wilhelm Heinse: »Ardinghello und die glückseligen Inseln«

Johann Wolfgang von Goethe: »Torquato Tasso«; »Wilhelm Meister«
Ludwig Tieck: »Franz Sternbalds Wanderungen«
Friedrich Schlegel: »Lucinde«
Novalis: »Heinrich von Ofterdingen«
Friedrich Hölderlin: »Hyperion«
Ernst Theodor Amadeus Hoffmann: »Der Sandmann«; »Das Fräulein von Scuderi«
Joseph von Eichendorff: »Das Marmorbild«; »Aus dem Leben eines Taugenichts«
Georg Büchner: »Lenz«
Honoré de Balzac: »Das unbekannte Meisterwerk«
Franz Grillparzer: »Der arme Spielmann«
Eduard Mörike: »Maler Nolten«; »Mozart auf der Reise nach Prag«
Gottfried Keller: »Der grüne Heinrich«
Adalbert Stifter: »Nachkommenschaften«
Emile Zola: »Das Werk«
Gerhart Hauptmann: »Michael Kramer«
Thomas Mann: »Tonio Kröger«; »Tristan«; »Schwere Stunde«; »Der Tod in Venedig«; »Lotte in Weimar«; »Dr. Faustus«
James Joyce: »Jugendbildnis«
Franz Kafka: »Josefine, die Sängerin, oder Das Volk der Mäuse«; »Ein Hungerkünstler«
Marcel Proust: »Auf der Suche nach der verlorenen Zeit«
Hermann Broch: »Der Tod des Vergil«
Max Frisch: »Stiller«; »Montauk«
Günter Grass: »Die Plebejer proben den Aufstand«
Peter Weiss: »Hölderlin«
Lars Gustafsson: »Herr Gustafsson persönlich«
Peter Härtling: »Hölderlin«
Günter Grass: »Das Treffen in Telgte«
Heinz Piontek: »Dichterleben«
Dieter Wellershoff: »Die Sirene«
Christa Wolf: »Kein Ort. Nirgends«
Peter Shaffer: »Amadeus« (auch als Film)
Stephen King: »Sie« («Misery«)
Michael Frayn: »Wie macht sie's bloß?«

David Lodge: »Literatenspiele oder Das kreative Wochenendseminar für kommende Schriftsteller«
Martin Walser: »Ohne einander«
William Kotzwinkle: »Ein Bär will nach oben«

Literatur:
Poetik – Werkstatt – Leben und Schreiben

An Biographien über Schriftsteller(innen) fehlt es nicht auf dem Markt. Zur Erstinformation über Leben und Werk mit vielen Selbstzeugnissen sind Rowohlts Monographien zu empfehlen. Es gibt inzwischen auch eine Reihe von lesenswerten Briefsammlungen, Tagebüchern und Autobiographien in Taschenbuchausgaben. Was die zeitgenössische Literatur angeht, so findet man in den anspruchsvollen Medien Interviews mit Autoren (gelegentlich reißerisch aufgemacht, wie im »Stern« 41/1993 unter dem Titel »Muße, Marter und Moneten«).

Darüber hinaus werden poetologische Essays und »Vorlesungen« immer wieder gesammelt vorgelegt. Ich nenne eine kleine Auswahl an Titeln sowie Werkstattberichte bzw. -interviews (leider sind gerade sie fast alle vergriffen):

Arnold, Heinz Ludwig: Gespräche mit Schriftstellern (Max Frisch, Günter Grass, Wolfgang Koeppen, Max von der Grün, Günter Wallraff), München 1975 (Beck, Schwarze Reihe 134)

Arnold, Heinz Ludwig: Als Schriftsteller leben. Gespräche mit Peter Handke, F. X. Kroetz, Gerhard Zwerenz, Walter Jens, Peter Rühmkorf, Günter Grass, Reinbek bei Hamburg 1979 (Rowohlt, das neue buch 118)

Baumgart, Reinhard: Glücksgeist und Jammerseele. Über Leben und Schreiben, Vernunft und Literatur, München/Wien 1986 (Hanser)

Bienek, Horst: Werkstattgespräche mit Schriftstellern (Max Frisch, Marie Luise Kaschnitz, Wolfgang Koeppen, Robert Neumann, Hans Erich Nossack, Uwe Johnson, Friedrich Dürrenmatt, Alfred Andersch, Wilhelm Lehmann, Heinrich Böll, Hermann Kesten, Carl Zuckmayer, Friedrich Sieburg, Martin Walser, Gerd Gaiser), München 1962 (Hanser)

Curtius, Mechthild: Autorengespräche. Verwandlungen der Wirklichkeit (Wolfgang Koeppen, Arnold Muschg, Erich Fried, Hermann Burger u.a.), Frankfurt 1991 (Fischer, TB 10256)

Durzak, Manfred: Gespräche über den Roman. Formbestimmungen und Analysen (Joseph Breitbach, Elias Canetti, Heinrich Böll, Siegfried Lenz, Hermann Lenz, Wolfgang Hildesheimer, Peter Handke, Hans Erich Nossack, Uwe Johnson, Walter Höllerer), Frankfurt 1976 (Suhrkamp, st 318)

Eco, Umberto: Nachschrift zum Namen der Rose, München/Wien 1984 (Hanser, auch dtv 10552)

Es muß sein. Autoren schreiben über das Schreiben (Herbert Achternbusch, Wolf Biermann, Paul Kersten, Erika Junge, Michael Schneider, Uwe Timm, Dieter Wellershoff u. a.), Köln 1989 (Kiepenheuer & Witsch)

Freytag, Gustav: Die Technik des Dramas, Stuttgart 1983 (Reclam, UB 7922; historisch, aber noch interessant)

Kafka, Franz: Über das Schreiben, Frankfurt 1983 (Fischer, TB 2528)

King, Stephen: Das Leben und das Schreiben, o. O. 2000 (Ullstein)

Lämmert, Eberhard u. a. (Hg.): Romantheorie. Dokumentation ihrer Geschichte in Deutschland, Bd. 1: 1620–1880, Bd. 2: seit 1880, Frankfurt 1988, 1984 (Athenäum, AT 2186, 2180)

Mann, Thomas: Essays zur Literatur und autobiographische Schriften, Frankfurt (Fischer)

Maugham, W. Somerset: Notizbuch eines Schriftstellers. Zürich 2004 (Diogenes)

Modick, Klaus; Mörchen, Helmut (Hg.): Von Lust und Last literarischen Schreibens. Ein Blick in die Werkstatt deutscher Schriftsteller, Frankfurt 2001 (Eichborn)

Muschg, Adolf: Literatur als Therapie? Ein Exkurs über das Heilsame und das Unheilbare, Frankfurt 1981 (Suhrkamp)

Nadolny, Sten: Das Erzählen und die guten Absichten. Münchener Poetik-Vorlesungen, München 1990 (Serie Piper 1913)

Ortheil, Hanns-Josef: Das Element des Elephanten, München 1994 (Piper)

Roscher, Achim: Lebensmuster. Zehn Gespräche (C. W. Förster, G. Gauss, G. Grass, L. Harig, G. Hoffmann, E. Jelinek, K. Mickel, A. Muschg, E. Strittmatter, M. Walser), Berlin 1995 (Aufbau)
Schmitt, W. Christian: Die Buchstaben-Millionäre. Begegnungen, Gespräche und Erfahrungen mit vierzig Schriftstellern, Karlsruhe 1986 (von Loeper)
Vargas Llosa, Mario: Geheime Geschichte eines Romans, Frankfurt 1992 (Suhrkamp)
ders.: Die Wirklichkeit des Schriftstellers, Frankfurt 1997 (Suhrkamp)
ders.: Briefe an einen jungen Schriftsteller (= Wie man Romane schreibt), Frankfurt 2004 (Suhrkamp)
Von Autoren und Büchern. Klaus Bednarz und Gisela Marx im Gespräch mit Schriftstellern, Hamburg 1997 (Hoffmann & Campe)
Wellershoff, Dieter: Literatur und Veränderung. Versuche zu einer Metakritik der Literatur, München 19971 (dtv sr 100)
ders.: Literatur und Lustprinzip, Köln 1973 (Kiepenheuer & Witsch)
ders.: Das Verschwinden im Bild, Köln 1980 (Kiepenheuer & Wisch)
ders.: Wahrnehmungen und Phantasie, Köln 1987 (Kiepenheuer & Witsch, KiWi 123; Auswahl aus letztgenannten vergriffenen Essaysammlungen)
ders.: Die Wahrheit der Literatur. Sieben Gespräche, München 1980 (Wilhelm Fink)
ders.: Die Arbeit des Lebens. Autobiographische Texte, Köln 1985 (Kiepenheuer & Witsch)
ders.: Das geordnete Chaos. Essays zur Literatur, Köln 1992 (Kiepenheuer & Witsch)
Wie ich anfing … 24 Autoren berichten von ihren Anfängen, hrsg. von Hans Daiber, Düsseldorf 1979 (claassen)

Literaturgeschichtliche und theoretische Werke:

Fricke, Harald und Zymner, Rüdiger: Einübung in die Literaturwissenschaft. Parodieren geht über Studieren, Paderborn ²1993 (Schöningh)
Hauser, Arnold: Sozialgeschichte der Kunst und Literatur, München, neueste Auflage (Beck)
Hillebrand, Bruno: Theorie des Romans: Erzählstrategien der Neuzeit, Stuttgart/Weimar ³1993 (Metzler; nur deutsche Poetik)
Wellershoff, Dieter: Der Roman und die Erfahrbarkeit der Welt, Köln 1988 (Kiepenheuer & Witsch)
Zmegac, Viktor: Der europäische Roman. Geschichte seiner Poetik, Tübingen 1990 (Niemeyer)

Die folgenden vier wissenschaftlichen (Standard-)Werke sind für erzähltheoretisch Interessierte gedacht:

Lämmert, Eberhard: Bauformen des Erzählens, Stuttgart ¹¹1991 (Metzler)
Martinez, Matias; Scheffel, Michael: Einführung in die Erzähltheorie, München 1999 (Beck)
Petersen, Jürgen H.: Erzählsysteme. Eine Poetik epischer Texte, Stuttgart 1993 (Metzler)
Stanzel, Franz K.: Theorie des Erzählens, Göttingen ²1982, verbesserte Auflage (Vandenhoeck & Ruprecht)

Nachschlagewerke
Unerläßlich sind die grundlegenden Sprachlexika:

Bulitta, Erich und Hildegard: Wörterbuch der Synonyme und Antonyme, Frankfurt ⁴1988 (Krüger)
Duden. Das große Wörterbuch der deutschen Sprache, 6 Bände, Mannheim 1976ff.
Duden: Die deutsche Rechtschreibung; Fremdwörterbuch; Bildwörterbuch; Stilwörterbuch; Redewendungen und sprichwörtliche Redensarten (Idiomatisches Wörterbuch der deutschen Sprache), Mannheim, jeweils neueste Ausgabe

Duden: Grammatik; Richtiges und gutes Deutsch, Mannheim, jeweils neueste Ausgabe
Duden: Sinn- und sachverwandte Wörter, Mannheim, neueste Ausgabe
Etymologisches Wörterbuch des Deutschen, erarbeitet von Wolfgang Pfeifer, München 1997 (dtv)
Kluge, Friedrich: Etymologisches Wörterbuch der deutschen Sprache, Berlin (Gruyter) neueste Auflage
Küpper, Heinz: Wörterbuch der deutschen Umgangssprache, Stuttgart 1987 (Klett)
Schemann, Hans: Deutsche Idiomatik: Die deutschen Redewendungen im Kontext, Stuttgart/Dresden 1993 (Klett)
Wehrle-Eggers: Deutscher Wortschatz, Stuttgart, neueste Auflage (Klett)

Sinnvoll erscheinen mir auch noch

- Sammlungen und Redewendungen, Sprichwörtern und Zitaten. Dazu gibt es eine Reihe von ergänzenden Büchern auf dem deutschen Markt
- ein Lexikon der deutschen Namen,
- Lexika und Sammlungen von Subsprachen, zum Beispiel
- Bittermann, Klaus; Henschel, Gerhard (Hg.): Das Wörterbuch des Gutmenschen. Zur Metakritik der moralisch korrekten Schaumsprache, Berlin 1994 (Tiamat)
- Ehmann, Hermann: affengeil. Ein Lexikon der Jugendsprache, München 1992 (Beck, Beck'sche Reihe 478),
- Ehmann, Hermann: oberaffengeil. Neues Lexikon der Jugendsprache, München 1996 (Beck, Beck'sche Reihe 1170),
- Ehmann, Hermann: Voll konkret. Das neueste Lexikon der Jugendsprache, München 2001 (Beck)
- Henscheid, Eckhard: Dummdeutsch. Ein Wörterbuch, Stuttgart 1993 (Reclam)
- Schönfeld, Eike: alles easy. Ein Wörterbuch des Neudeutschen, München 1995 (Beck, Beck'sche Reihe 1126)

›Stilkunden‹ zu studieren kann keinem schaden, der mit Sprache umgeht:

- Reiners, Ludwig: Stilkunst. Ein Lehrbuch deutscher Prosa, überarbeitete Ausgabe, München 1991 (Beck; über 50 Jahre alt, aber durchaus noch brauchbar)
- Schneider, Wolf: Deutsch für Kenner. Die neue Stilkunde, Hamburg o. J. (Gruner + Jahr, Stern-Buch; neueren Datums)
- Sick, Bastian: Der Dativ ist dem Genitiv sein Tod. Ein Wegweiser durch den Irrgarten der deutschen Sprache, Köln 2004 (Kiepenheuer & Witsch)

An Nachschlagewerken sind zu nennen:

Kindlers Neues Literatur Lexikon, hrsg. von Walter Jens, München 1988 ff. (Kindler)
Der neue ‚Kindler' ist leider sehr teuer, aber eigentlich unverzichtbar. Wer den alten ‚Kindler' noch irgendwo billig erstehen kann, sollte zugreifen.

Harenbergs Lexikon der Weltliteratur. Autoren – Werke – Begriffe, 5 Bde. Dortmund 1989 (Harenberg; erscheint demnächst in TB-Kassette)
Literatur-Lexikon. Autoren und Werke deutscher Sprache, hrsg. von Walter Killy, Gütersloh/München 1988ff. (Bertelsmann Lexikon Verlag)
Wilbert, Gero von: Lexikon der Weltliteratur, Bd. 1: Autoren, Bd. 2: Werke, Stuttgart (Kröner) neueste Auflage

Über die Gegenwartsliteratur informiert am umfangreichsten und aktuellsten:

KLG: Kritisches Lexikon zur deutschsprachigen Gegenwartsliteratur, hrsg. von Heinz Ludwig Arnold, München (edition text + kritik) 1978ff. (Loseblattsammlung und CD-Rom)
KLfG: Kritisches Lexikon zur fremdsprachigen Gegenwartsliteratur, hrsg. von Heinz Ludwig Arnold, München 1983 ff. (edition text + kritik; Loseblattsammlung und CD-Rom)

Nützlich sind auch die beiden Bände von

Frenzel, Elisabeth: Stoffe und Motive der Weltliteratur, 2 Bände, München 1992 (Kröner)

Verwendete amerikanische und englische *creative-writing*-Literatur (* = deutsche Ausgabe):

Atchity, Kenneth: A Writer's Time, New York/London 1988 (Norton)
Baker, Donna: How to Write Stories for Magazines, London 1986 (Allison und Busby)
Bishop, Leonard: Dare To Be a Great Writer, Cincinnati/Ohio 1992 (Writer's Digest Books; im folgenden kurz WDB)
Block, Lawrence: Writing the Novel from Plot to Print, Cincinnati/Ohio 1979 (WDB)
Card, Orson Scott: Characters & Viewpoint, Cincinnati/Ohio 1988 (WDB)
Conrad, Barnaby: The Complete Guide to Writing Ficton, Cincinnati/Ohio ^{3}1992 (WDB)
Delton, Judy: The Most Common Writing Mistakes (And How to Avoid Them), Cincinnati/Ohio 1985 (WDB)
Dibell, Ansen: Plot, Cincinnati/Ohio 1988 (WDB)
Edelstein, Scott: The Writer's Book of Checklists, Cincinnati 1991 (WDB)
Egri, Lajos: The Art of Creative Writing, Secaucus/N. J. 1965 (Citadel Press)
Forster, E. M.: Aspects of the Novel, London 1990 (Penguin)
* Frey, James N.: Wie man einen verdammt guten Roman schreibt [1987], Köln 1993 (Emons)
ders.: Wie man einen verdammt guten Roman schreibt, Bd. 2, Anleitung zum spannenden Erzählen für Fortgeschrittene, Köln 1993 (Emons)
Fryxell, David: How to Write Fast (While Writing Well), Cincinnati/Ohio 1992 (WDB)
Gardner, John: The Art of Fiction. Notes on craft for young writers, New York 1985 (Vintage)

Hall, Oakley: The Art & Craft of Novel Writing. Cincinnati/Ohio 1989 (WDB)
Handbook of Short Story Writing I. Ed. Frank A. Dickson and Sandra Smythe, Cincinnati/Ohio 1981 (WDB)
Handbook of Short Story Writing II. Ed. Jean M. Fredette, Cincinnati/Ohio 1988 (WDB)
* Highsmith, Patricia: Suspense oder Wie man einen Thriller schreibt [1985], Zürich 1990 (Diogenes)
Levin, Donna: Get That Novel Started! Cincinnati/Ohio 1992 (WDB)
* Lodge, David: The Art of Fiction, London 1992 (Penguin); Die Kunst des Erzählers, Diana TB, 1998
On Being a Writer. Ed. Bill Strickland, Cincinnati/Ohio 1989 (WDB)
Plimpton, George (Ed.): The Writer's Chapbook. A Compendium of Fact, Opinion, Wit, and Advice From the 20th Century's Preeminent Writers, New York 1989 (Viking Penguin)
Reed, Kit: Revision, Cincinnati/Ohio 1989 (WDB)
* Rico, Gabriele L.: Garantiert schreiben lernen. Sprachliche Kreativität methodisch entwickeln – ein Intensivkurs auf der Grundlage der modernen Gehirnforschung, Reinbek bei Hamburg 1984 (Rowohlt)
Shamas, Laura: Playwriting for Theater, Film and Television, White Hall 1991 (Betterway Publications)
* Stein, Sol: Über das Schreiben, Frankfurt 1997 (Zweitausendeins)
Tobias, Ronald B.: 20 Master Plots and How to Build Them, Cincinnati/Ohio 1993 (WDB)
ders.: Theme & Strategy, Cincinnati/Ohio 1989 (WDB)
Turco, Lewis: Dialogue, Cincinnati/Ohio 1989 (WDB)
* Ueland, Brenda: Die Lust zu schreiben, Frankfurt 2001 (Zweitausendeins)
* Wie sie schreiben. Writers at Work. Sechszehn Gespräche mit Autoren der Gegenwart, hrsg. von Malcolm Cowley, Gütersloh o. J. (1959; Bd. 1 der Serie »Writers at Work«)
Writers at Work. The Paris Review Interviews, 6 Bände, Penguin 1958 ff. (Interview mit internationalen Schriftstellern)
Zuckermann, Albert: Bestseller. Wie man einen Erfolgsroman schreibt, Bergisch Gladbach 1995 (Lübbe), als TB 2000

Nützlich sind auch Anleitungen zum Drehbuchschreiben, von denen es einige auf dem deutschen Markt gibt, z. B.

Field, Syd/Märthesheimer, Peter/Längsfeld, Wolfgang u. a.: Drehbuchschreiben für Fernsehen und Film. Ein Handbuch für Ausbildung und Praxis, München 1987 (List)

Field, Syd: Das Handbuch zum Drehbuch, Frankfurt 1991 (Zweitausendeins)

Hant, Peter: Das Drehbuch. Praktische Filmdramaturgie, Waldeck 1992 (Hübner)

Seger, Linda: Das Geheimnis guter Drehbücher, 1999 (Alexander Vlg.)

ders.: Von der Figur zum Charakter. Überzeugende Filmcharaktere erschaffen, 1999 (Alexander Vlg.)

Vale, Eugene: Die Technik des Drehbuchschreibens für Film und Fernsehen, München 1987 (TR Verlagsunion)

In Deutschland erschienene Literatur zum kreativen Schreiben und zur Verlagssuche:

Angstmann, Gustl: Schreiben hilft leben, Freiburg 1989 (Herder, TB 1639)

Brenner, Gerd: Kreatives Schreiben. Ein Leitfaden für die Praxis, ²1992 (Scriptor)

Fritzsche, Joachim: Schreibwerkstatt. Geschichten und Gedichte: Schreiaufgaben, -übungen, -spiele. Stuttgart 1992 (Klett)

Grundlagen und Technik der Schreibkunst. Handbuch für Schriftsteller, Pädagogen, Germanisten, Redakteure und angehende Autoren, hrsg. von Otto Schumann, Herrsching 1983 (Pawlak; keine Angaben zur Erstausgabe, ca. Anfang der fünfziger Jahre)

Kasper, Hartmut: Schule der Autoren. Ein Handbuch der Dicht- und Schreibkunst, Leipzig 2000 (Reclam)

Kemmerzell, Anja, Laudan, Else: Das Wort zum Mord. Wie schreibe ich einen Krimi, 1999 (Argument Vlg.)

Knauss, Sibylle: Schule des Erzählens. Ein Leitfaden, Frankfurt 1995 (Fischer TB)

Kruse, Otto: Kunst und Technik des Erzählens, Frankfurt 2001 (Zweitausendundeins)
Mehler, H. A.: Wie schreibe ich einen Bestseller. Geheimnisse, Techniken und Erfolgsformeln von Bestseller-Autoren, Hünstetten 1990 (Möwe)
Poesie und Therapie. Über die Heilkraft der Sprache, Poesietherapie, Bibliotherapie, Literarische Werkstätten, hg. von Hilarion Petzold und Ilse Orth, Paderborn 1985 (Junfermann)
Queneau, Raymond: Stilübungen, Frankfurt 1990 (Suhrkamp, BS 1053)
Scheidt, Jürgen vom: Kreatives Schreiben. Texte als Wege zu sich selbst und zu anderen, Frankfurt 1989 (Fischer, Fi TB 4611)
Waldmann, Günter/Bothe, Katrin: Erzählen. Eine Einführung in kreatives Schreiben und produktives Verstehen von traditionellen und modernen Erzählformen, Stuttgart 1992 (Klett)
Werder, Lutz von: … trifft Du nur das Zauberwort. Eine Einführung in die Schreib- und Poesietherapie, München/Weinheim 1986 (Psychologie Verlags Union)
ders.: Lehrbuch des kreativen Schreibens, Berlin 1990 (ifk)

Allert-Wybranietz, Kristiane: Wie finde ich den richtigen Verlag. Anregungen, Tips, Adressen für Autoren, München 1988 (Heyne, TB 9129)
Deutsches Jahrbuch für Autor(inn)en. Schreiben & Veröffentlichen mit über 2000 Fachadressen, Glienicke bei Berlin 1998 (Autorenhaus-Verlag Plinke)
Englert, Silvia: So finden Sie einen Verlag für Ihr Manuskript. Schritt für Schritt zur eigenen Veröffentlichung, Frankfurt 1999 (Campus)
Handbuch für Autorinnen und Autoren. Informationen, Adressen aus dem deutschsprachigen Literaturbetrieb, hg. von Sandra Uschtrin 1997 (Uschtrin-Verlag)
Handbuch für Autoren. Informationen, Adressen aus dem deutschsprachigen Literaturbetrieb. hg. von Sanda Uschtrin und Sandra Klaucke, München ³1990 (Grafenstein)
Das Literaturbuch 1993/94. Literarisches Leben in der BRD, Baden-Baden 1993 (Nomos)

Mehler, H. A.: Wie finde ich einen Verleger, Hünstetten 1990 (Möwe)

Meynecke, Dirk R.: Von der Buchidee zum Bestseller. Für Autoren und alle, die es werden wollen, Frankfurt/Berlin 1994 (Ullstein TB)

Sachregister

Abenteuerroman → Roman
Abstraktion/abstrakt 118, 168, 197, 201
Aktion/*action* 68, 104, 106, 116, 156, 163, 164
s. a. Handlung
allwissender Erzähler → Erzähler und Erzählperspektive
Ambivalenz 13, 67, 77, 183, 191
Andeutung/andeuten 90, 138, 160, 183, 206
s. a. Verweis, Enthüllung
Anfang/Eröffnung/Beginn/Exposition 77, 78, 80, 81, 139ff., 163, 170, 215, 228
Angriffspunkt → Handlungsdramaturgie
animistisch 108
Anspielung/anspielen 177, 206
Antagonist → Charakter
Antizipation → Verweis
Anzahl der Charaktere → Charakter
artifiziell → Manierismus
Äußerungsverben 166
Autobiographisches Schreiben/autobiographische Romane/Autobiographien 14, 16ff., 21, 22, 25, 27f., 127

Begabung/begabt/Talent 12, 196, 203
Beginn → Anfang
Bericht 129, 161, 162, 163, 166, 167ff., 178, 180
Beschreibung 71, 79, 82, 84, 90, 129, 161ff., 166, 167ff., 178, 193, 206, 230
Bewegung 61, 68, 78, 104, 105
bewußt → unbewußt
blinde Motive → Motiv
Blockaden → Schreibhemmung

Charakter/Figur, Protagonist und Antagonist, Platzhalter, Nebenfigur, Schlüsselfigur, Runder Charakter, Anzahl der Charaktere 9, 19, 23, 24, 48, 50, 62ff., 64ff., 70, 78, 83, 90, 91, 94, 104, 109, 114, 115, 119, 120, 126, 132, 137, 155, 176, 183, 185, 186, 187, 193, 214, 215, 229

/ trennt verschiedene Versionen oder nachzuschlagende Begriffe zu einem Stichwort
→ nennt das Stichwort, bei dem nachgeschaut werden soll
s. a. Hinweis auf verwandtes Stichwort

Charakterisierung 65, 71, 75f. 78, 81, 86, 90, 91, 132, 140, 163, 214, 229
Checkliste
für Figurenbeschreibung und Charakterbild 71f., 76
für die Konstruktion und Kontrolle von Geschichten 119-121
für die Überarbeitung 213ff.
cliff-hanger 160, 170, 217
s. a. Spannung
Computer/Textverarbeitungssystem 42, 52f.

Detail 35, 90, 194, 200
s. a. konkret, visualisieren
Detektivgeschichte → Geschichte
deus ex machina 98, 215
s. a. Lösung, Ende
Dialog 80, 91, 106, 141, 155, 161, 162, 163, 164ff., 178, 198, 211, 217, 231
Distanz 13, 63, 69, 75, 86, 127, 128, 129, 130, 132, 161, 162, 163, 168, 211, 214, 231
dramatisieren/übertreiben 23, 24, 69, 215
s. a. Melodram, Kolportage
Dreiecksgeschichte → Geschichte

Eigenlogik / Eigengesetzlichkeit des Werks 178, 211ff.
Einblenden 217
Einfall → Inspiration
Einheit 49, 212, 214
Ende/Happy End/Schluß/offener Schluß 50, 51, 98, 103,114, 121, 138, 139, 151ff., 216, 217, 228
s. a. Katastrophe
Enthüllung 138, 160, 171
s .a Verweis
epische Gerechtigkeit 21, 22, 62, 112, 114, 151, 213
s. a. Selbstgerechtigkeit
Erfindung → fiktional
erforschen → erkunden
Erinnerung (unwillkürliche) 19f., 65, 200
erkunden/Erkundung/recherchieren/erforschen 29, 197
erlebte Rede 75, 83, 131, 134, 135, 155, 178
Eröffnung → Anfang
Erstleser 218ff.
Erwartungshorizont → Rezeption, Lesen
Erzähler und Erzählperspektive 17, 23, 33, 48, 50, 76, 77ff., 83, 86, 87, 90, 122ff., 133, 134ff., 141, 200, 212, 214
allwissender/auktorialer Erzähler 123-125, 139, 135, 169, 228
Er- und Ich-Form 123ff., 126, 135, 171, 200, 214
personaler Erzähler 130ff., 135, 169, 214
Erzählökonomie 172, 180f., 217
Erzählordnung 101

Erzählrhythmus 33, 142, 156, 159, 160, 178ff., 201, 217, 238
Erzähltempo 78, 142f., 159, 200
evozieren → visualisieren
exhibitionistisch/Exhibitionismus 21, 27, 127
Exposition → Anfang

Fantasy 30, 108, 140
Figur → Charakter
fiktional/*fiction*/Erfindung/fiktionaler Traum 9, 18, 21, 28, 30, 31, 61, 81, 108, 124, 125, 135, 141, 165, 168, 201
Film/Kino 31, 35, 108, 110, 163, 171, 173, 191
Freundschaftsgeschichte → Geschichte

Geheimnis 8, 9, 61, 117, 138, 158, 160, 176, 183, 212, 216, 231 s. a. Rätsel
Genre 59, 108
Geschichte/Plot 30, 37, 62f., 94ff., 100, 103ff., 113ff., 119, 140, 141, 178, 212, 219
  Abenteuergeschichte 106f., 118
  Detektivgeschichte/Krimi 102, 116f., 157, 171
  Dreiecksgeschichte 22, 50, 92, 101
  Freundschaftsgeschichte 101
  Liebesgeschichte 30, 101, 111f., 124, 154
  Suchergeschichte 91, 100, 102, 104, 105, 106, 118
  s. a. Plotstrukturen, Plotmodelle

Handlung/Handlungsmuster/Handlungsverlauf 50, 51, 82, 94, 103, 110, 116, 137ff., 141
Handlungsdramaturgie/Plotpunkte/narrative Haken/Angriffspunkt/Wendepunkt 33, 35, 90, 137ff., 140, 141, 155f., 159, 216
Happy End → Ende
Hinweis → Verweis
Höhepunkt/große Szene 24, 50, 96, 105, 120, 121, 138, 139, 155, 156, 159, 160, 163, 195, 216, 228
  s. a. Handlungsdramaturgie
Hollywood 32, 98, 152, 156
hortus clausus 46, 87

Ich-Erzähler → Erzähler und Erzählperspektive
Identifikation/Projektion 69, 132
innere Logik → Stimmigkeit
innerer Monolog/*stream of consciousness* 130, 131, 134, 178
innovativ/originell 25, 197
Inspiration/Einfall 14, 41, 47, 48
  s. a. kreativer Prozeß
Ironie 23, 201, 202, 218

Kamera-Auge (*camera-eye*) 133, 134, 228
s. a. personaler Erzähler
Katastrophe 98, 103, 153, 154, 158, 197 s. a. Ende
Keim 42, 99 s. a. Thema
Kino → Film
Kippschwingung → Spannung
Kitsch/kitschig/Lyrismus 154, 199, 205
Klarheit → Transparenz
Klischee/Stereotyp/Versatzstück 21, 26, 30, 72, 84, 161, 193, 199, 201, 205, 209, 218,
Kolportage → Melodram
Komik/komisch 179, 202, 203, 218
Kommentar → Reflexion
Kommunikation mit dem Leser → Rezeption, Lesen
Komplexität 160, 182, 218
s. a. Transparenz
Komposition/Kontrapunkt 175ff., 183, 217
s. a. Handlung
Konflikt/Krise/Komplikation 24, 28, 61, 96-98, 105, 107, 113, 120, 137, 141, 163, 168, 183, 188, 215
konkret
s. a. Detail, visualisieren
Kontrapunkt → Komposition
Korrektur → Überarbeitung
Korrigieren → Überarbeitung
kreative Strategien → Organisation des Schreibens
kreativer Prozeß 41, 47ff.
s. a. Organisation des Schreibens
Krimi → Geschichte
künstlich → Manierismus
Kürzen → Überarbeitung

Langeweile/langweilig 61, 69, 156, 160, 168, 180, 211, 223
Larmoyanz/wehleidig 21, 23, 135, 213
Lebenserfahrung 15
Leerstelle 95, 96, 180
Leitmotiv → Motiv
Lesen 31, 35, 68
s. a. Rezeption
Liebesgeschichte → Geschichte
Lösung 48, 98, 105, 106, 117,, 138, 139, 215
s. a. Ende, Höhepunkt
Lyrismus → Kitsch

Manierismus/manieristisch/artifiziell/ künstlich 25, 76, 87, 161, 199
Märchen 67, 108, 152, 176
Melodram/Kolportage 26, 34, 69, 110, 215
Metapher 60, 168, 177, 197, 200, 203ff.
s. a. Symbol
Milieu 29, 65, 76, 155, 185, 187, 188
Mimesis 9, 60, 61, 205
Motiv/Motivgeflecht/blinde Motive/ Leitmotiv 30, 49, 65, 95, 107, 119, 155, 177, 194, 214, 217

Motivation/motiviert 36, 104, 105, 119, 168, 214
Motto 151, 213

Nabelschau 213
s. a. autobiographisches Schreiben
Namen 65, 66, 72-75, 214
narrative Haken → Handlungsdramaturgie
Natur/Naturstimmung/Naturschilderung 79f., 162, 172, 180, 186f., 195
Natur des Menschen 188
Nebenfigur → Charakter
Notizbuch/Tagebuch 18, 19, 42, 87, 128

Offener Schluß → Ende
Ökonomie
Opferhaltung 17, 68
s. a. autobiographisches Schreiben
Organisation des Schreibens/Planung/ Kreative Strategien 41ff., 49ff., 90
s. a. kreativer Prozeß
originell → innovativ

Partial-Ich 24
personaler Erzähler → Erzähler und Erzählperspektive
Perspektive → Erzähler und Erzählperspektive
Pilotfiguren → Stellvertreter
Planung → Organisation des Schreibens
Platzhalter → Charakter
Plot → Geschichte
Plotpunkte → Handlungsdramaturgie
Plotstrukturen/Plotmodelle 100ff., 176, 177, 215
s. a. Geschichte
Prämisse 98ff., 212
s. a. Thema
Projektion → Identifikation
Protagonist → Charakter

Querverweis → Verweis

Rashomon-Effekt 133
s. a. Erzähler und Erzählperspektive
Rätsel 68, 106, 117, 124, 160, 171, 215
s. a. Geheimnis
Raum/Raumkoordinaten/Raummodelle 79, 185f., 189, 194, 218
s. a. Setting
recherchieren → erkunden
Redundanz 49, 198, 199, 217, 223
Reflexion/Kommentar/Erzählerurteil 68, 89, 90, 101, 162, 167ff., 180, 200, 201, 217
reisen/Reise 25, 30, 37, 39f, 104, 153, 186, 189, 190, 191, 192
retrospektiv/analytisch-retrospektiv 102
Rezeption/Erwartungshorizont/Kommunikation mit dem

Leser 11, 70, 100
s. a. Lesen
Rhythmus → Erzählrhythmus
Rollenprosa 126, 136, 163, 200
Roman/Romanumfang 25, 30, 51, 91
Abenteuerroman 91, 177, 189
Ritterroman 180
Schauerroman 60, 190
Schelmenroman 91, 175
Seefahrerroman 187, 190
Rückblende 102, 159, 162, 169ff., 217
Rückverweis → Verweis
runder Charakter → Charakter

Schauerroman → Roman
Schelmenroman → Roman
Schilderung 162
Schlüsselfigur → Charakter
Schluß → Ende
Schreibhemmung/*writer's block*/ Selbstzweifel/Blockaden 54ff.
Science-fiction 14, 30, 140, 189, 190
Seefahrerroman → Roman
Selbstgerechtigkeit → epische Gerechtigkeit
Selbstzweifel → Schreibhemmung
Sentimentalität/sentimental 60, 135, 152
Setting/Schauplätze 50, 51, 79, 163, 172, 185, 193, 194, 218, 231
s. a. Raum
shading 76, 77, 86
s. a. Charakterisierung
show, don't tell/zeigen, nicht behaupten 70f., 200
Spannung/Spannungsbogen/Spannungsorientierung 24, 51, 105, 107, 115, 116, 120, 126, 138, 156ff., 160, 161, 170, 178, 211, 216
Sprache/Sprachkompetenz/sprachliche Gestaltung 13, 33, 40, 70, 79, 126, 134, 161, 183, 196ff., 218, 231
Stellvertreter 75
Stereotyp → Klischee
Stichomythie → Dialog
Stil 198
Stimmigkeit/innere Logik 49, 120, 137, 138, 154, 161, 175, 180, 183
Stimmung 163, 185, 193, 194, 218, 230
s. a. Setting
stream of consciousness → innerer Monolog
subjektiv/Subjektivität
Suchergeschichte → Geschichte
suggerieren/suggestiv 183, 193, 194, 195, 200, 201
s. a. visualisieren, evozieren, Detail
suspense 157, 160, 216, 230
s. a. Spannung
Symbol/Symbolik/Symbolisierung 81, 82, 83, 177, 191, 193, 194, 195, 203ff., 218
sympathisch/Sympathie 66, 107

Szene/szenisch(es Darstellen) 55, 70, 161, 163, 164,167, 178, 180, 206, 229

Tagebuch → Notizbuch
Talent → Begabung
Textverarbeitungssystem → Computer
Thema 51, 98ff, 103, 126, 142, 185, 212, 213, 231
s. a. Prämisse
Titel 60, 147-151, 213
Transparenz/Klarheit 53, 133, 182
Trauerarbeit 21, 28
s. a. autobiographisches Schreiben
trivial 91, 165, 199

Überarbeitung/Korrigieren/Korrektur/ Kürzen 44, 47, 49, 178, 211ff.
Übergänge/Überleitung 168, 172ff., 217
Überraschung 67, 120, 139, 140, 216
Übertreiben → Dramatisieren
Übungsaufgaben 42, 227ff.
unbewußt/bewußt 49
s. a. kreativer Prozeß
Unterhaltung 57ff

Versatzstück → Klischee
Verweis/Hinweis/Rückverweis/Querverweis/Antizipation/Spiegelung 76, 79, 138, 160, 168, 177, 206, 217
s. a. Andeutung, Enthüllung
visualisieren/evozieren 85, 193, 194, 200, 218
s. a. suggerieren

Wahrhaftigkeit 49, 61
wehleidig → Larmoyanz
Welthaltigkeit/welthaltig 90, 135, 181, 186, 218
Wendepunkt → Handlungsdramaturgie
Widerspruchsfreiheit 217
s. a. Ambivalenz
writer's block → Schreibhemmung

Zapping 157
zeigen, nicht behaupten → *show, don't tell*

Namensregister

Adorno, Th. W. 183
Aischylos 32, 110, 114
Aitmatow, T. 108
Albee, E. 111
*Altes Testament 114, 144
Amadís 180
Andersch, A. 115, 132, »Sansibar oder Der letzte Grund« 132
Archer, J. 113
Aristoteles 32, 63
Austen, J. 111
»Stolz und Vorurteil« 142
Auster, P. 28

Baldwin, J. 13, 46
Balzac, H. de 60, 108, 183
Bauer, J. M. 115
Beauvoir, S. de 28, 72
Becker, J. 188
Beckett, S. 60, 204
Benn, G. 47
Bergman, I. 111, 170
Bieler, M. 23, 28
»Still wie die Nacht« 23
Böll, H. 152
»Fürsorgliche Belagerung« 152
Borowski, T. 188
Broch, H. 142
Brontë, C. 111
Brontë, E. 111
Büchner, G. 36, 79, 80, 193
»Lenz« 79f.
Butor, M. 123

Calvino, I. 59
Camus, A. 27, 39, 57, 70, 73, 110, 117
»Heimkehr nach Tipasa. Das Rätsel« 27
»Licht und Schatten: Liebe zum Leben« 39
Casanova, G. 87, 127
Cervantes, M. de
»Don Quijote« 91, 105, 148
Chaucer, G. 65
Choderlos de Laclos, P. A. F. 144
»Gefährliche Liebschaften« 144
Christie, A. 74, 117
»Alibi« 171
Coleridge, S. T. 44
Collins, W. 117
Conrad, J. 104, 110, 153, 187, 191
»Das Herz der Finsternis« 191
Corneille, P. 60
Curtiz, M. 114

Dante 191
Defoe, D. 107, 188
Deighton, L. 81, 141
»In Treu und Glauben« 81f.
Demme, J. 171
Dickens, C. 60, 107, 114
»Eine Weihnachtsgeschichte« 65

Döblin, A. 190
Doderer, H. v. 171
Dos Passos, J. 60, 190
»Manhattan Transfer« 190
Dostojewski, F. 45, 61, 66, 110
»Die Brüder Karamasow« 180
Doyle, A. C. 74, 91, 117
Droste-Hülshoff, A. v. 194
Dumas, A. 194
Dürrenmatt, F. 117, 212

Eco, U. 8, 14, 42, 74, 87, 98, 122, 181, 189, 204, 206
»Der Name der Rose« 91, 127, 128
»Nachschrift zum ›Namen der Rose‹« 37, 142, 178
Eichendorff, J. v. 87, 107, 142
»Aus dem Leben eines Taugenichts« 89
Ellroy, J. 110
Ende, M. 108
Euripides 32, 114, 115, 148

Faulkner, W. 33, 41, 60, 113, 147, 183
Fels, L. 28
Flaubert, G. 10f., 13, 14, 36, 41, 43, 61, 112, 113, 200, 222
»Madame Bovary« 14, 193, 200, 222
Fleming, I. 107
Fontane, Th. 80, 81, 112
»Effi Briest« 74, 80f.
Forster, E. M. 67, 94, 95
Frisch, M. 16, 21, 47, 55, 57, 65, 73, 87, 88, 99, 100, 118, 119, 143, 151, 171, 188
»Homo Faber« 65f., 89, 117, 118f., 171
»Stiller« 73, 88, 104, 105, 106, 142, 146, 153, 171, 192
»Tagebuch 1946-1949« 16
Frischmuth, B. 52

García Marquez, G. 45, 110
»Hundert Jahre Einsamkeit« 141
*Gilgamesch-Epos 104, 105
Goethe, J. W. v. 51, 87, 98, 111, 113, 118, 123, 152, 203
»Faust« 104, 105
»Die Wahlverwandtschaften« 124, 180, 187
»Werther« 129, 186
Gogol, N. 110, 124
»Die toten Seelen« 124
Golding, W. 113, 188
Gombrich, E. H. 179
»Meditationen über ein Steckenpferd« 179
Gordon, N. 14, 30, 191
»Der Medicus« 104, 154
Graf, O. M. 28
Grass, G. 87
Grimmelshausen, H. J. Ch. v. 107
Gustafsson, L. 125, 128
»Der Tod eines Bienenzüchters« 128

Hamann, J. G. 203
Hammett, D. 117, 133

Hamsun, K. 110
»Hunger« 142
Handke, P. 28, 40, 52
Hardy, T. 111
Harig, L. 21, 28
Härtling, P. 28, 38
„Herzwand« 38f.
Hawthorne, N. 112
Heller, J. 42, 108
*Héloïse und Abélard 112
Hemingway, E. 43, 45, 46, 107, 108, 113, 133, 187, 219
*Herzog Ernst 107, 191
Higgins, C. 112
Highsmith, P. 16, 59
Hoffmann, E. T. A. 110, 117, 144, 147
»Der Sandmann« 146f.
»Lebensansichten des Katers Murr« 89f.
Hofmannsthal, H. v. 167
Hölderlin, F. 36
Homer 91, 143
»Ilias« 144
»Odyssee«, 104, 106, 118
Horaz 32
Hugo, V. 112, 115

Ibsen, H. 118
Ionesco, E. 45
Irving, J. 114, 142

James, H. 63, 118, 190
Jelinek, E. 45
Joyce, J. 60, 190
»Ulysses« 131, 153, 180

Kafka, F., 36, 45, 60, 108, 113, 117, 188, 209, 210,
»Amerika« 145
»Der Kübelreiter« 145
»Der Prozeß« 145
»Die Verwandlung« 141
Kazantzakis, N. 113
Kempowski, W. 28
Keneally, T. 116
Kesey, K. 72, 113
Kesten, H. 47
King, S. 47, 73, 92, 110, 141, 188, 208
»Misery« (»Sie«) 47, 92, 170
Misery Chastain 73
Kleist, H. v. 22
»Das Erdbeben in Chili« 145
»Michael Kohlhaas« 22
Klüger, R. 87
Koch, W. 186
Koeppen, W. 16
Konsalik, H. G. 45
Kramer, S. 114
Kubrick, S. 117
Kühn, A. 28
Kundera, M. 25, 37
»Die unerträgliche Leichtigkeit des Seins« 25
Kurosawa, A. 116, 133

Lawrence, D. H. 112, 148
LeSage, A. R. 107
Lessing, G. E. 90, 176
»Laokoon« 90
Lichtenberg, G. C. 61
Lodge, D. 36
London, J. 107, 187

Lukács, G. 96
Luther, M. 33

Mailer, N. 191
Majakowski, V. 211
Mann, H. 43, 110, 151
»Der Untertan« 146, 151
Mann, T. 28, 43, 45, 46, 55, 61, 64, 65, 66, 74, 78, 87, 91, 100, 110, 112, 113, 119, 124, 142, 177, 180, 190, 200, 201, 209
»Der Erwählte« 125
»Dr. Faustus« 66, 126
»Felix Krull« 88, 127
»Das Gesetz« 78
»Schwere Stunde« 78
»Der Tod in Venedig« 91, 119, 170, 190
»Der Zauberberg« 65, 83f., 142, 143, 155, 180, 192
Manzoni, A. 65, 111
»Die Verlobten« 65
May, K. 107
Meckel, C. 28
Melville, H. 66, 87, 112, 115,
»Moby Dick« 144f.
Meyer, C. F. 113
Miller, A. 23
Miller, H. 87
»Sexus« 129, 130
Milton, J. 112
Mitchell, M. 77, 142, 181
»Vom Winde verweht« 77f.
Musil, R. 107, 189

Nabokov, V. 87, 148
Nadolny, S. 41, 98, 113, 187
Neumann, R. 29
Nietzsche, F. 225, 226
*Nouveau Roman 60, 133
Novalis 183f.
»Heinrich von Ofterdingen« 106, 118

Ovid 108

Pasternak, B. 181
Petrarca 46
Pirinçci, A. 144
Plessen, E. 28
Plievier, Th. 191
Poe, E. A. 115, 117, 187
Porter, K. A. 50
Proust, M. 19, 20, 21
»Auf der Suche nach der verlorenen Zeit« 19, 180
Puccini, G. 111
Puzo, M. 54, 110, 219
Pynchon, T. 60

Queneau, , R. 231

Rabelais, F. 143
Racine, J. 60
Ransmayr, C. 187
Reich-Ranicki, M. 25, 58
Remarque, E. M. 191
Renard, J. 182
Richardson, S. 87
»Clarissa Harlowe« 129
Ricoeur, P. 204
Rilke, R. M. 13
»Brief an einen jungen Dichter« 13

„Die Aufzeichnungen des Malte Laurids Brigge« 88
Rostand, E. 111
Roth, P. 28, 125
Rousseau, J.-J. 112, 127
Rushdie, S. 144

Sagan, F. 87, 150
»Bonjour Tristesse« 87, 88
Salinger, J. D. 108
»Der Fänger im Roggen« 65
*Scheherazade 161, 180
Schiller, F. 109
»Wallenstein« 109
Schnabel, J. G. 188
Scott, W. 193
Sczcypiorski, A. 188
Segal, E. 111
Seghers, A. 115
Shaffer, P. 165
Shakespeare, W. 14, 62, 110, 111, 115
Shaw, G. B. 108
Simenon, G. 45, 117
Simmel, J. M. 30, 45, 46, 150f., 165
»Doch mit den Clowns kamen die Tränen« 150, 174
Sklovski, V. 199
Solschenizyn, A. 188
Sophokles 32, 110, 117, 118
Spielberg, S. 116
Steinbeck, J. 104
Stendhal 143
»Rot und Schwarz« 65
Sterne, L. 144
»Empfindsame Reise« 144
Stevenson, R. L. 108
Stifter, A. 193
Stoker, B. 108
Strindberg, A. 111
Struck, K. 21
Sturges, J. 116
Styron, W. 45, 114, 117
»Sophies Entscheidung« 138
Süskind, P. 14, 59, 74, 76, 143
»Das Parfum« 141, 154
Swift, J. 107
»Gullivers Reisen« 107

Thackeray, W. M. 124
»Jahrmarkt der Eitelkeit« 124, 148
Thoreau, H. D. 186
Tobias, R. B. 103f.
Tolkien, J. R. R. 181
Tolstoi, L. 14, 61, 76, 93, 108, 110, 112, 118, 152
»Anna Karenina« 142, 148, 176, 180
»Krieg und Frieden« 76, 148, 180
Townsend, S. 74
Trollope, A. 46
Tschechow, A. 108
»Die Dame mit dem Hündchen« 154
Twain, M. 107

Uris, L. 116

Vargas Llosa, M. 37, 112
Verne, J. 189, 192
»20 000 Meilen unter dem

Meer« 189
Vonnegut, K. 191

Wallace, L. 92, 113
»Ben Hur« 112
Walser, M. 38, 52
»Ohne einander« 148, 153, 159
Weiss, P. 28, 146
»Abschied von den Eltern« 28, 146
Wellershoff, D. 19, 28, 37, 39, 64, 140
Weyrauch, W. 8
Wilde, O. 226
Winckelmann, J. J. 211
Wittstock, U. 57, 58
Wolf, C. 38
»Kassandra« 150
»Kein Ort. Nirgends« 146
Wolfe, T. 181
Wolfram von Eschenbach
»Parzival« 104, 106
Woolf, V. 60
»Die Wellen« 173

Zweig, A. 191
Zweig, S. 41